其实说分开是个可难可易的事情。两个人各自发倦了，一句分开，皆大欢喜，各奔天涯；一个人想离开，一个还眷恋着，那一句分开，就是一人解脱，一人痛苦；可若是两个都不想离开，那先说出那句分开的人，大抵会更痛一些。

更何况，是一句分开，推开一整个世界。

高℃树底

白日事故

完结篇

Bathe in the
Daylight

高台
树色

著

湖南文艺出版社　博集天卷

他转着手中的酸奶瓶,冷柜的白光照到他的手指上,两种白的碰撞,夹杂着冷热相遇形成的一层水珠,组成了非常柔和的一幕。

手指长得比别人的好看,碎发下垂,露出的脑袋瓜也比别人的可爱。

邻家弟弟比自己小六岁，是什么体验？

大概是，他偶尔幼稚，却幼稚得讨人喜欢，

偶尔莽撞，却莽撞得恰到好处。

目　录

卷一　冬夜甜筒

卷二　三块月饼

卷三　漫长旅程

许唐成只觉得心里头无限陷落了一角，偷偷藏了一个冬天的夜晚。那个夜晚，有一个始终对着自己的镜头，一句句讨要生日礼物的话语，还有跨过金色台阶，向他奔来的人。

卷一 冬夜甜筒

第一章

挑香菜

"从前从前，有个人爱你很久。"

一直被强行压制的情感因为这一句话开始疯狂骚动，在易辙觉得自己马上就要控制不住自己的情绪时，他忽然察觉到了手背上的几点微凉——许唐成手上的温度素来偏低，即便在有暖风的室内，他的指尖也是凉的。

不断有各色的灯光照亮那双交叠的手，易辙精神恍惚，有些不明白，这样的场景为什么会出现在真实的生活中。

像是在告诉他这不是梦一般。

便再也挡不住。

易辙抬起右手，揉了揉自己的眼眶，想让自己尽量镇定下来，平静下来，却在微微低头的瞬间，正看到许唐成在抬着下巴看他。

最后一个提琴音恰好落下，作为结尾，作为终章。而满堂喝彩中，他们的视线交会在了一起。

许唐成也是在听完陆鸣唱的第一个段落之后才知道了这首歌的情感，他从前听了那么多遍《晴天》，但从没像现在这样，觉得眼眶酸胀，心里又酸又甜。

他想到他生病，易辙翘课送他去医院，想到在易辙高三的那个夏天，他在黑暗的大雨中等易辙，转身时，看到了去而复返、浑身湿透的少年。

易辙没有打伞，隔着雨幕望着他。

现在回想起来，其实这个少年根本没能很好地隐藏住自己。

许唐成忽然发觉了自己的过分迟钝，明明有那么多个场景，易辙的眼睛都在告诉着他什么。而他明明记忆深刻，明明心中被触动，却始终没能弄清自己到底是因为什么记忆深刻，也从没去深究，那双眼到底为什么能让自己的心跟着沉浮。

其实他到现在也不知道易辙这份深沉的情感是何时产生的，只知道，当自己顺着记忆回溯往事，触及的很多场景中，竟都能看清易辙眼底的波澜。

能看懂了，才发现并不是没心动过。

就像那年元旦，易辙骑着自行车到车站去接他，别人都在看着这个突然冒出来的弟弟，许唐成却看到了存在于易辙眼中的自己。

风是冷的，周遭是闹的，但他的眼中是个狭窄安静的世界，安稳地只装了一个人。

原来那时甜滋滋的骄傲感觉，就是很温和的心动。

情歌还在继续，许唐成却笑了笑，对易辙说："走吧。"

和下着小雪的那晚一样，出了 KTV 的门，许唐成又挂在了易辙的身上，就连他们到酒店办理入住，许唐成也始终靠着他站着。

前台有供客人使用的签字笔，系着绳子，拴在笔座上。易辙签完字，许唐成就将笔拿在手里转着玩。但因为绳子的阻碍，那支笔每次都是只转过了大半圈就被拽住，抖两下，狼狈地落到大理石的台面上。一直失败，许唐成却不厌其烦地试，直到前台人员将房卡交到易辙的手里，易辙才握住许唐成的手，试图将笔抽走。

可许唐成不撒手，死死攥着那支笔，看着易辙。

易辙便耐着心轻声解释："笔上拴着绳子，转不好。"

怕他听不懂，易辙还拽了拽绳子给他看。

许唐成听了，像是思考了一会儿，但依然坚持要转，又开始重复方才的失败。易辙只好拽着弹性绳的底端，提高，给绳子留出很大的余量，足以供许唐成将笔转一整个圈。

"转吧。"

许唐成用三根手指捏着笔，无名指微微托着，然后中指用力，食指挪开，那根黑色的笔就绕着大拇指转过了一圈。

"好了。"易辙说，"成功了。"

许唐成反应有些迟钝，过那么两秒，才笑了。易辙抬抬嘴角，这才将笔抽走，插回笔座。

他们离开时，还能听见前台两个女生轻轻的笑声。许唐成转头看了看，不解地问易辙："她们笑什么？"

看着他蹙着的眉、半眯着的眼睛，易辙抬手摁了电梯按钮，说："不知道。"

许唐成没再说话，但在电梯门"叮"的一声打开时，他忽然拽住易辙。

易辙当场便愣住。等反应过来，人已经被许唐成拉进了电梯。

电梯启动上升，明明该是超重的感觉，易辙却违反科学地体会到了脚下绵软的失重感。他看着许唐成拉着他。

从手上传来的许唐成的心跳有着很高的频率，但易辙相信，绝高不过自己的。

这个酒店的电梯设计竟然是非常幽暗的环境，密闭的空间里，只有很微弱的蓝色灯光。

"在加速。"黑暗寂静中，许唐成忽然很正经地说。

易辙不知道费了多大的力气，才艰难地挤出一个音节："嗯？"

六层灯灭，电梯到达。

易辙还没从那个突然的牵手中缓过劲儿来，连找房间都找错了方向，拖着许唐成白走了半个长长的走廊。两个人好不容易找到房间，可开了灯，许唐成却眯着眼看着那两张床，露出一个很疑惑的表情。

他靠在墙壁上，易辙则站在一旁看着他。

许唐成歪歪脑袋，问他："为什么是两张床？"

易辙没明白，两个人，当然是两张床了。易辙猜着他这话的意思，想着，难道他还不要跟自己睡一个房间？

而没等他想出个回答，许唐成忽然朝他伸出手，拉着他的胳膊让他靠近了自己。

"问你话呢！"

喝多了的许唐成，比平时要任性许多，不讲道理许多，没礼貌许多。

不过易辙喜欢。

"我们两个人睡啊。"他轻声解释。

"两个人睡……"呢喃着，许唐成将这几个字重复了一遍。

易辙只觉得这几个字从他的齿间飘出来，都变得格外好听。一如电梯内的幽暗，房间内的灯也并不亮，是很暖的黄色调。他看着许唐成微微张开又缓慢合上的双唇，手心忽然开始冒汗。

房间里的暖气太足了吧。

他向后退了一点，和许唐成保持一个安全的距离。

许唐成还靠着墙壁，问他："你跑什么？"

易辙说不出话，他的下巴止不住地在颤，像完全失了控般，抖到他觉得丢脸。他不明白今晚到底是个什么样的世界，这个时空到底是出了多大的差错，才会出现这样一个场景。

易辙慌到僵住，许唐成仍一直笑，一直笑，直到逆着光，看到对面的人眼睛红了，眼底有什么东西，隐约闪着，亮着。

不再看他，易辙低下了头。

"易辙。"

低低地，许唐成叫了他一声。但似乎是第一次，没有得到任何回应。

视线往下，扫到他紧紧攥着的拳头，许唐成心里是密密麻麻的疼。

许唐成发现自己是如此害怕他会哭出来，有些慌乱地伸出手去，想要去拽他，易辙却又朝后退了一步。

到了此刻，许唐成才真真切切地看懂了易辙的忍耐。

不是今晚的，而是这么多年的。

他微微愣了一会儿，然后像是下定了什么决心，忽然又上前一步，一只手拉住了易辙的衣领。

"对不起。"许唐成说。

这句抱歉是没来由的，突兀的。可易辙竟然听懂了。

他才明白，原来许唐成今晚所有的反常并不是无缘无故的。他也不知道自己的心里为什么会突然有酸涩感泛滥成灾，明明他从没觉得委屈，也从没觉得许唐成有亏于他。许唐成不像他，他哪怕把拥有的所有的爱种在地上，那片土地依然是贫瘠的，可许唐成从来都是活在一个富有的世界里。

像很久之前吃饺子时一样，许唐成用一根手指提了提他的一边嘴角。

许唐成在他的视野里眨着眼睛，每眨一下，都带走了他的一片呼吸。到了易辙因为缺氧而脑中空白的时候，视野里的人又开始笑。易辙不明白怎么有人的眼睛能这么好看，而那双含笑半醉的眼睛睨着他。

易辙已经没有力气再去分析现在的情况，他喉结滚动，哑着嗓子挤出一句："你醉了吗？"

许唐成笑了一声。

易辙实在分不清许唐成究竟醉没醉，但许唐成这句"对不起"一出来，他一直绷着的那根弦彻底断了。

他不管不顾，也不得章法，所有的感觉都是混乱的——触觉像是变成了听觉，所有与许唐成有关的片段都在他的耳边轰隆作响，明明都是温暖美丽的瞬间，却压得他每一根神经都生疼。

方才在 KTV，在唱完那句"好远"之后，许唐成便停了下来。他没唱到结局，但易辙一直以为，歌曲中"故事的最后"，大概也是他们的最后，他终归会成为自己生命中的局外人。情之所钟，也是情之所终。

可现在，他在。

情绪的变化太过剧烈，就像驾驶着猛烈冲刺、难以掉头的赛车，他一个人在漆黑的赛道上向前冲着，前方有一片星光，遥远到光影都融成了一片。

不是不知道星光前是深渊，可他更知道，唯独那里，是可以隐藏他执念的世界。所以，明知永远都到不了星光底下，他却仍旧将油门一踩到底。

然而义无反顾之时，许唐成却忽然出现在赛道的前方。许唐成朝他喊了一句什么，耳边太吵，易辙听不清，但似乎，他辨认出了一个讯号——许唐成在告诉他，来时路仍在。易辙于是急切地想要掉头，可车速太快，急转弯太难，车辆毫无意外地脱了轨。轰隆巨响中，赛车和他以一种惨烈的姿态撞向了高高的围墙。

残骸碎片，向各方飞散，恍若他曾见过的新年焰火。

房间被快要盛不下的情感挤着，许唐成听到一声强忍着的呜咽，一时间竟不敢相信，原来，易辙是真的会哭出来的。

开始称得上热烈，到最后，却并没有真的衍生出什么。

许唐成从前对某些情感的体悟接近于零，他毫无经验，所以即便是看电影，很多时候，他对里面的情节也没有什么深刻的体会。甚至很多时候他都不理解，为什么影片会是这样的结局，为什么男女主人公要相拥在混凝土建筑下，又或者，为什么两人明明相互喜欢，却要各奔东西。

观看别人的故事终是纸上谈兵，此时，他才突然理解了那古往今来恒久不衰的东西。

手指轻轻动了动。简单的动作，配上耳畔的呼吸声，竟让许唐成时隔很久，再次体会到了踏实的感觉。不再像之前那样没着没落，也不用再只凭主观思维去一味猜测，而是能清晰真切地感受到自己每时每刻不断变换着的情绪。

原来所谓珍惜不过是心中曾有的那份遗憾、失落，都不慌不忙地消散，化成轻轻一声叹。如释重负，叹到他的耳边。

感知到的轻微颤抖始终没消，尽管已经足够压抑，却让许唐成明白，易辙心里的那个世界，其实自己只理解了很小的一部分。

他闭上眼睛，仿若退回到了那场大雨中，一个穿着校服的少年骑着红色山地车，逆着人流，疯狂地朝学校赶来。溅起的水花开了一路，似乎永远留在了那个夏天，大雨滂沱的夜晚。

而少年隔着雨雾看他，眼里有珍宝一般的东西，向着他闪着光。

那是易辙在最偏执的年岁所累积的坚定。

酒店的窗帘遮光性很好，第二天醒来，易辙先是对着昏暗的房间缓了好一阵的神。

"醒了啊？"许唐成不知是什么时候醒的，正在看手机。在察觉到他的动静后，许唐成抬起脑袋看了他一眼。

用了三秒钟的时间，易辙将昨晚的事理了一遍，恢复思考后，刚小心地动了动脑袋，嘴唇就蹭到了软软的头发。

毛茸茸的触感，暖而不燥，像能被微风吹动的青草。

"嗯。"

他应了一声，心里却开始打鼓，不知道许唐成对昨晚的事情会做何反应。

昨晚或许是因为酒精的作用，许唐成最后竟抵不住困意，睡了过去。

对许唐成，易辙万不敢轻举妄动。

许唐成一直是面朝他侧躺着，两个人的距离这么近，近到易辙都觉得，自己只要再稍微朝前一点点，就能踏进他的梦里。

易辙缓慢地抬起手，揉了揉自己的眼眶。

到现在，他在一片寂静中明白，所有关于情感的缺憾都不值一提，自己的生命，原来也是完满的。

答应过不再给他惹麻烦，但还是希望，起码今晚的梦里会有他。

易辙不能预知故事在明天早晨会是怎样的走向，便觉得现在这时刻是最幸福的。

最幸福，也最忐忑。

他胡思乱想了很多，想过去，想现在，甚至想，若是这一场大梦不会醒，他们又会怎样。尽力撑着，想清醒地在这个场景里多留一会儿，但整晚的冲击和情绪的大起大落使得他精神涣散，不知到了几点钟，易辙的身体终于不堪重负，沉沉陷入了睡眠。

"还睡吗？不睡就起床吧，"见他愣神，许唐成摸了摸肚子，说，

"昨天都没吃饱，饿死我了。"

易辙没想到许唐成表现得这么正常，丝毫不提昨晚的事。

他摸不准许唐成到底记不记得昨晚的事，但刷牙的时候，他想，许唐成没有对两个人现在的状况表示疑惑，那应该是记得的。

可是……

他停下来，举着牙刷，含着满口的泡沫看向镜子。

可是记得的话，该是这个反应吗？

他顺着这个思路往下想，又发现自己根本想不到如果许唐成记得，该是什么样的表现。

估计是他在卫生间实在待了太久，外面的人叫了他一声。

"啊！"他连忙含混地答应。

"你在干吗？"许唐成的声音似乎就在门口，"你再不出来我真的要饿死了。"

易辙又赶紧应了声"马上"，迅速漱了口，洗了脸。

他出来的时候许唐成已经等在房间门口，一只胳膊挎着易辙的外套，在低头摁着手机。

"好了吗？"

易辙点点头，接过外套穿上。

"那走吧，"许唐成把手机收起来，环顾四周，对他说，"没落什么东西吧？"

易辙摇了摇头，他们俩本来就什么都没带，绝不会落的。

许唐成于是伸手抽掉房卡，打开了门。易辙瞄着他，紧紧跟在他身后，两人不到一步的距离。易辙的大脑中还在就许唐成到底记不记得昨晚的事情上演着一出无声辩论，一时走神，没注意身前的人在拉开门后忽然停了下来。

"哦，还忘了一件事。"

许唐成话音刚落，易辙就撞上了许唐成的后背。

本来已经跨出了房门的人又退了回来，易辙便被他挤着，慌忙后退。易辙还没站稳，已经听到房门被关上的声音。

房门又被打开，前面的人走出去，这次没再回头。

门合上的那一下将他敲得昏昏沉沉的，高高的人站在原地，没动作地愣了老半天。

走廊里，许唐成觉得自己的心跳得惊天动地。昨晚是有酒精在帮忙，可刚才，他是在强装镇定。

脚下的地毯软得可怕，许唐成越走越慢，却还是在快要到达电梯口时，才终于听到了背后咚咚的脚步声。

易辙很快追到许唐成的旁边，他两只手握着，背在身后，一双大长腿却迈着很小的急促步子，姿势有些奇怪。

许唐成侧头，看到他紧紧压着笑容的嘴唇，抿成了很可爱的一条线。

"你……"

易辙说完这个字，两人到了电梯前。

他的身子晃了晃，嘴唇形成的那条线慢慢有了更大的弧度。

"我们……"

像是故意和他作对一样，清脆的声响，和那声"我们"连成了一串，偏偏就不让他将那话说出来。

电梯里有人，一男一女，大概是一对情侣。许唐成在他们的注视下轻咳了一声，控制住自己脸上一直在放肆的肌肉，伸手拽了拽易辙的袖子。

"走啦。"

里面的女孩挪了挪位置，给他们让出更大的空间。

电梯下行，易辙还在一个劲儿地笑。许唐成开始还只是用余光偷看易辙，或者看着电梯门上照出的影子。大概到了三层的时候，他终于忍不住，不再避讳电梯里的两个人，大大方方地转过头。

这样一看，他才发现易辙的嘴边竟然有个小梨涡。

"哎？"许唐成有些奇怪，拧过身子去看易辙的另一侧脸颊，"你以前这里就有梨涡吗？"

易辙抿着唇偏头，试图正常地和许唐成对话，却没能管理好总想往自己脸上跑的笑，所以表情格外滑稽。

"梨涡是什么？"

许唐成倒不觉得这人这么无知，估计他现在是笑到缺氧，暂时告别了智商。不过许唐成还是抬起手，戳了戳他脸上盛满了笑的小窝。

"这个东西。"

被他一戳，易辙的嘴就彻底失了掩饰。一排整齐的牙齿迅速露在了外面，梨涡更深，甜得发昏。

易辙特别开心时，原来是这个样子的。

许唐成被这个突然的念头弄得恍了神，没能细细体会那迟来的后悔。

"不知道，"易辙说，"可能刚刚才有的。"

电梯里的一对情侣不约而同地回头看了看他们，心里大概是奇怪得不行，两个男生怎么会相视着笑成这样。

易辙的那对梨涡张扬地外露了好一阵子，他连上课都能在想着题的时候来个思路大转弯，转到那天早晨许唐成猛然回身的那一下上。郑以坤好不容易回来上一节课，身边的人却一直在傻笑。傻到让他实在看不下去，他忍无可忍地捅了捅易辙："你就算终于渡劫成功了，也稍微尊重尊重严肃的课堂氛围好吧？"

"哦。"易辙轻轻咳了一声，把书翻开，忽然又转回头看着郑以坤。

"我又不傻，"没等易辙说话，郑以坤就像看透了他在想什么一样，说，"你这德行就差写几个字顶脑袋上了。"

郑以坤傻不傻的，对易辙来说倒没什么所谓。不过暂时把思想依依不舍地从许唐成那儿抽出来，指导着郑以坤抄完自己的作业，易辙忽然意识到，这个人好像有一阵子没来上课了。

"你最近怎么没来上课？"

把最后一个公式抄完，再将两个人的本子都扔给前面坐着的课代表，郑以坤才说："嗯，这是我打开学以来第一次来上课，您老人家可终于发现了。"

不理他的逗贫，易辙没说话，等着他解释。

"我在外面做销售。"

这句话让易辙产生理解困难："销售？"

"嗯。"郑以坤这么答应了一声后就趴桌子上睡了，易辙自己琢磨了一会儿，没明白这个人在搞什么。

课间班长过来，郑以坤还在睡，班长就跟易辙说让他告诉郑以坤，去找辅导员一趟。前排的课代表平时和郑以坤关系也不错，转过身来问班长知不知道是什么事。

"好像是旷课太多，被张院长告到辅导员那儿去了……非让辅导员管管。"

易辙把目光从窗外挪回来，看了看班长，又看了看趴得很安稳的郑以坤。

中午和许唐成一起吃饭，拉家常的时候，易辙就说起了郑以坤的事。许唐成没见过郑以坤这个人，但从易辙这里听说过他的一些事，觉得他是挺特立独行的人。

"估计现在学的不喜欢，自己有另外的安排吧。"许唐成偏头想了一会儿，这样说。

他刚想接着说什么，却看见易辙正在将他碗里的香菜一点点往外挑——今天他到得有点晚，是易辙先买好了两个人的饭。

许唐成有些奇怪地问易辙："你为什么不在买面的时候就不要香菜？"

也不知道是哪儿来的自信，他认为易辙不太会忘记这些事。

顶着一片香菜，那对筷子尖顿在了空中。易辙另一只手在大腿上搓了两下，不太自然的样子。

"我……"

他支支吾吾，许唐成便更加奇怪。许唐成向前倾了倾身，在一片吵闹喧哗中，朝他凑近了脸。电视里在重播着《新闻30分》，许唐成却在严肃正经的声音中，观察到了易辙脸上一丝一丝细微的变化。

"我想享受一下给你挑香菜的感觉。"

许唐成先是怔住，接着便有些失了言语，笑了。易辙看他笑着靠到椅背上，朝两边看，自己便也翘着嘴角随他笑。

碗一推，易辙说："好了。"

两碗牛肉面，一碗没有香菜，另一碗里则是多出了一倍的量。

吃完饭，没等许唐成收拾碗筷，易辙就已经攥起他的筷子，又将两个人的碗都放到一个托盘里。许唐成默默看着，倒是没说什么，但等到他们出门时，易辙先他一步给他掀开帘子，引得一旁两个女生下意识地朝他们看过来，许唐成终于忍不住了。

"易辙。"许唐成叫了他一声。

等他走出去，易辙放下帘子追上来："嗯？"

许唐成看了看周围，人还不算多。他伸出一只手，捏住易辙的袖子，黑色的布料被两根白白的手指捏出一个小山峰。

易辙会意地微微低下了头，去听他说话。

"别用这些套路来对我。"

这话是被许唐成笑着丢出来的，虽是警告之言，但弯弯的眼睛真的没什么威慑力。不过易辙还是停在原地，看着许唐成的背影，老老实实地体味反省了好一会儿。前面走着的许唐成还是忍不住想笑，觉得这个人完全是把他当成一个小女生在照顾，搞得他怪不习惯的。

没多大工夫，易辙就从后方追了上来，他刚要说话，却碰上个同班的人跟他打招呼。把话忍住，敷衍地朝那个男生抬了抬下巴，易辙才偏着身子，有点委屈地跟许唐成说："我没用套路……"

许唐成抬眼看他，似笑非笑的。

怕他不信似的，易辙还补充强调："真的。"

第二章

银行卡

　　许唐成警告过易辙，但易辙依旧死性不改。他满心欢喜，巴不得把所有的好东西都捧给许唐成。像在小城里一样，易辙特意买了一辆单车，因为是在学校，许唐成拒绝坐在他的横梁上，他就每天从学校的南门骑到东门，把车停在许唐成的宿舍门口，在大树下听会儿鸟叫，再和揉着眼睛走出来的人一起去吃早餐。

　　生活变得丰满生动，是开始于一个个细节的积累。

　　二食堂早上会有煎蛋，如果七点二十分之前到的话，通常都能取到形状好看的。而许唐成喜欢吃近于圆形的煎蛋。

　　许唐成抽烟的频率降低了很多，但还是习惯随身带一盒。

　　许唐成通常会在晚上十点多钟离开实验室，没有赶时间需要熬夜的工作，不会超过十点半。许唐成会提前十分钟给他发消息，问他在哪儿，还在不在自习室。有时，易辙会告诉他自己就在楼下等他。在许唐成和别人闲聊着等电梯时，手机屏幕一亮，会收到另一条消息，向他报告楼下的光景："对面有一对情侣，在接吻。"如果碰上某些特殊时期，易辙还在自习室的话，许唐成就会把整理当天实验结果的时间缩短为五分钟，用另外五分钟走到某栋教学楼的某间教室。

　　他们走在一起，易辙有时会抬头看看月亮。慢慢地，心中竟有了一个无意识的统计——更多的时候，悬在他们头顶，被他们注意到的，都是新月。

许唐成有两次都夸那弯弯的月牙好看。

易辙从没刻意去追求过生活中的甜，可每过一段时间回首，总能捡得数不清的拥有樱桃香味的意象。是那种跟别人说了别人都不懂，但他们两个说起来，会偷偷相视一笑的场景。

大二开始，易辙一直在做家教的工作，兼职的目的很简单——未来。

易辙开始越来越多地考虑关于"未来"的事情。

打定要攒钱的主意之后，一次晚自习上，易辙小声对许唐成说："明天上午你有空吗？我想去办张银行卡。"

向西萸从来都是扔给他钱，长这么大，易辙只有一张学校统一发下来的银行卡。

许唐成很奇怪："一张卡不够用吗？"

"不想用那个。"易辙没有解释，只是很简短地说道。

这是他为了他们的未来准备的，所以要重新办一张，里面要完完全全是自己挣来的钱。

许唐成看了他几秒钟，没问为什么，就说："有空，那就明天去办吧。"

看了两页书，他又戳了戳易辙，低声问："你要办哪个银行的？"

易辙被这问题问得有点蒙，差点反问一句："什么哪个行的？"

看他的表情，许唐成就猜到他对各个银行应该根本没什么概念，只是知道自己需要办一张银行卡罢了。

"就是……"

两个人坐在教室的最后一排上自习，窗户不知被谁打开了半扇，许唐成刚说了两个字，被冷风吹得打了个喷嚏。这两天连着下雨，降温，明明是盛夏，晚上的风却冷飕飕的。

许唐成吸了吸鼻子，把手往袖子里缩了缩。易辙一道题刚解到半路，起身将不远处的窗户关上。

许唐成看着他抬手，牵动上衣。柔软的布料贴到身上，隐隐印出腰部的肌肉线条。

从前不计冷暖的少年，也开始注意到这些细枝末节的事情了。

那天回去的路上，两个人一直在讨论银行卡的事情。

"首先，各个银行的网点数量、分布范围、分布地区都不太一样，比如说交通银行吧，我有张交行的卡，这个银行在北京很常见，有很多人用，但是在咱们家那里却连网点都没有。"许唐成数着利弊，又抿抿嘴巴补充了一句，"不过我觉得交行的卡最好看。"

"另外，年费，这个虽说都没多少钱吧，但各个银行也不大一样。"

易辙没想到办张银行卡还有这么多要考虑的事，他完全没想过这些，此刻听许唐成说话，比听专业课还要认真。

在许唐成的综合分析下，两个人第二天去了离学校最近、网点也几乎最多的工行。排号的时候，许唐成想了想，说："要不我也办一张吧。"

他刚巧有一些新的投资打算，手上再多一张卡的话，或许会更加清晰方便些。

"办啊，"易辙立即说，"一起办。"

易辙并未顾及缘由，但他对于所有能够与许唐成一起做的事都求之不得。在心里拨了拨小算盘，易辙忽然想到，一起办的话岂不就是连号。

可惜最后卡出来，却让他失望了。

易辙不解，许唐成用一根手指敲着卡面解释："卡应该都是提前分给柜员的吧，我们在不同的柜员那里办，所以没连号。"

易辙听了，皱着眉思考："是这样吗？"

许唐成怕他还没把卡带回去就先在路上丢了，直接将两张卡都揣到了自己兜里，道："应该是吧，我猜的。"

他哪会不知道易辙那点小心思，有时候许唐成都会觉得好笑，一个比他高半头的大小伙子，却是满肚子的少女情怀。

"行了，"看他一脸的不满意，许唐成便宽慰道，"就差几位，一起办的，也算有一样的卡了。"

易辙撇撇嘴，勉强接受了这个说法。连不连号的，起码是当事人承认过的"官方正版卡"了。

他们到附近的一家餐馆吃了饭，等分别的时候，又已是漆黑一片的夜晚了。风吹得树林沙沙响，许唐成站在小路旁的砖沿上，问易辙："你就不觉得你忘了什么东西吗？"

易辙一愣，然后朝旁边看了两眼。

他们在的小路灯光昏暗，路面狭窄，这个时间，倒是没有人经过。

许唐成背对着一片小树林，易辙迅速扫视一圈，觉得没危险，便低头，灼灼的视线落在许唐成的眼中。

"问你忘没忘什么东西，你盯着我看干吗？"

易辙笑了一声，凑近许唐成的耳边，说了一句什么。许唐成听完，拧眉笑着，闪开身子。他朝易辙挥挥手，带了点怒其不争的放弃感："快走吧你。"

地上长长的影子还是动了动，少年屈身，弯臂，脖子有一个性感的拉伸动作。

再便是影子的一路雀跃。

许唐成攥着兜里的那两张卡，望着已经跑远了的易辙，忽然有些期待自己日后能见证一下这个人到底能丢三落四到什么程度。

易辙连跑带颠地回了宿舍，跨了三级台阶，奔到宿舍门口，差点撞翻了室友手里的水壶。

室友一副心有余悸的样子，问："你这是干吗去了，这么兴奋？"

干吗去了啊？

飘了一路的心思被这句话拽回了地面，易辙看着窗外半晌，开始傻笑。

飘动雀跃的影子和忘记拿回的银行卡，叠成了盛夏的褶痕。

第二天被还回来的银行卡已经小小地变了样——贴了一张米菲兔的贴纸，和那个被易辙收在抽屉里的飞天小女警钥匙链"一脉相承"。

坐在食堂捧着看，易辙笑得不行，问许唐成哪儿来的这样的贴纸。

"成絮买文具人家送的。"

说这话时，许唐成从语气到表情都是不经意的状态。但吃完午饭，在熙熙攘攘的校园小路上，他却似被周围四处发传单的学弟学妹激发了点幼稚放肆的心情。

没忍住，许唐成拿过两个人的银行卡，出口的话带着他自己都未察觉的炫耀与得意。

"发现没，你的在右上角，我的在左上角。"

他说完这句，将两张卡一左一右排到了一起。茂密树冠漏下的阳光，刚好盖章一般，敲在两只兔子身上。

一个红裙子，一个黄裙子。

两只兔子像是牵了手，盛夏的褶痕也就这样上了色。

最初，易辙想了很多挣钱的方法，甚至考虑了当初许唐成选择的炒股。在许唐成的建议下，他用了一千块试水，但没想到血本无归。在理智的驱使下，他不得不放弃了这条路。

家教的工作其实还多亏了郑以坤。易辙平时和别的同学交往都不密切，开始的时候，虽然觉得家教是个比较靠谱的赚钱方式，但一直没找到合适的机会。郑以坤来找他喝酒，偶然说起这件事，易辙才知道郑以坤刚好正在和一个学长合办一个大学生家教机构。类似于中介，大致的经营模式是他们会联系一批够资质的大学生和一些需要家教的家庭，合理分配，然后是试讲上岗。

易辙任教的家庭是郑以坤亲自帮忙选的，地址离学校很近，课时费很高，时间安排相对自由，用郑以坤的话来说，这是目前投入产出比最高的一份。易辙拍拍他的肩膀，说一定请他吃饭。

那家是个上初中的男孩，易辙负责辅导他的数学和物理。第一次去的时候，易辙试讲了一堂数学课，男孩的母亲旁听之后非常满意，立即和他敲定了每周的上课时间。只是那一堂课下来，易辙有些奇怪，明明能看出男孩的底子并不差，甚至，他认为男孩在学校该是优秀的水平，可在来之前与那位母亲沟通时，她的言语中却不知为何尽是不满，似乎她的儿子真的差劲儿到了不堪入目的程度，离自己的要求有十万八千里。

这个疑惑得到解答，是在男孩的期末考后他们春节前的最后一次辅导课。易辙拿着男孩堪称优异的成绩单，听到他妈妈说，反正易老师要在 A 大读几年书，希望易老师能长期辅导他，在他初中毕业之前，把高中的课程也教给他。

2010 年年初，那时候的辅导班还不像现在这样泛滥，小孩子优秀的最普遍标准，还只是在学校考了第几名，考了几个满分，而不是初中的时候有没有学会微积分，一共读完了多少本英文原著。这种提前教育的思维在那时让易辙觉得难以理解，他谨慎地开口确认："是高中的课程？"

那位母亲点点头，证实他并未听错。

"可是……他才初一，就要学高中的课吗？"

男孩一直坐在一旁听着他们两个人的对话，没说话，易辙却好几次看到，他抬手摸了摸桌上摆着的手办。那是一个抱着篮球的动漫人物。

从易辙的角度，刚好能看清男孩镜片的厚度，一圈一圈的纹路，沉重得有些不符合他的年纪。

"要学的。"

或许是因为那对镜片看着实在眼晕，易辙难得多管闲事："可能还是会有些难的。"

他并不确定自己的想法是对是错，但在那时他确实有那么一点冲动，想为这个比自己小几岁的男孩争取一点自由的空间——符合他的年纪的自由空间。

可男孩妈妈说了一句话，让易辙立时没了言语。

"只要想学，没有学不会的东西。"

那天下了雪，易辙离开时，男生还坐在书桌前，做着母亲要求的最后一套模拟卷。厨房里有浓郁的食物香气，闻得易辙肚子都在叫，男孩却没有任何反应，像是感官失灵。

易辙轻声说了句他要走了，男孩也没理。

而在易辙拿起衣服时，他却突然转头，看向窗外，说："下雪了。"

易辙朝窗户看去，果然，有大片的雪花充斥了一扇窗。

看着桌前的背影，看着和室内的温暖截然不同的窗外，易辙动了动嘴唇，却什么都没说出来。

直至踏着雪离开时，他才忽然感受到一些懊悔和颓丧。

他想，如果今天来做家教的是许唐成，大概就不会被那位母亲的一句话噎得没话说。只要不喝酒，许唐成从来都是理智的、全面的，他一定可以像分析应该办哪家银行的卡那样给那位母亲列出一系列的利弊，那样的话，可能那个孩子就不会只是看着窗外，说一句："下雪了。"

他情绪不佳，回程的公交车上，脑袋里还一直萦绕着那一句像是在影射他是井底之蛙的话。也是因为这一句话，久违地，易辙想到了自己唯一和学习纠缠拼命过的时间。

他的中学时代。

那时候什么都不懂，没有想成才，没有想要做一个优秀的人，只是想着要考上和许唐成一样的大学，他才拼了命似的刷题。高一时的化学老师讲话带着很重的口音，易辙有时候听不大懂，便索性放弃听讲，这直接导致了他的无机化学学得非常糟糕。而在知道以自己的成绩根本考不上Ａ大以后，有一段时间，他除了完成学校里的学习任务，每天晚上还会把无机化学的课本和从前的课堂练习册拿回家去。

一个月，每天晚上十一点到十二点半的时间，他将高一的内容从头到尾学了一遍。那之后，大小的考试中，无机的部分他都没再失过五分以上。

那时没有书包，课本和练习册都是被他卷成一个筒，攥在手里。书筒内空的圆圈记录了城市里的微小生活。

大概，那便是他过的唯一符合男孩妈妈那句话的一段日子——想去学，而且发了疯、拼了命地想要去学好。

公交车到站，易辙下车以后还在走神。

许唐成就在公交站等他，两个人约好一起去旁边的商场吃火锅。几乎是刚见面，许唐成就察觉到易辙今天的心情不太正常。易辙在他的询问下说了今天的事情，许唐成将拌好的麻酱料递给他，思考了一会儿，说："怎么说呢，如果单纯说提前教育的话，其实我觉得这种情况已经越来越普遍了。像我导师家的孩子上的那种少年班，不到十四岁已经考完大学了，现在在隔壁学校读。这种事情还是要具体来看吧，有的孩子适合这种模式，但像你今天说的那个男孩，可能不太适合，是被逼的。我是认为应该尊重孩子的意愿，但有些家长可能会觉得，孩子还小，不懂，自己的决策才是为他好，才是正确的。"

特殊的家庭关系，使得易辙没有任何关于家长思维的体会。他摇摇头，说："理解不了。"

火锅开了，两个人的这番谈话草草结束。许唐成在最后做了总结："好了，以后你会发现理解不了的事情越来越多。"

他用漏勺捞了几片黄喉，伸到易辙面前："先不理解了，吃黄喉吧，煮过了火候就不好吃了。"

被许唐成打了个岔，易辙原本有些沮丧的心情也就回暖了一些。他暂且没再见到那个男孩，也没再想过相关的事情。

不承想，许唐成那天的总结，很快就得到了另一个人的验证。很普通的一个晚上，郑以坤退学的消息忽然在班里炸开。

不是休学，不是因挂科太多、绩点不够而被劝退，而是完全出于个人意愿的退学。

考试周的枯燥在八卦的影响下彻底爆炸，引出一堆七嘴八舌的探询猜测。

易辙得知这个消息时，正盘腿坐在宿舍的床上和许唐成发短信说着明天去超市采购的事。两个舍友在旁边议论，那个向来小肚鸡肠的男生插了一句："肯定是因为太笨了，学不会呗。"

易辙微微皱眉，朝这个人看了一眼。

宿舍里的气氛因为这句话而变得有些尴尬，剩下的两个人相互看了一眼，都默契地不再说话，拿了牙杯去洗漱。

那个男生还要说什么，宿舍的门却忽然被推开。大冬天的，郑以坤只穿了一件黑色衬衫，还带了一身浓烈的烟草味。

他径直走到易辙的床边，把手里的学生卡往易辙的桌子上一甩，手搭在床沿，对上面的人说："非要让我销个卡才能走，我白天没空，你有时间帮我跑一趟呗？"

许是被郑以坤这一身越来越浓重的痞气吓着了，没等易辙点头答应，那个刚刚还在说郑以坤笨的男生已经悄悄拿了本书，溜了出去。宿舍门被关上，没人了，易辙才一边下床一边问："你怎么退学了？"

"不喜欢学这些个啊，"郑以坤看了看手表，"外面有人等着我呢，我赶时间，就先不跟你说了。你周末有没有空？请你吃个饭吧，估计以后我有的忙，不会常见了，不介意的话，你这次把许唐成也带上。"

易辙没交到什么知心的朋友，算下来，如果不加许唐成的话，这些同学里，他竟然和郑以坤最是亲近。

他于是点点头，应下来。

郑以坤看上去是真的赶时间，匆忙说了声回头联系就往外走。但快到门口，他又突然停住，转回了身子："对了，你让许唐成把我小学长也叫上吧。"

"小学长？"易辙想了一会儿才明白，"成絮啊？"

"嗯，不然还能有谁，"郑以坤笑了笑，"我自己叫也不是不可以，但是吧……"

藏着掖着，郑以坤话说了一半就没了。

"反正你让他叫吧。"

第三章

小学长

许唐成扔了两包买一送一的乐事薯片到购物车里，听到易辙的话，转头时连手都忘了收回来。

"退学了？"惊讶完，他又很快觉察出不对劲儿的地方，"等一下，他跟成絮关系这么好？"

"不太清楚。"

易辙几乎是将郑以坤的话原原本本转达，只自作主张地抹去了"小学长"的说法。他看着许唐成在这两个问题之后凝眉沉默下去，拿不准是不是应该把漏掉的信息补全，免得影响许唐成的判断。

"你在想什么？"他试探地问了一句，顺便把手伸到货架上，攥了两瓶酸奶的瓶口，拎起来。

"想……终于要见到这个传说中的郑以坤了。"许唐成微弯腰，将刚刚被易辙扔进购物车的酸奶又拿出来，"你跟他说过？"

这话说得不甚详细，易辙一下子没听懂，立即发问："说什么？"

握着酸奶，许唐成跷起食指和拇指，指指易辙，又指指自己。

"哦，"易辙明白过来，解释，"没，他自己发现的。"

许唐成这回倒是没有任何惊讶的神情，只平静地点头，像是一切完全在预料之中。

他今天穿了一件毛里的棉夹克，暖调的浅棕，配了米色的羊羔毛领，是易辙非常喜欢的装扮。许唐成的衣着偏向简单干净，外套基本是略微宽松的短款，纯色为主，大多不艳丽，温和柔软，如同他的性格。

在这段隐去了很多词语的对话之后，许唐成不知想到了什么，朝着冷柜一侧短暂偏头，笑了笑。

不到一秒的时间。

像是耳朵自动摒弃了周围的人声，易辙将冷柜发出的嗡嗡声响都听得很真切。他忽然想，是不是该买一架相机了。

如果给他时间，易辙觉得自己大概能盯着眼前人看上几天几夜，因为在他看来，许唐成身体的每一个位置都是特别的。比如现在，他转着手中的酸奶瓶，冷柜的白光照到他的手指上，两种白的碰撞，夹杂着冷热相遇形成的一层水珠，组成了非常柔和的一幕。

手指长得比别人的好看，碎发下垂，露出的脑袋瓜也比别人的可爱。

人的认知有时任性又无礼，只管横冲直撞，向着自己偏心的人。

这样想着，没留意，易辙的嘴角就已经抬了起来。许唐成刚巧抬头，瞧见，有些奇怪地问他："笑什么？"

酸奶又被许唐成重新放了进去，易辙推着购物车前前后后地动，车轱辘在地上一下下蹭着，打磨着光滑的地砖。推车来回，频率接近于学生时代，突然被喜欢的人探头搭话，在湿漉漉的空气中紧张握笔，食指无意识屈起，摩挲笔杆上的软垫的节奏。

他长久未说话，许唐成就抬手碰碰他的胳膊，又笑着问："问你呢，偷着笑什么呢？"

"没什么，"又像那天那样露给许唐成一个小梨涡，易辙说，"开心。"

莫名其妙又幼稚。许唐成看了他半天，最后小声说："傻不傻。"

结完账，像往常一样，两个人在座椅上将东西分成了两袋。易辙扔了一盒巧克力到许唐成的那份里，许唐成又立即拿出来："我不吃巧克力，容易长痘。"

"噢，那给我，"易辙翻了翻袋子，"那饼干都给你吧。"

许唐成常常在实验室里一待就是一天，易辙想着他饿了的话可以随时吃点，免得胃不舒服。

这天天气很好，虽是冬天，但从超市出来，外面的阳光穿破了冷风，人和天空都没了距离。

"其实，可能是我自己先入为主了，听你之前提起郑以坤，他给我的印象一直是一个很……"许唐成歪歪头，做了一个停顿，"很精明的人。但是成絮其实特别特别单纯，我总觉得他跟个小孩一样。"

这话易辙是认同的，郑以坤看上去没个正形，其实兜里揣着明白。所以他点点头，附和道："确实。"

怕许唐成担心，易辙又想了想，补充说："不过他人不坏。"

"我相信，"许唐成看了看易辙，"能让你交上的朋友，人估计都不错。"

易辙愣了愣，又走了几步，才发现这是一种肯定。转过头想追问两句，却看见许唐成正在揉眼睛。

"昨晚没睡好啊？"他立即问。

"睡得还行吧，跟你说完晚安就睡了，八点才起。"许唐成将两条手臂小幅向后侧打开，不明显地伸了个懒腰，"可能吃完午饭就容易犯困。"

"那别回实验室了，回宿舍睡一会儿再去吧。"

许唐成却摇摇头："宿舍太远了，懒得跑。"

实验室在学校西门附近，和许唐成宿舍之间的距离几乎取了整个校园中距离的最大值。

"你去我宿舍睡？"话音刚落，易辙就立马反省，"算了，不太合适是吧。"

许唐成笑看着他，没说话。

"那我说骑车送你，你又不愿意。"

听着他抱怨，许唐成忍不住搭了一只手到旁边的肩膀上，摁低了这人："故意买辆没后座的送我？"

易辙侧身朝他倾着，嘴硬道："没故意……"

解释的话语被一个女声打断，两张传单，分别被塞到了两个人的手里。

"同学考虑办卡吗？我们新出的套餐，现在是一年优惠期，可以了解一下。"抱了一摞宣传单的女孩一边随他们的步伐倒退走着，一边介绍优惠套餐的内容。女孩语速飞快，根本不给人打断的机会。

易辙没给出什么反应，只是拿着传单抿唇听着，许唐成却在女孩说了两句后便停下了步伐，等她说完。

约是在外面站得久了，女孩的两颊被冻得通红。她始终挂着一个很甜的笑，但中途有几次都不得不暂停笑容，吸吸鼻子。

她介绍完毕，许唐成还笑着朝她点头，说会好好看一下。不知是不是例行流程，女孩在印着宣传字样的蓝色马甲里翻了两下，掏出两小沓便利贴，说是送他们的小纪念品。

两人离开，许唐成拿了一个便利贴递给易辙，易辙却说："花形的啊。"

听出易辙对形状的嫌弃，许唐成就要都揣到自己兜里，易辙却又拽住他的手，劫走了一包，说可以凑合着用。许唐成懒得理他，继续认真看着手上的宣传单。

易辙奇怪："你要办啊？"

"没有，不过人家小姑娘大冷天发的，看看呗，万一心动了办一张呢。3G……"许唐成拖了个长音，然后想到什么，笑着转向易辙，"你说还要多长时间，3G换成4G？"

"不知道。"易辙老老实实地答。

中国在2009年进入3G时代，一年多的时间，这个概念尚未被人们完全理解。

许唐成将宣传单的正反面都看完，才把它角对角地整齐叠好，猜测说："我不怎么了解这块，不过总觉得3G用不了很久，等4G标准定了就快了，未来移动端通信会迅速发展。"

到实验室的路还很长，一路上，两个人断断续续聊了些这方面的事情。刚刚大二，易辙接触专业还不太深，仅仅了解的一些内容，几乎都是来自各位老师在课上的漫谈，所以大部分时间都是他在问，许唐成在答。

聊着聊着，许唐成突然问易辙："你有没有想过以后要干吗？"

易辙的第一个反应，自然是很久之前的那个念头——接着读书，读和他一样的专业。

"其实我觉得以后搞标准化还挺爽的，你可以考虑一下。"许唐成倒也不像是真的在跟易辙讨论什么未来发展，他语气略带玩笑意味，似只是在讲趣事，"我一个师兄在国外的一家公司搞标准化，有个3GPP（第三代合作伙伴计划）会议你知道吗？他们就会参加那个会议，前一阵他跟我说基本是两个月开一次吧，每次开会地点都是在那种风景优美的旅游城市，讨论讨论就出去玩了。"

"这么好？"

"嗯，不过我觉得以后不一定吧，制定3G标准花了那么多年，4G就不是了，4G之后还会再升级，估计他们会越来越不清闲。"

人们一直在不遗余力地推动技术的发展，每一天都有革新，选择无数，可能无数，谁也不知道一时领先能维持多久。就如同行业巨头高通，也发出宣言，放弃了一直坚持的 UMB（超行动宽带）研发，彻底转向 LTE（通用移动通信的长期演进技术）。人们不可避免地同时成为技术的主导者和跟随者，要加快步伐，要每一天都在思考。

而关于那个或许会不再清闲的会议和逐渐加快的标准化进程，许唐成确实一语中的。这在几年后得到了验证。

和郑以坤吃饭的那晚，许唐成开了车过去，成絮白天没在学校，车上便只载了一个易辙。两个人一前一后进入大堂，许唐成一眼就看见了坐在窗边的郑以坤和成絮。只是，两个人此刻的姿势让他没察觉地顿了脚步——郑以坤一只胳膊搭在成絮身后的椅背上，整个人倾着身子，而成絮则朝窗户那侧歪着身体，躲着他。

成絮先发现了他们，立即伸着脖子招手。郑以坤也随即悠悠回头，他朝这边笑了笑，姿势却没有半分改变。等到易辙和许唐成坐下，郑以坤才转回身子坐好，跟许唐成打招呼。

"我也不管易辙怎么叫你了，"介绍过，握了手，郑以坤便递过来一本菜单，"成哥，看看吃什么，今天不用跟我客气啊，随便点。"

许唐成笑了笑，把菜单挪给成絮："成絮看吧，我不挑。"

成絮赶紧摇头："你们点，我不会点菜。"

一本菜单递来递去，郑以坤索性一把拿过来，扔给易辙："你点。"

易辙瞥他一眼，低头翻开，放到自己和许唐成的中间。

点菜时，无论问郑以坤和成絮什么，两个人的回答都是"可以"，但在许唐成看来，同样一个词，含义却不大一样。

成絮是性格就这样，郑以坤应该是并不在意这顿饭到底吃什么。

只是在菜品确定后，许唐成刚要同服务员说点好了，郑以坤却突然伸手，接过了他正要还给服务员的菜单。

"我再加一个。"他翻着菜单，咂了下嘴，"给我小学长点份炼乳小馒头。"

一旁的成絮立刻推了推眼镜："我不要。"

郑以坤却点着菜单上的图案，再次跟服务员说："炼乳小馒头。"

许唐成坐在成絮对面，被这一句"小学长"和炼乳小馒头搞得有点蒙。

"不要了，"成絮还在拦，"点太多了，吃不了。"

"我吃。"

不管他的抗议，郑以坤收了菜单。

许唐成看了易辙一眼，正好和他对上视线。看着易辙抿了抿唇，欲言又止的样子，许唐成便明白了易辙对于"小学长"的称呼是瞒而未报了。

郑以坤是个很健谈的人，和许唐成第一次见面，也能自然地发掘出一堆能和他深谈的问题。几人闲聊，易辙自然问了句郑以坤以后的打算。而让许唐成和易辙惊讶的是，成絮并不知道郑以坤退学了。

不知是被辣椒呛住还是太过吃惊，成絮听到一句"退学"之后突然开始猛烈地咳嗽，整张脸涨红了。郑以坤一边"哎哟"一边给他递纸，又倒满了一杯豆奶，推到他手边。

成絮灌了小半杯，才泪眼模糊地扭头问："你为什么退学啊？"

这问题郑以坤听过挺多遍了，不过成絮问，他还是耐下心来说："我本来就不是学习的料。

"我爸呢，是个暴发户，钱多得没地方花，这辈子唯一的遗憾就是觉得自己没文化，所以抢着棍子逼我考 A 大。"他喝了口酒，咪地笑了一声，"他让我考我就考呗，反正他承诺我考上 A 大就给我多少多少钱，我就当赚钱了，还能顺便满足一下他的虚荣心，让他乐和乐和，不亏。

"不过我考上不一定读啊。"

这种做法当然并不主流，易辙和许唐成早就知道退学的事，此刻的接受度还比较高，但成絮刚刚被这消息冲击，自然生出了一股脑的问题。

"那你爸不会说你吗？"

"为什么说我？"成絮看着郑以坤的目光满是奇怪和震惊，但反过来，郑以坤看着成絮，眼中也满是奇怪，"我不告诉他，他又不知道。我要告诉他就不是说我的事了，他能打死我。"

怎么就会不知道了？

成絮觉得不大对，思路却突然梗住，没想明白怎么不大对。许唐成看了他一眼，替他问了出来："上没上完还是能知道的吧，网上可以查，还有，毕业证到时候你不也没有吗？"

"哎哟，"郑以坤边笑边低了低头，"都说了我爸是暴发户，他怎么可能知道上网能查，我现在都不知道怎么查。估计他连毕业证、学位证这些东西都不知道。再说了，到时我会给他看的啊，办假证的这么多，我还搞不定一个毕业证吗？"

这话把桌上的三个人都惊住了，三双眼睛齐刷刷地看着这个要办假证的人。

郑以坤用手指尖敲了敲桌子，给他们解释："我呢，寒暑假会按时回家，到了毕业的时候我搞张毕业证给他看看，然后告诉他我在北京找了工作了，待遇还不错，你们说他会撑得没事干怀疑我退学了吗？"

放在那时候，放在许唐成接触的世界里，郑以坤这番动作即便说不上惊世骇俗，也绝对算大胆出格了。

　　九年的义务教育，当然是好事，但在信息视野并不算开放广阔的年代，很多人囿于安逸简单的成长环境，在结束了那九年、考上了一个不错的大学之后，都会突然失去了目标。学习成了一种习惯，而不是思考后的行为。

　　许唐成不知道郑以坤会打拼成什么样，不过他那时却很肯定，这个人是会得到自己想要的生活的。

　　而易辙虽也觉得震惊，但只得出了很简单的想法——人与人是不同的。

　　白天许唐成和他聊的那些东西，他其实并没有什么兴趣，但他看得出，许唐成对这个专业相关的事情是真的感兴趣。他能体会到乐趣，便也是易辙的乐趣。所以易辙虽然也觉得现在学的东西很无聊、很抽象，但从没动过什么改变现状的念头。毕竟，他也没有什么很感兴趣的事。

　　而郑以坤不一样，他没兴趣，就不会给自己留任何退路，连敷衍一下学业都不愿意。

第四章

藏心事

　　郑以坤喝了酒，所以吃完饭直接把车扔在了饭店，坐了许唐成的车回来。一路上他都在后座毫不避讳地逗成絮，许唐成瞥了后视镜好几眼，也没起到什么让他收敛的作用。等郑以坤下了车，车还没开上路，许唐成就问成絮："你不是说过不爱跟他待着，你俩怎么这么熟？"

　　"也没有，"成絮嘟哝了一声，接着说，"一开始是不愿意，但是后来有一次我跟别人吃饭，喝多了，在饭店碰上他，他把我救走，回他那儿睡了一晚上，我就觉得他还挺好的。"

　　"喝多了？你不是不怎么喝酒？"

　　"嗯……"成絮含糊地说，"那次是跟别人去应酬。"

　　除了一直在帮傅岱青的忙，许唐成知道成絮并没有做过什么其他的兼职或实习，所以一联想，也大概知道了这个应酬是怎样的情况。只是有些奇怪，成絮的酒量可能比他还差，怎么还会跟着去应酬。

　　很快到了南门，许唐成靠边停车，易辙解开安全带却没有立即下车，而是把手放在车门上，无声地看着他。

　　临近分别，两个人也都没说什么。许唐成把放在方向盘上的手抬起来，举到耳边，悄悄做了一个打电话的手势。

　　成絮还在和易辙说着再见，易辙偷偷朝驾驶座的人翘了翘嘴角。

也是奇怪，往往就是这样偷偷摸摸的小动作，会给人强烈的归属感。

易辙之所以恋恋不舍，是因为许唐成本来答应了他明天晚上要去蓝色港湾看灯，却在今天接到老师的消息，说明天出差回来，只能在京待一个晚上，而他最近太忙，不得不占用大家的休息时间召开一次组会。

下午四点至晚上十一点半，一至五组，每组一个半小时的时间。时间实在仓促紧迫。

许唐成在三组，无论如何，也不可能飞到蓝色港湾同易辙看个灯了。

洗漱完躺在床上，两个人打着电话再次商量时间，但絮絮叨叨，有的没的一起说，一个电话竟然打了四十分钟，连成絮到最后都奇怪地看着一直在边说边笑的许唐成。

一直捂在耳朵上的手机有些发烫，再加上注意到了对面成絮越来越不加掩饰的好奇视线，许唐成终于先进入了"拜拜"的流程。

等挂了电话，成絮坐在对床，很好奇地问："你们要去蓝色港湾啊？"

"嗯。"

"什么时候啊？"

"下周吧。"许唐成说。

"哦。"

看成絮试探性地望了自己一眼，许唐成微愣，立马明白了成絮这是也有些想去，但又不好意思说。

要放在平时，他肯定会立刻邀请成絮一起去，但这次不大一样，因为他和易辙没几天就要回家了。许唐成不得不承认，在学校里，他和易辙相处会有更轻松的心态。回去以后的环境会多出许多束缚，而且家人总在眼前晃，很多琐碎的事情或言语，都会使他不可避免地频繁想到一些迟早要面对的事情。

所以这次去看灯，其实是他和易辙心照不宣的一次逃离。

成絮正在换被罩，他猛地抖了一下手，那股力量带动了被子的底端。安静的室内忽然有短信提示音响起，成絮从被子底下摸出手机，盯着亮起的屏幕看了很久，才垂下头，将手机放回枕边。

宿舍的灯在门口，摁动式开关，需要下床去关灯。许唐成踏着梯子朝下走，成絮已经将套好被罩的被子铺好，钻进了被窝。

看着许唐成挪动的身影，成絮忽然叫了他一声："唐成。"

"嗯？"

"我记得你说过，你和易辙是邻居。"成絮把被子往上拉，遮住了嘴巴，"你们是很小的时候就认识了吗？"

"嗯。"

这个问题，让许唐成想起了曾经的许多事。他第一次见到易辙时，易辙也是现在这个不爱说话的样子。如今也还能隐隐从易辙的脸上看出他小时候的痕迹。

"感觉你们关系很好。"

被端起的水杯停在半空，许唐成看了成絮一眼，静默片刻，轻轻点头。

"很好。"

"嗯，"成絮轻轻应了一声，说，"而且我觉得他对你和对别人不一样，他和你很……"

成絮想着易辙和许唐成在一起时的样子，此刻在艰难地从自己的脑海里搜索合适的形容词。

"亲近，"想了半天，成絮终于说，"而且他好像只对你很亲近，对别人都冷冷的。"

听到这句评价，许唐成笑了。

"也不是冷冷的吧……"他想为易辙的不善言辞辩解，但是转头想想，这孩子确实喜欢对别人板着个脸，"嗯……可能有一点……"

许唐成用手指摩挲着杯子边缘，还在思考易辙对别人算不算冷傲，又听成絮补充说："可能是因为你对他也很好。"

如果放在之前，听到这样的话，许唐成会觉得愧疚。好在现在听来，虽然也还有遗憾和愧疚，但更多的是期待。

能对一个人好，是一件让人振奋的事。这是许唐成第一次有这种体验。

"其实真的和他相处起来，就会发现，他只是不擅长和人打交道，但其实是个特别让人……"稍做犹豫，许唐成坦然道，"是个特别让人喜欢的人。"

许唐成将水杯放回原来的位置，走到门口，正要关灯，听见成絮小声说了句什么。

"嗯?"许唐成没听清，便转头轻声询问。

"我说，有点羡慕易辙。如果我的邻居是你就好了。"

成絮的声音不大对劲儿，话语的最后，许唐成因为其中夹杂的颤抖而错愕。再细看，竟看到了厚厚的镜片下，成絮红了的眼。

许唐成想问他怎么了，可张开嘴，还没来得及说话，成絮已经一拉被子躺下，蒙住了脑袋。被子下闷闷地传出一句话："你关灯吧。"

不知所措的人变成了许唐成，他咬咬下唇，看着床上隆起的那个鼓包，还是动了动手指，关了灯。

移动到成絮的床边，几步路的时间，许唐成迅速理清了思路。

宿舍里安静得很，楼上不知是谁打翻了什么东西，乒乒乓乓，一阵乱响。被子下的人动了动，看轮廓，是将自己的身体缩成了更小的一团。

许唐成在成絮的床边站了一会儿，听到了断断续续被压抑的声音。他伸出两根手指，揪住一小点被子，微微用力朝下拽了拽，被子里的人却使了劲儿拉着，没让他拽动。

许唐成没想到这几句简单的对话会造成成絮这么大的情绪转变，他不再拽被子，而是隔着厚厚的棉絮，把手放到了成絮的后脑勺上。

轻轻抚了两下，许唐成很小声地问："是傅岱青吗？"

某个冬日的图书馆，成絮一直看着手机等待消息的一幕忽然清晰起来。故事向后发展，还有收到短信后突然颓丧的成絮，以及问他能不能跟着他回家过元旦的成絮。

原来，当眼睛始终追着一个人时，情绪的牵动都是类似的。

成絮终是没能说出什么话来，许唐成陪着站了好久，一下下轻拍着他，听着他忽大忽小的呜咽声。

直到他平静下来，许唐成才放了一包抽纸在他的枕边，然后隔着被子告诉他："我不知道你是为什么这么难过，但是如果想找人聊天，或者有什么自己想不明白的，可以跟我说，不要自己闷着。"

再爬上床，许唐成摸起手机，摁亮了几次，才转到短信界面，发了一条消息。

消息的内容没什么意义，是早就说过的"晚安"。但许唐成此时真的非常想联系他。

自然没有回复，收件人应该早就睡了，说不定现在正在做梦。许唐成翻了个身，侧身朝外，看着对面发出窸窸窣窣声响的人。

一只手从被窝里探出来，抽了两张纸，又乌龟般缩回去。

"不等回家前了，我们周一晚上就去吧。"

发完这条短信，许唐成放下手机，闭上了眼睛。迷迷糊糊准备入睡，他却忽然看到了一个隔了很久的场景——入学第一天，他收拾好自己的行李，帮别人到对面宿舍转交东西，当时对面的宿舍里只有一个男生在，那个男生正坐在靠窗右侧的床上套着枕套，见他进来，自上面望着他。

那天很热，再加上收拾了半天东西，男生的白色棉 T 恤上出现了很多不规则的褶皱，肩上被汗浸湿了，弄出两条浅浅的痕迹，他的衣领也有些歪斜，露出微微泛红的锁骨处皮肤。

男生的两只手还攥着枕头，维持着正在做整理的姿势，也并没注意到这些细节。他安安静静地朝门口的许唐成笑，不太自然，腼腆害羞，半天，才小声说："你好，我是成絮。"

那是他第一次见到成絮。

天花板中央的风扇一直转着，风很凉爽，满能打破闷热，却始终没能吹到他的身上。

第五章

十八岁

易辙不知道许唐成为什么忽然将时间提前，但第二天醒来看到消息，他立即回复了一声"好"。

许唐成在晚饭时间离开实验室，电梯门打开，刚好碰上从外面回来的于桉。

"哎，去吃饭？"于桉走出来，招呼他，"我回去拿点东西，等我一起啊。"

"不了，"许唐成单手插着兜，摇摇头，按了下行的电梯按钮，"我出去。"

"晚上不来了？"于桉有些奇怪。

"嗯。"许唐成点头，看于桉还要问，便直接说，"出去玩。"

刚好电梯到了，许唐成挥手同于桉告别。手机上又收到易辙的消息，说自己已经到楼下了，看到 21 号公寓旁新开了家奶茶店，问他要不要喝奶茶。许唐成是站在电梯里读的短信，正要回复，忽然想起自己还没有摁电梯的按钮。

抬起头，电梯门正缓缓合上，他有些惊讶，因为于桉竟还站在那里，没有走。见他看过来，于桉借着电梯门余下的窄窄缝隙，笑着朝他挥了挥手。

易辙就等在楼下的花池边，他蹲在台子上，捧着手机不知道在看什么，手里的光映着他的脸。许唐成走过去，发现他背了一个从前没见过的小黑书包，拎起来一看，竟是一台摄像机。

"哪儿来的摄像机？"许唐成问。

"跟郑以坤借的。"易辙站起身，一只鞋底蹭着花池边缘，滑下来，用一根大拇指捋捋书包带子，说，"我打算买一台。"

许唐成刚要问买一台做什么，就听见他接着说："以后拍你。"

一颗石子被踢出去老远，本来无序的声响，却因为这句话中暗含的情绪动听起来。

还在学校里，易辙就已经掏出摄像机，小跑了两步到许唐成身前。湖畔，光秃枝丫。渐沉的暮色中，摄像机上亮了个小红灯，像是勾着许唐成往前走。

"看着点路，"许唐成提醒，"别撞到人了。"

"不会，看着呢。"易辙举着摄像机，在向后退着走的同时，偶尔回头看一眼。

俩大男生，在学校里拿部摄像机拍着玩，怎么看都有点怪异。看到很多路过的学生都在放慢脚步打量他俩，许唐成脸皮薄，赶紧迈了两步，追上那个很兴奋的人。

"好了，先别拍了。"

"不。"易辙抬高手肘，撇开许唐成要来拽他的手，摄像机的镜头都快要贴到许唐成的脸上了。许唐成往一旁躲，易辙就不依不饶地接着跟上来，还咧着嘴巴笑说："你皮肤真好，这么拍都看不见毛孔。"

许唐成歪歪脑袋，只象征性地躲了一下，便任由他闹。也是奇怪，摄像机碰到他的皮肤，明明是冰冰凉凉的，却像是能把冬天的寒冷都逼退。

到达蓝色港湾附近，怕再往那边走不便停车，许唐成就将车停在了朝阳公园边上。下车时，易辙解开安全带，说："我马上就能考驾照了。"

处在同样的校园环境，都是同样的学生身份，平日相处，许唐成其实并不会感到什么很明显的年龄差距。易辙满怀期待的这一句才让他忽然想到，原来易辙才刚刚要满十八岁。

而自己，手上还戴着细细的红绳，正在过第二个本命年。

见他迟迟没有下来，易辙从车头绕过来，拉开车门，弯腰："怎么了？"

许唐成摇摇头。踏入寒冷的空气，他没忍住，跺了跺脚。

两个人朝商区走，没几步就拐入了一条小路。小路的一侧是墙，另一侧则是粼粼的水面。易辙第一次来，看到这里竟然有水，很惊奇："这是哪儿的水？是湖吗？"

许唐成摇摇头。他倒是知道蓝色港湾号称什么三面临水，但具体临的什么水，就确实不大清楚了。

"朝阳公园有个水碓湖，"他凭着印象和已知的地理位置推断，"可能就是那个。"

尽管两个人谁也不清楚水的来源，但景色在，他们便还是走到水边站了站。易辙试图用摄像机拍一拍水面，不过刚对准，又立马作罢。

"太黑了，拍不清，"他把镜头转过来，继续对着许唐成，"还是拍你吧。"

这只是作为过渡的一条小路，路灯光线很弱，几乎相当于没有。而且今天不是休息日，这个时间来这儿的人并不多，路上也不过停了两三辆车，行人稀疏。许唐成不再像在学校里那样避讳，索性直接靠在石栏上，任由易辙对着他折腾。

"你这个待会儿不会没电吗？"

"不会。"易辙说,"我特意充满了来的。"

一个常年找不着钥匙的人还能记着这种事,真是有心了。

"易辙。"胡乱打趣几句过后,许唐成突然盯住镜头,叫了易辙的名字。

他忽地一本正经起来,弄得易辙一愣,而后,他侧了侧脑袋:"啊?"

许唐成的视线却没往他身上落,而是端端正正投进镜头,录视频般的姿态。

"十八岁生日,想要什么礼物?"

这个问题来得突然,易辙没有任何准备。好像从小到大,他都没想过生日礼物这种事。在父母还未离婚时他还是经历过这个环节的,但那也只是有一次在父亲的车上,他实在没忍住,说了一句今天是自己的生日。

想要的……

他顺着这个词想,却很快发现自己的心态近于无欲无求——也不是真的无欲无求,只是想要的已经都在眼前了。

"不想要什么。"他老老实实说了这前半句,自觉后面的话有点肉麻,所以只看着许唐成,自己在心里说了一遍。

有你就够了。

"想想,"许唐成笑,"十八岁,成人呢,想送你点像样的东西。"

逃离实验室的夜晚,晦暗隐约的灯光,使得许唐成在说完这句话后,心中竟泛起了很明显的波动。他不想被镜头记录下什么异样,于是转过身去,面朝着被风不住撩拨的水面。

很久没抽烟了,许唐成摸摸兜里,空的,今天忘了带。转头想问易辙要,却差点被镜头打到眼眶。

"哎哟，"易辙慌忙放下摄像机，贴近他察看，"磕着了吗？"

"没有。"

虽然没事，许唐成还是趁机瞥他一眼："说了让你离我远点了吧。"

"哦。"

易辙这回听话，朝后退了一步。许唐成刚要往他兜里伸的手悬在空中，两个人你看我，我看你，僵了两秒钟，易辙又一迈腿，跨回来，把口袋送到他手边。

掏了烟，点燃。

"想到没？"

"嗯？"易辙靠在他的身边，拍他抽着烟、随着烟头火光明灭的侧脸。

"生日礼物。"

"嗯……"思想漫无边际地游荡半天，易辙捞到个想法，"给我唱生日歌？"

许唐成一撇头笑开，烟圈都在空中打了个转。

"要求也太低了吧，生日歌我现在就能给你唱。"

他在同自己开玩笑，易辙却觉得这个主意不错。他立马扭了扭肩膀，端正了摄像机道："那现在就唱。"

"唱什么唱，"许唐成夹着烟，虚点一下旁边，"你老这么着，别人还以为我是什么大明星在这儿拍什么宣传片呢。"

"不管他们，而且要拍也是纪录片啊。"易辙放低了声音，居然有点像撒娇，"你现在唱给我听听？你小点声唱他们就听不见了，我还从来没听过生日歌。"

没打算陪他胡闹，但许唐成这个人一向吃软不吃硬。原本也不是什么大事，听完易辙这带着鼻音的话，他就一点拒绝的欲望都没了。

一个接近一米九的大男生，平时一直酷酷的，撒起娇来，其实比小姑娘要命。

"行，"许唐成微微仰着头，朝身侧的人道，"纵容你一晚上。"

他说唱，整首歌下来却完全没有半句"生日快乐"，或者说，他连句歌词都没唱，要么是抿着唇哼哼着调子，要么，内容丰富些，给曲调冠以一串"嗒嗒嗒"。

前面几声出来，易辙就觉得不大对，等许唐成哼完，他看着摄像机屏幕里眯着眼睛的人，有些奇怪地说："你这不是生日歌啊。"

许唐成立即反问："你不是没听过？"

"我没听过别人给我唱，也不至于不知道生日歌是什么吧。"

许唐成不理他，胳膊撑在一根柱子顶端的石球上，手撑着脑袋，自顾自笑得欢畅。

这反应使得易辙更觉不对，他举着相机凑近他，哼了一声，问："你是不是骗我了？"

"没有啊，"许唐成看向他的眼睛无辜直白，写满了坦荡，"生日祝福嘛。"

他狠吸了一口烟，接着转过脑袋，朝另一边吐了气，才又转回来，看着镜头，解释："生日歌也不是就那一首啊，这是别的国家的生日歌，所以我只记得旋律，不会歌词。"

"是吗？"易辙的语气中依然满是怀疑，"那你说是哪个国家。"

"厄瓜多尔。"许唐成立马接上。

他信誓旦旦，易辙则还在考量。

许唐成干脆挥了挥手，转移话题："哎呀，你看让你挑生日礼物你挑的是什么，要不我送你摄像机吧，你不是想买。"

"不要。"易辙拒绝得很快，"我要自己买。"

好歹也做了一学期的家教，钱还是攒了一些的。

一支烟吸完，许唐成在一旁的垃圾桶上摁灭，丢进去。

"那你慢慢想吧。"他向前走了两步，看见不远处很明显的蓝白色灯海，转头朝立在原地苦思冥想的人招招手，逗他，"走，易少女，哥哥带你看灯去。"

他还没试过以这种语气同易辙说话，本以为易辙会炸，却没想到，匆促的脚步声追上来，来人完全没对刚才那句话表示什么抗议，而是说："我想到我要什么了。"

"什么？"

易辙放低了身子，凑到他的耳边："可以一起去旅行吗？"

"可以啊，什么时候？去哪里？"

"还没想好，"易辙挠挠头，"想去看雪。"

"看雪？"许唐成奇怪，"你应该没少见雪吧？"

"嗯，但是我喜欢那种放眼望去全是白色的场景，很安静。"易辙大致挑拣了几个地名，"比如冰岛、南极、北极，你想不想看极光？"

马路上人多，许唐成拉住易辙的胳膊，将他往自己身后拽了拽，防止他被过往的车辆蹭到。

"好看是好看，但是听起来就好冷。"

"啊……"易辙此时也意识到许唐成不同于自己的体质，想想许唐成冰冰凉凉的手，他立马打了退堂鼓，"那算了。"

"别啊，可以多裹点衣服，那么多能保暖的东西，总有办法的。"许唐成接着逗易辙，"看你表现吧，表现好的话你想去哪里我们就去哪里。"

也不知这话是有哪里不对，旁边两个拿着气球的女孩子竟不约而同地朝他两个看过来。许唐成正好和她们对上眼神，愣了愣。

夜晚的蓝色港湾，人是真的很多。两个人走了一段路，许唐成拽了拽易辙的胳膊，停下来，指着旁边宽阔的高台阶问："这还挺好看的是不是？"

易辙听了，立即把镜头对准了那个大台阶，几秒钟之后，又退后两步，转向了许唐成。

"你上去，我给你拍照。我发现这光拍出来不错。"

大台阶上有很多小孩子，一蹦一跳的，坐着聊天的，还有一个小男孩和一个小女孩在猜着拳，看谁能先走到顶端。

许唐成往上跨，脚下散发出黄光，给人的感觉有点像是电影开场，缓慢地放着片头。观众知道这会是个好故事，但具体轮廓又是未知，所以只能随着片头的节奏期待着、猜测着。

易辙在身后叫他，要他回头，许唐成却一直往上走。

直到走到一半的地方，他才回身，朝易辙招了招手。

易辙不明所以，但也很快奔上来。他站在许唐成下方的一级台阶上，两个人的身高差这才有了逆转。

许唐成微微弯腰，从易辙的手里捞过相机。

"你要拍啊？"

许唐成点点头，把那条带子套到自己的手上。整理好，眼前却出现了一副手套。

"那你把手套戴上。"易辙说着，伸手去接相机，顺便把手套塞到许唐成的另一只手里。

是一副灰色的毛线手套，平平整整的。许唐成没见过，应该是新买的。

"干净的，我就怕你要拍，特意去超市买的。"

想到了这点，许唐成却还是一时没醒过味来。

"那你刚才怎么不戴？"

"我习惯了，以前上学冬天我也不戴手套。"易辙把手伸到他眼前，一开一合，给他看，"我皮糙肉厚，冻不着。你不一样，我觉得你的手就没热乎过。"

他攥住了许唐成的手，确实，手心很热，像个小太阳。许唐成忽然想起小时候奶奶给他焐手，开玩笑说，小唐成手凉可不好，手热乎才好。手热，会疼人。

他十八岁。

他何其有幸。

原本只打算拍那么几秒钟，但不想让这手套白买，许唐成还是戴上了。

"你去上面，"他说，"待会儿我到下面拍你，你往下跑，我开始录像。"

易辙听着他说，却不明白自己为什么要跑。许唐成还保持着微微低头的姿势，将手套的各个位置抻得舒展后，他抬着眼皮，笑着看了易辙一眼，说："五秒，你能从上面跑到我身边的话，我们就逃离北京，去最远、最安静的地方。"

这话听得人有些心动。

易辙还在发愣，许唐成已经拿过相机，拍拍他的肩膀，往下走。两人擦肩而过时，他补充道："注意安全，不许摔倒。"

上来时是片头，下去时，则是只差了一个彩蛋的片尾。

许唐成也不是真的想考易辙什么，只是忽然很自私地想要记录下他在这样温柔的光中奔向自己的样子。

他回到底下，才想起没有约定出发时的提示。不想大声喊，许唐成拿出手机，给一直看着他的人拨了电话。

"你出发前举个手，放下手的时候我摁开始。"

"嗯。"易辙应道。

隔了这么远，许唐成像是还能看清他眼睛里灼热的光。

"易辙，"许唐成叫他，很轻，很亲昵，他不知道易辙看不看得清，但还是露出了一个笑，"一、不要摔倒；二、加油，跑快一点；三……跑帅一点，要上纪录片的。"

"好。"

郑重的语气，使得许唐成对于这个挑战的结果已经深信不疑。

"唐成哥。"

他要挂断，又被易辙叫住。

"你再往后退一步。"那端，易辙的语调昂扬了许多，方才和他争论时都没有硬气起来的语气，却在这时变成了朔风中的旌旗，"你再往后退一步，我也能找到你。"

灯光是海洋，音响是宽广宇宙。易辙在他的镜头中由远及近，速度快到像是要撞进他的灵魂，激起他没有任何顾虑的呐喊。

他们的这部纪录片结束于镜头的乱晃，地砖，鞋面，裤脚，还有叠在一起的两道影子，不讲秩序地交织成了热闹尾声。

"多少秒？"

"不知道。"

多少秒，有什么重要呢。时光还长。

"一定在五秒之内，我跑得很快。"身旁来来往往那么多人，但谁也挡不住易辙。"我能做到，不为了什么别的。"易辙说，"我跑得很快，只要你答应，你站在哪儿，我都能找到你。"

十几岁的人说出的情话不是情话，只是，昨晚梦到了你，清晨起来，虫鸣鸟叫，餐桌上有一盘草莓，挑了一颗最好的，在放进嘴巴之前，忽然想要拿给你。

于是拿给你。不辞万里。

越过易辙的肩膀，许唐成还能看到那个阶梯。他来时风尘仆仆，停时依旧是光。

十八岁。

许唐成攥着易辙衣服的那只手越握越紧。

原来他的少年是真的长大了。

第六章

冰激凌

回去时依旧是那条小路，气温降了许多，寒风也吹散了行人，使得路上更加安静。地面上，两条影子有着同样的行进速度，一颤一颤，颤着树影。许唐成低头盯了一会儿，没忍住，又摸摸兜里，点了一支烟。

"你不让我抽，自己还老抽。"

旁边的人忽然小声抱怨，语气略带责怪，却在说话间，换到了许唐成的另一侧。

一下子，风就不那么明显了。

顿了顿，许唐成才点了烟，偏头奇怪道："我什么时候不让你抽烟了？"

"台球厅。"

台球厅。

这时听到这个词，许唐成第一时间想起的，就是那场让他心惊肉跳的群架，或许是因为那个场景带给他的冲击感与恐惧感过于强烈，以至于现在去回忆那之前发生的事情，他竟完全是在与一片空白对峙。

"我说过吗？"他问。

"你没直说，"易辙想了想，纠正了自己的说法，"但是你把我的烟没收了。"

烟？

像是触动了什么按钮，一个具象，带动了那晚的完整记忆。

对的，软包中华，小土豪。

忆起易辙一脸小心给他点烟的场景，许唐成没忍住，悄悄笑了一下。怕被身旁的人发现，他还抬起夹着烟的手，用手背蹭了蹭嘴巴。

却没想到，易辙还是很快说："你在笑，我看见了。"

觉得那时候的自己实在二百五，从提到台球厅时开始，易辙就一直盯着许唐成，果然，看到了他暗暗翘上去的嘴角。

"没有，"许唐成赶紧解释说，"只是忽然想起来你那会儿……"

他顿了顿，看着易辙明显懊恼起来的表情，敛起笑："挺凶的。"

可不是挺凶的吗？一个眼神吓退一个小姑娘，被自己打断了游戏，转过身来的时候还跟要打人似的。

这话说得易辙无言，毕竟他非常清楚自己以前在外面是什么狗脾气。只不过，走了几步之后，他又不甘心地转过头，不大的申辩声，在安静的夜色中竟也显得温柔。

"但我没凶过你啊。"

这倒是。

许唐成心中肯定，无意识地还跟着点了点头。

一撮头发被风吹起，立在了他的头顶，他点头，那撮毛发也跟着一晃一晃。易辙侧头，看得有趣，伸手拨了一下，又将它轻轻压下。

说着话就到了车前，许唐成系好安全带，发现易辙已经又捧着摄像机，点开了影像回放。他无奈地歪了下脑袋，想要提醒易辙先把安全带系上。只是没来得及开口，就先插入了一声短信提示音。

许唐成将目光挪向亮起来的手机，屏幕上显示的名字使得他发出了轻微的疑惑声。

这个时间，于桉能有什么事找他？

手机就放在两个人中间，许唐成拿起想要察看消息，动作间，却看到易辙一直盯着自己手里。

他心中一愣，觉出了易辙的不对劲儿。

眉毛拧得像是蓄了无尽的力，其下一束目光，似要在手机上挖出一个洞，把这条短信从里面生生拽出来。好像，是挺明显的敌意。

心中这样分析着，手上的动作就迟缓了。

许唐成对自己此刻的思想颇有些意外，因为他发现，易辙在他面前表露了不寻常的情绪，居然会让他觉得心安。跟感情没什么关系，只是比起从前时常沉默低头的样子，他更愿意看到易辙的喜欢或不喜欢、高兴或不高兴。这让他觉得真实，甚至有力量。

他点开短信，易辙放下车窗，一言不发，把头转向了窗外。许唐成看了看手机上的内容，半天，又看看易辙。

"易辙。"

被叫了一声，易辙回头，重新以平静的神色面对他。

"嗯？"

"你是不是不喜欢于桉？"

即便有犹豫，也并没有许多。很短暂的静默后，易辙给出了诚实的回答："不喜欢。"

对于这句不喜欢，许唐成已有判断，此刻并不意外，但他依然不明白这不喜欢从何而来，他怎么都觉得，易辙和于桉应该没什么交集才是。

"为什么？"他问。

"不为什么。"

易辙给出的理由近乎无礼，像是幼儿园小朋友才会有的回答。许唐成却没再问，只是笑了笑，一只手搭到方向盘上，敲击两下，问："那是不是不该给你看这条短信?"

这话出来,易辙的心猛地沉了一下,之后,便一动不动、略微僵硬地看着眼前的人。

许唐成不再逗他,伸手,把手机摁亮给他看。

小小的屏幕上,有几个黑色的字。

"你是不是有开心的事?"

易辙看完,当即坐直了身子,更加不悦:"他要干吗?"

"不知道。"许唐成坦白地说。于桉对他来说,只是实验室的师兄加学生会的前辈而已。二人虽熟悉,但交往都是集中在研究内容、实验室或学生工作的事务上,并不曾谈论任何关于私人感情的事情。

"有病。"

易辙说这两个字时,周身散发的气场和曾经在台球厅里展现的像极了。许唐成看得一愣,随后忍不住笑了。

"笑什么?"

易辙的不悦被打断,他看着许唐成趴到了方向盘上,奇怪道。

"没事,"许唐成摇摇头,"就是觉得,你还真的挺有当老大的气质的。"

"唐成哥……"

许唐成拍拍他的肩膀,放下手机,把这只手也搭到了方向盘上。

明明心中在响着警笛,易辙还是看着许唐成的手走了神。

怎么会有这么好看的手?

就该去拍汽车广告的。

他的目光在许唐成的手上勾画了好一阵,随着他轻点方向盘的食指一上一下,又慢慢地,顺着他的胳膊往上爬。

"我不打算告诉他。"

目光刚刚触及那截脖颈，许唐成的喉结动了动，也使得在走神的人猛然惊醒。他握了握手中的摄像机，又做了一个很深的吞咽动作。

"什么？"

易辙没听清，在依靠手里冰凉的东西平静下来之后，向许唐成重新询问。

"我不打算告诉他我们关系很好的事情。"

以为是刚才说得不明确，易辙没理解，所以许唐成不再避讳。

不打算告诉。

理解了这个信息，易辙心里蓦地空了下来，因为突然袭来的失落感。

像是注意到了他的情绪，许唐成轻轻咳了一声，作为讲重点前的提示。

"跟你说，就是想解释一下。"许唐成抬手，摸了摸鼻子。这动作让易辙看出几分不自然，有些拘谨，有些多余，这是很少会发生在许唐成身上的情景。

"我只是觉得，我们该学着自我保护。"

易辙看着许唐成的目光有些疑惑，许唐成见了，话也暂时停了下来。

他不禁想，易辙会不会从来都没有考虑过这些事。

"每个人对于所谓非常规事件的接受度不同，或者说，很多人还是习惯于认定主流，对不属于主流的人和事抱着反对甚至更为偏激的态度。所以我是觉得，能避免的麻烦，我们就暂且先不要被缠住。"

读高中时，阅读理解就是易辙的弱项，所以对于许唐成这段话，易辙也没能敏感地抓取后半段的信息。他只觉得许唐成说得有道理，便立刻点点头，说："我明白。"

看了他一会儿，许唐成轻轻点头，笑了笑。

大概，还是没有什么概念的吧。

其实，许唐成也是极不愿意同易辙讲这些的，他从没和易辙说过将来，没有说过他自己的家庭。很多现实的东西，哪怕是迟早要面对，他也没想过让易辙现在就去理解。

这种心理很矛盾，或者可以说，已经接近于逃避。

但不和易辙说，不是因为对他没有信心，也不是因为对自己没有信心，只是单纯地希望，易辙起码毫无负担地享受过此刻，不是像他一样总在担忧着"迟早有一天"，也不是在夜深人静的时候还要去想，要怎么才能给之后一个美满的未来。

易辙捧着最好的东西给了他，所以他不想让自己的压力过早地加在易辙的身上。既然还没到那一步，他就先压下来。

况且……

车在一个路口停下，许唐成看着红灯旁不断减小的数字，出了神。

方才那句"关系很好"，易辙没注意到，自己却是记得那被无端减弱了一些的声音——明明是甜蜜动人的词，却被他懦弱可耻地混入了一点畏缩的态度。

他转头，看易辙。

他还在对着两人今晚的录像笑。

回过头，许唐成无声地等待最后三秒的红灯结束。

况且，他自己已经畏畏缩缩了，所以存了私心，希望易辙能勇敢些、无畏些。

最好能像从前一样一往无前。

带着他。

拐弯处，许唐成轻点刹车，放慢了速度。他朝窗外看了一眼，不小心，窥到了冬天里的一幅异景。

"忽然想吃麦当劳甜筒了。"

他没防备地嘟囔出一句，易辙听到，立刻转头，看向刚刚过去的两个人。一个女孩正侧着身同身旁的男生讲着什么，手里举着一个甜筒，刚刚下去一个旋转的白尖。

"走，去买。"他立刻说。

"不过，"易辙转念一想，犹豫地问，"你肠胃不好，吃这个能行吗？"

"我犯肠胃炎只是吃得不合适，不是一点凉的都不能吃。"解释完，许唐成又打了退堂鼓，"但是现在太晚了，算了吧。"

"别啊，能吃就去买，我是怕你吃了不舒服。"易辙探着头向四周的街道望，"刚刚蓝色港湾那儿我还看见麦当劳了，早知道应该在那儿买的。这附近有没有？或者我们还是去学校那边那个？"

他极力怂恿，搜刮了自己脑海中知道的所有麦当劳地址。但许唐成略微看了一圈，在确定视野范围内并没有麦当劳之后，还是作罢。

又不是没有克制力的小孩子，一个冰激凌而已，他没那么在意。

而且，他抬起手腕，看了看表，已经是十点三十五分了。

快到学校时，易辙坚持不让许唐成把他送到南门。许唐成不解，易辙犹豫了半天，说："就是想送你回宿舍。"

有时候，许唐成都觉得自己给易辙的包容实在很大，他给自己再奇奇怪怪、再幼稚的理由，自己好像都能接受。不为别的，只是每次在自己点头后，看到易辙紧抿着唇、小幅度勾起嘴角的样子，他都会觉得心情很好。

宿舍里，成絮正趴在桌子上看美剧，见他回来，指了指桌上的糖炒栗子，说："吃栗子，今天买的，特别好吃。"

许唐成过去剥了一个，放到嘴里，的确很软很甜。

美剧是 *lie to me*（《别对我说谎》），成絮最近刚刚迷上。这部剧许唐成也看过，开始时觉得很有意思，但看了一季之后便感觉不同故事的剧情有点大同小异，单元剧的形式，破案用的技术较为单一，案情悬念也并不大，每集几乎只看个开头就已经能把凶手、作案动机猜个大概。

尽管如此，许唐成还是挪了个凳子坐过来，陪成絮看了一集。在案情刚开始展开时，许唐成收到了易辙的消息，说他已经到宿舍了。许唐成简单回复，放下手机，又继续给成絮剥栗子。

成絮享受着最高级别的待遇，在又抓起一个栗子的时候，感叹道："真羡慕易辙。"

他年纪小，从前小学中学时，班里的男生都不大爱带他玩。长时间一个人背着书包穿梭于校园，使得他本就内向的性子更加收敛了起来。读书这么多年，许唐成是让他觉得相处最舒服、最亲近的朋友。

成絮说羡慕，许唐成就又想到了前两天的晚上。好在自那之后成絮已经正常得很，还主动跟他解释，说自己当时只是忽然有点激动，让他不要担心。他这样说，许唐成便也不好多加追问，只还是像那晚一般，叮嘱他如果有什么事情，随时可以跟自己说。

栗子皮分裂开来，露出很细软的毛刺，许唐成看着那一小圈茸毛，忽然又想易辙了。

于桉也不知到底是中了什么邪，在发了那一条短信之后并没有消停。许唐成起身正要洗漱，手机一振，收到了他的另一条消息。

"你不回答，我也能看出来。你的私事，我本不该多说什么，但还是想提醒你要考虑清楚。"

许唐成不知道于桉是怎么得知或看出这个信息的，但既然瞒不下去、混不过去，他也就不费心思了。

"谢谢，不过不用担心。"

明显客气地划清界限的话语，却没有起到什么作用。

"老实说，刚刚知道的时候，我挺惊讶的。接下来的话你可能不爱听，但作为一个很欣赏你的人，作为师兄，我还是要说。他太不成熟，太随心所欲，我并不觉得他是适合和你做朋友的人选。"

如果说刚才的两条短信是试探和委婉劝告，那这一条，简直就是没有礼貌的鲁莽越界。许唐成因为于桉对易辙的评价而凝了眉眼神色，一晚上的好心情，就这么被破坏了。

随心所欲？他从不觉得这个词能和易辙挂上钩。

把手中的牙杯往桌上一放，许唐成略做思考，噼里啪啦地开始摁键盘。但刚打了两个字，就被忽然而至的手机铃声打断。

他看到名字，立即接起："怎么了？"

"你没睡呢吧？"

"没，刚和成絮看了集美剧，现在正要去洗漱。"听筒里传来的声音让许唐成心中生起疑惑，因为这喘息的力度未免太大了些，"你干吗呢？"

"嗯，"易辙应了一声，却对他的问题避而不答，"那你下来一下？"

"嗯？"

没反应过来。

不过也只迷糊了那么一小下，许唐成立刻猜到了一件事情。而仅仅是猜到，未得验证，他就已经开始心跳加速，很明显地，感觉到一股热流在从心口往上涌。

刚有猜测，未得验证，这是比看到结果时还要令人兴奋的期待阶段。

"你买了甜筒？"

他边说着，边转向了窗边。

"唉……"那边易辙轻叹了一声，带着懊恼的话音，"你怎么这么不好骗？我还想给你个惊喜呢。"

"呼啦"一声，宿舍的窗户被打开，引得成絮奇怪地望过来。

许唐成打开窗户往下望，一眼就看到了楼下的人。泛黄的路灯，他跨在那辆常年停放在自己宿舍楼下的单车上，一条大长腿支在地上。车座被他调得那么高，腿却还保持着一个优秀矜持的屈膝弧度。

第一眼，许唐成就没边地在心中感叹，嚯，这是谁家的帅小伙。

而帅小伙一只手举着手机，另一只手则一点都不酷地捏着两只甜筒。

似有感应，电话中短暂的寂静使得易辙抬起了头。

两束目光喜悦相碰，发出的光仿佛盖住了路灯。

易辙忽然笑开，举起拿着甜筒的手，朝他晃了晃。

跟举着奥运火炬似的。

易辙还在电话里絮叨地说着甜筒被他弄得有点变形，一路互相挤着，上面的冰激凌都歪了，许唐成已经转身，攥着手机快速往门口走。

拉开门，身后的成絮朝着他喊，问他干吗去。

许唐成回身冲他打了个口型，说出去。

"你没穿外套！"

拿着手机呢，有人等着呢。

顾不得穿。

踩着拖鞋跨出门口，空荡荡的楼道里都回荡着急促的踢踏声。

但刚下了一层楼梯，拿着电话的人又一手拽住身旁的扶手，用小碎步刹住车，转回去，一步两级跨上了楼梯。

一掌推开宿舍门，在成絮莫名其妙的目光中，许唐成拍了拍他的肩膀，在桌上的纸袋里抓了一把。

"借俩栗子。"

刚刚成絮说羡慕，可易辙分明没吃过自己剥的栗子。

走得太快了，拖鞋勤勤恳恳工作了半个冬天，已经被穿得有点松，要偷偷勾着脚尖，才能避免拖鞋被他甩飞。

邻家弟弟比自己小六岁，是什么体验？

大概是，他偶尔幼稚，却幼稚得讨人喜欢，偶尔莽撞，却莽撞得恰到好处。

讨人喜欢和恰到好处都不是随便说的，而是具备很严格的定义——能引得大六岁的他忽然幼稚，忽然莽撞，握着几颗糖炒栗子，踏着拖鞋，穿着卫衣，奔到他身边去。

第七章

生日面

　　易辙突然的折返，使得许唐成忘了短信的事情。再想起要回复于桉时已经是临睡前，他躺在床上想了想，索性任性一次，不礼貌地作罢。而于桉则在第二天找到许唐成，没有具体地说什么，只含糊地解释说自己昨晚是喝多了。

　　"我只是有点担心你……"于桉叹口气，像是很无可奈何，"算了，你自己有数就行。"

　　许唐成正在打水，闻言，抬头勉强笑了笑。

　　也算是天公作美，易辙今年的生日很赶巧，往年都要磨蹭到寒假结束、开了学才到的日子，今年由于过年比较晚，刚好扒到了许唐成寒假的边。

　　这天起床后许唐成先陪周慧去了趟超市，回来时刚好在家门口碰上易辙，周慧走在前面，看见易辙，立刻笑着问："这是去买东西了啊？"

　　许唐成偏了偏头，视线从周慧的身侧越过，看到易辙手里也拎着个超市的袋子，只不过和他们的不是一家。

　　"嗯。"易辙点点头，"买了点东西。"

　　他说话间，许唐成已经和他擦身，两人对视一眼，都没作声。

　　"什么时候开学啊？"

　　易辙老老实实答了个日期，在周慧再开口之前，又连忙补充："不过我想早点走。"

本科生的寒假长，可他肯定是要跟着许唐成的时间走的。

打开家里的门，许唐成像往常一样，扶着门，等周慧先进去。而一旁，易辙磨蹭了半天也没将门打开。

周慧又简单问候了几句，才挥挥手，转身进了屋。许唐成控制着脸上的表情，尽量保持平静，跟上她。但还没跨进家门，背后的衣服下摆忽然被人拽住。一个不大的力道，很快又被撤掉。

他回头，易辙朝他无声地动了动嘴巴，又将手里的袋子提高，给他看。

一系列鬼鬼祟祟的动作使得许唐成瞬间挑起了嘴角，他很小幅度地朝易辙点了点头，又把一只手提到腰侧，摆了两下，示意易辙先回家去。

"唐成？"

许岳良见门开了有一阵许唐成都没进来，奇怪地看着门口的方向，叫了他一声。

"啊！"许唐成匆忙回头，应完一声，低头，用鞋尖踢了踢门口的脚垫，"门口这地毯怎么老歪。"

身后一声响，那扇被开了半天的房门终于一开一合，掩住了一个焦急等待的人。

给易辙过生日的事情许唐成并没有告诉家里人。其实按照周慧和许岳良的性子，若是他有意无意提一句易辙要十八岁了，他们起码会提议把易辙叫到家里来，给他做顿好吃的。许唐成相信周慧一定会竭尽所能，给易辙一个尽量温暖丰盛的生日宴，而这对易辙来说，大概也会成为珍贵难得的回忆。

但许唐成没有这样做。他很清楚将来周慧和许岳良若是知道了他们关系要好，会有多抵触、多反对，而如果他现在利用了他们的善良，到了那个时候，这些曾经的善良、好意，都会因为他和易辙对他们的欺骗，变作愤怒。那样的话，情况大概会更糟。

所以，在帮周慧安排好一堆东西、给家里的饮水机换了一桶水之后，许唐成只是找了个借口，说自己要出去吃饭，便拎起衣服离开了家。

他刚关上门，对面的门立刻就开了，不待易辙露出脸，许唐成迅速从那条门缝里挤进了屋，又反手把门轻轻带上。

门口光线晦暗，再被易辙一挡，像是独独辟出了时间停滞的一角。

"看你们买那么多东西，我还以为你们家又要来什么客人……"

从过年开始许唐成就一直很忙，一会儿去这个亲戚家，一会儿带着那个亲戚的孩子去看电影。每次坐在空空的房间里，拿着手机给他发短信的时候，易辙都觉得挺憋屈，自己一个寒假都没跟他看过电影，那个叫橙橙的小孩竟然跟他看了三场。

许唐成也知道自己这个假期的时间安排确实有点对不起易辙，他拍拍易辙的后背，告诉他："今天的话，就算来客人我也会过来的。"

易辙闻言，愣了一下，迅速抬头看他。

"让你买的东西都买了吗？"

许唐成洗了个手，开始检查易辙买的食材。

"买了啊，我专门记了单子，一条一条照着买的。"

许唐成想给易辙把这个生日过得有意义些，所以在和易辙商量之后，决定亲自下厨。但家里有周慧在，许唐成算是从来没下厨房做过饭的。第一次尝试，他不敢挑战别的，加上易辙对吃的要求也不高，就决定做个很简单的西红柿鸡蛋面，应个景就好了。

他收拾的工夫，易辙已经拿出了新买的摄像机。听见"嘀"的一声，许唐成头也没回地说："做饭就别拍啦。"

"不行，你第一次下厨呢，必须得记录。"

易辙说着，走到了他的身边。

许唐成这次停下手上的动作，抬头问："记录我是怎么失败的吗？"

"你放心，不会失败的。"易辙保证，"你做成什么样，我都能吃完。"

这话逗得许唐成轻笑，他拽过易辙买的那一大袋面条，打开袋子给易辙看："你先看看你买了多少。"

"多少我也能吃，"易辙说完，伸头看了看，又好奇道，"这很多吗？"

没下过厨的人对于没煮的面条到底有多少，多半没有一丁点概念。

"不知道，好像不少吧。"许唐成摇摇头，警告他，"话别说得太满，可能到时候你就不是你了。"

毕竟，他查西红柿鸡蛋卤的做法时，看到了许多惨不忍睹的反馈。

要不怎么说年轻人就是冲动呢，易辙见许唐成不信，立即把镜头对准了自己。

"我对着镜头发誓，不管许唐成把面条做成什么样，最后他吃多少他随意，我干了，如果我没做到，我……"

易辙说到这儿卡了壳，"我"了半天，也没想出什么可用来发誓的、"许唐成"之外的珍贵东西，所以最后只好把誓言等级降低，说："我就一辈子给许唐成做饭，一辈子不用他下厨房。"

这话惊得许唐成迅速抬头，看他。

易辙迎上他的目光，坦坦荡荡。

少年挺敢说的。

他这么敢说，许唐成也得对得起他。面条做出来没什么大问题，最大的缺点就是——寡淡无味且无味至极。

严格来说，这是许唐成的策略。毕竟，盐放少了的话还能补救，放多了，总不能把卤兑水吧。

他从厨房拿了盐，往卤里撒了一点，让易辙尝尝。易辙拿筷子尖蘸了点鸡蛋的碎末，放到舌尖上。

"行了吗？"许唐成仔细盯着他的表情看，"要不要再加点？"

"好像差不多了，有咸味了。"

准备好开饭，易辙起身，把电视打开，随便选了一个台。

许唐成看了一眼，一部青春偶像剧。

"你喜欢看这个？"他不太相信，问易辙。

"没有，"易辙重新坐回来，拿起筷子，"就是想有个电视声。"

以前看电视剧，最让易辙好奇的就是现在这种场景。在餐桌旁和家人吃饭，一边的电视里演着谁都没在关注的内容。易辙也不知道为什么，第一次看到电视里的一家人在这样吃饭，就有了一个很鲜明的定义，这就是家的感觉。

生日餐简陋，按照易辙的意愿，连个蛋糕都没买。面条还味道不佳，使得许唐成边吃边愧疚，一直琢磨着要不要带易辙再出去吃点好的。易辙却胃口很好，三下两下清干净了那一大碗。见他碗里的没怎么动，易辙便说："你能吃多少吃多少，剩下的我吃。我吃着真的挺好吃的。"

许唐成没说话，低头快速把自己的那一小碗吃完了。

一锅面条，易辙吃了一大半，许唐成吃了一小半。歇了一会儿，许唐成站起来刚要收拾碗筷，却被易辙拽住了手。

"先放着吧，晚点再弄。"

晚点再弄。

　　易辙拉着许唐成进了卧室，卧室应该是被特意收拾过，有着和往日不同的整洁。而更为特别的，是光线——房间里多了两盏落地灯，光线的主调是黄色，但其中，竟还夹杂着微弱的红光。

　　"你……"

　　许唐成不由得停在门口，一半惊吓，一半无言，一时间只剩下对着这个被特别布置过的房间笑。

　　"你是从哪儿学来的这些？"

　　"电影里。"

　　许唐成想近距离看看那盏红色的灯，但凑近时没留神，被床脚的一个哑铃绊倒。他失去重心，朝前跌去，慌忙伸出手去撑地。不过预想中的冲撞被腰上的一个力量拦截下来，许唐成回过神，发现易辙的一条手臂紧紧地箍着自己。两人此时的姿势有些奇怪，为了发力并且维持重心稳定，易辙一条腿朝前弓着，许唐成被他架着，脚尖点地，身体近乎悬空。

　　"好了，"许唐成憋红了脸，赶紧拿一只手撑到地上，"放手吧。"

　　"小心点。"易辙的另一只手落到许唐成身上，想要再扶他一把，却没想到，许唐成一下子反应很大地挣脱了他。

　　"等下。"方才的挣脱完全是本能的反应，许唐成笑着坐到地上，他将头埋到手臂里，缓了一会儿。

　　"怎……怎么了？"

　　许唐成抬头，看看一脸茫然的人，解释得不大好意思："你知道我为什么不能打针吗？"

　　"嗯？"易辙不大明白怎么忽然扯到这个了。

　　"其实我输液、胳膊打针都没事，但是我受不了别人碰我屁股。我从小就发现，光是护士给我屁股消毒，我都受不了，浑身又麻又僵，特别难受。上次在医院是我动不了，没法反抗，不然那一针肯定打不进去。"

易辙听完，懂了。

"先起来吧，"易辙朝许唐成递出一只手，"地上凉。"

许唐成借着易辙的力量站起来，才感觉到刚刚踢到哑铃的那只脚传来的疼痛感。他试着活动了一下脚腕，易辙注意到，忙问："崴脚了？"

"不知道，"许唐成转了转脚腕，判断应该是有些扭到，但不严重，"有点疼，应该没大事。"

易辙的眉毛瞬间拧得不成样子，他扶着许唐成坐到床上，蹲下来要给他脱鞋。

"哎！"许唐成拦住他。

"我看看是什么情况。"易辙以前常打篮球，在处理脚伤的问题上还算有些经验。许唐成由着他脱了自己的鞋、袜子，红色的灯光将冷白的脚衬成了另一种颜色。

易辙伸手，握住许唐成的脚。刚一接触，许唐成痒得朝后躲了躲。

"别动。"易辙不敢在他的脚上使劲儿，便扳住他的小腿，把他的脚又拉了过来。他按压了几个位置，许唐成都摇摇头，表示不疼，易辙这才稍稍松了口气。

"这样会疼吧？"

易辙轻轻转动许唐成的脚腕，许唐成果然点头："疼。"

"我带你去医院吧。"

"需要去医院吗？"许唐成又动了动，说，"等会儿吧，真的不是特别疼，我坐一会儿，看会不会好一点，去医院太折腾了。"

"可是……"

易辙的话没说完，被客厅里开门的声音打断。两个人对视一眼，在各自脸上读出了诧异的神色。

"向姨?"许唐成小声问。

"不会吧……"向西蓂明明一个寒假都没回来，怎么就偏偏现在回来了？可别跟他说是给他过十八岁生日。

门外的人进了屋，易辙清晰地听到高跟鞋被甩落的声音。两声。紧接着，响起了一个男人的说话声。

"这……"

还有男人？这什么事？

许唐成也没想到这一出，他想起从前撞见向西蓂和其他男人有冲突时，易辙愤怒又难堪的样子，便按了按易辙的肩膀，示意他别激动，听听看是什么情况。

易辙还蹲在地上，他实在无法预料接下来外面那两个人会干些什么，有些烦躁地撸了两把头发，对许唐成说："咱们现在直接出去吧，我带你去医院。"话刚说完，房门突然被敲响。接着，响起了一个男人的声音。这次易辙听清了，外面的人是段喜桥。

"易辙！你在吗？"

"我去！"

易辙回想起这个人，立刻骂了一声。

"是谁？"

"我之前见过的一个男人，"说完，易辙补充，"脑子不怎么正常。"

他们谁都没应声，敲门声却一直没停。

"我们买了车厘子，你出来吃吧！我刚刚尝了尝，特别甜。"

易辙知道段喜桥是个什么德行，他今天认定了自己在屋里，不把门敲开绝对不会走。

"那你开门去看看？"人就在门口，还一直嚷嚷，许唐成觉得他们两个人一直在里面装死也不是办法。

段喜桥已经由敲门变成了砸门，隐隐还能听见向西冀毫不留情的咒骂声。易辙终于狠狠倒吸了一口气，认命般起了身。易辙关了两盏落地灯，拉开窗帘。

日光贯穿。

本就因为许唐成撞了脚而烦乱，偏偏这儿还有个不会看人脸色的人拼命制造噪声。易辙看着段喜桥那张笑得莫名灿烂的脸，忍了半天才把那堆极不文明的字眼压下，简单地骂了一句："有病啊！"

段喜桥丝毫不畏惧易辙的气势，他举高了手里的一个盆，笑呵呵道："没病，就是这车厘子挺甜的，想给你尝尝。"

说完，不知是不是怕易辙觉得他诚意不够，段喜桥还捏起一个，朝易辙递了过来："你吃一个？"

"我不吃！"

易辙怎么都忍不住了，向西冀刚好敷着面膜从厕所出来，易辙把房间的门敞大了些，站出去一步，冲着向西冀喊："你能不能不成天把这些野男人带回来？"

"易辙！"

易辙的气话没说完，被许唐成不大的一声打断。

许唐成瘸着脚往这边走了两步，易辙看见，连忙回身要扶他坐下。许唐成摁下易辙要扶自己的手，站到他身侧，然后将手放到他的后背上拍了拍，提醒他冷静下来，不要口不择言。

向西冀的整张脸都被面膜盖着，除了两只眼睛懒洋洋地看着这个方向，再没什么别的情绪表露。

"等等……"寂静中，段喜桥忽然开口，"易辙，我必须要纠正你，我的缪斯没有'这些'男人，只有我，而且我很温柔，并不野。"

易辙转头看他，刚张开嘴想要讽刺，就听到向西冀一声突兀的嗤笑。

"怎么，许你不许我？"

一句话，说得许唐成愣住。易辙的脸色瞬间变得很难看："你胡扯什么呢？！"

"不是吗？"向西荑抱臂，闲在地拿起了遥控器，"牛 × 啊你，许唐成，看不出来啊，你这看着好好一小伙子也跟他一块儿混……"

"靠！"

也是这一声，让许唐成回了神。他的第一反应就是赶紧握住易辙的小臂，不让他往外走。

向西荑转转脑袋，看了看餐桌上摆着的那两只还没来得及收拾的碗。

"你可真他妈有出息……"

"向姨。"一直没加入对话的许唐成忽然唤了一声，态度平静，且丝毫没在意自己打断了向西荑的话，"好久不见，新年快乐。"

向西荑转回视线，静静地看了许唐成一会儿。但到最后她也没应话，只笑了一声，扔掉遥控器，进了屋。

依然能感觉到很硬的肌肉，许唐成的手顺着易辙的小臂向下，握住他紧紧攥着的拳头，微微晃了两下。

段喜桥大概是真的不太聪明，方才的一段对话他像是完全没听懂，此时云里雾里地看看向西荑紧闭的房门，又看看这边站着的两个人，最后，将目光锁定在了许唐成的身上。

"请问，您是易辙的朋友吗？啊……我刚才没听清，请问我该怎么称呼您？"

易辙还被怒气罩着，没顾得上骂段喜桥。许唐成抿抿唇，说："是，我叫许唐成。"

见他态度友好，段喜桥立马高兴了不少。他端着车厘子走过来，殷勤地邀请许唐成品尝。易辙回过神，用胳膊把许唐成一挡，又用很低沉平静的语调对他说："不吃。"

知道易辙能把火压成这样已经很不容易，许唐成没再提醒易辙，想着，他骂一句就骂一句吧，毕竟这样敲人家的房门真的非常不礼貌。

"哦，"段喜桥嘴角耷拉下来，但没过两秒又重新扬起来，他弯了弯身子，偏着脑袋，努力避开易辙去看许唐成，"哎？那我能邀请您去观看我的个人首场演唱会吗？"

许唐成完全不了解段喜桥，一时间自然无法适应他说话的节奏。易辙干脆利落，直接背着手，揽着许唐成朝后退了一步，在甩上房门前告诉段喜桥："不能，滚。"

像是走错片场，忽然经历了一出闹剧，两个人在关上门后安静地对视了好一阵，谁都没有动作。

"你……"许唐成想说些什么来分散易辙的注意力，瞥到地上的哑铃，便问，"你在家会健身？"

易辙听了，盯着那个绊倒许唐成的罪魁祸首看了两秒，说："一会儿就把它们都扔了。"

许唐成失笑，易辙则忽然上前一步，在他的耳边说："对不起。"

许唐成把手搭上他的后背，不紧不慢地思索着，这句对不起到底是什么含义。

以他对易辙的了解，应该是为了向西荑的那句话。像从前一样，他还是习惯于把向西荑带给别人的伤害联系到自己身上。

也是因为知道易辙会有这样的愧疚心理，方才许唐成没让向西荑继续说下去。那不是单纯的打断，而是在向向西荑低头，在向她暂时求和。

不是说不过她，他是舍不得让易辙面对那样的场景。

"跟你没关系。而且她也没说什么，我没那么小气。"

"但我听不得别人说你。"易辙伏在许唐成的肩头，强调一样，继续说，"谁都不行。"

此时的屋内已不似方才昏暗，四处敞亮，都是现实的光。

许唐成拍了拍易辙的后背，没说话。

"我要去租房。"易辙忽然说。

"嗯？"许唐成在想别的，没听清易辙的话。

易辙察觉到他的不对劲儿，略微松了手臂，看着他的脸："你在想什么？"

知道他是担心自己的心情，许唐成便解释："我只是在想，向姨是看出什么了吧。"

"看出来怎么了，"易辙不以为意，"她才不会管，我就算跟只猪做朋友她也不会管我。"

许唐成还在想向西荑知道了的话会不会有什么事，突然听到这么一句，足足反应了两秒钟，才一巴掌打在易辙的屁股上。

"说谁呢？"

"啊？"易辙被吓了一跳，赶紧顺着刚刚说的话自我排查，立马也觉出了不对，"不是不是，我不是这个意思。"

明明是严肃又失落的场景，被他无意间这么一搅和，许唐成也懒得想事情究竟会怎样发展了。他笑了一声，问易辙："你刚刚说什么？"

"噢，我说我想租个房。"

"租房？"许唐成一愣，"在哪儿？家里？"

停了两秒，易辙摇摇头。

"在家里租的话，就不能跟你对门了。"易辙说，"开了学我在北京租，让郑以坤帮我看看学校周围有没有合适的。"

"学校周围？学区房？"许唐成听了，抓住机会同他开玩笑，"挺有钱啊，易老板。"

易辙堵住他的嘴，不让他再逗自己开心。

"租得起，我在别的地方不怎么花钱。"

好像，在提到有些事情的时候，易辙眼里总会有这样认真的神情。比如买摄像机，比如现在说要租房。

"我就是想有个地方，不会被人打扰。"

许唐成心软了。

他们还是不一样的。起码，许唐成大概不会因为想要个空间，就花大价钱去租一套房子。他需要理财，需要手上留有足够的流动资金去应对一些有可能出现的突发情况。

可易辙这样冲动地说了，他又很期待。甚至，只要想想两人在一间屋子里的那个场景，心就觉得被填满了。

"好。"许唐成说，"钱不够的话跟我说。"

就像刚刚那些他永远不会去主动触碰的红色光线一样，是易辙在带着他探寻鲜活的情感。

第八章

演唱会

　　租房的事情进行得并不顺利，学校附近的房源不算多，仅有的几户租价太贵，太远的地方又实在不方便，几个月过去，两个人也没找到中意的。相比许唐成，易辙要闲一些，所以大部分时间都是他在到处看房，郑以坤对这事也很上心，有空就会过来。

　　而那段时间易辙还在学车，每次都要花将近两个小时的时间跑到海淀最北端去。许唐成看他几乎每个周末都不能休息，怕他累着，就劝他先不要急，能找到就找，找不到就算了。易辙却扒了两大口饭，说："会找到的。"

　　事情不能拖，即便没有进展，也要不停地去试。

　　话是这么说，这个房子却还是迟迟没有租成。原因无他，在家教做满一年之后，易辙辞掉了这份收入不菲的工作，一下子失去了最大的经济来源，租金成了他们更加要考虑的一个因素。

　　最后一次去到那间满是知识与习题的卧室，男生正趴在桌子上听着一部随身听。机身老旧，边角都磕掉了漆，丝毫不像是这个条件优渥的家庭中应出现的东西。

　　见他进来，男生摁了暂停的按钮。

　　一声响，仿佛古旧钟鸣。

男生摘下耳机，问他："你要走了吗？"

易辙点点头。不知为什么，他觉得这个男生好像更瘦了一些，而且夏天过去了一大半，他却丝毫没有变黑，皮肤依然白得厉害，且不带血色。

"其实，我妈给钱挺多的。"男生忽然轻声说。

他们相处的时间久了，偶尔也会聊一些各自的事情，男生知道他半年来一直在找房子，此时说这样一句，无非是想提醒他，在这里做家教，对他的生活来说是一种不错的改善。

易辙当然很清楚这一点，他决定辞职的时候通知了郑以坤，郑以坤现在已经转向了倒卖房子，虽然不再管家教中介的事情，但依然了解市场情况。他劝易辙再考虑考虑，说如果是找普通兼职，大概不会再找到比这份更好的了。

易辙没有考虑，坚持辞了，而且到最后也没告诉郑以坤是为什么。

辞职绝不是心血来潮，他在这种囚笼教育中充当了太久的看门者，垃圾桶中一张被撕碎的演唱会门票，算是让他下定决心的最后一根稻草。

男生又用不大的声音说："你走了，也不会有什么改变，还会有新的老师来，或者我去上新的补习班。"

易辙没说话，但像对待朋友一样，拍了男生的肩膀两下，也不知是鼓励还是安慰。

那天是第一次，男生坚持要送易辙离开。大热天的，他却在出门前套了一件长袖外套，然后把随身听揣进了口袋里。那位母亲正在书房打电话，走到走廊，易辙欲过去道别，男生却突然伸手，拉住他的胳膊，对他摇了摇头。

易辙每次都是乘地铁离开，从小区到地铁站还要走好久，他让男生送到门口就好，男生却说："反正也会被骂，已经偷跑出来了，就多走一会儿。"

太阳大，他穿得又多，不过走了小区内的一小段路，此时说话，鼻尖都已经覆了薄薄一层汗。

男生也是个习惯沉默的人，两个人走了大半截路，都只有鞋底摩擦地面的声音在撞击燥热的空气。直到路过一家音像店，男生停住步子，一动不动地朝那边看。

音像店的玻璃上贴着一幅巨型海报，是一场演唱会的宣传海报。

陪他静静地看了一会儿，易辙问："演唱会，还能去吗？"

闻言，男生收回目光，摇头，轻声说："没有票了。"

他说得平淡，但连易辙都觉得可惜心疼。他还记得一个月前，男生偷偷从一本高二数学课本中摸出那张门票，用三根手指摁着，小心地滑过桌面，推到他面前。在易辙的印象里，男生很少笑，而那一刻自己抬头，却看见他浅浅地勾起了嘴角。男生告诉易辙这是他最喜欢的歌手，他帮同学将数学成绩提高了四十分，那位同学就送了他这张门票。

"不过是最便宜的座位，还在角落里。"男生这样说着，却还是小心翼翼地将票夹进了一本不常用的书里。

快到地铁站时，易辙接到了许唐成的电话，许唐成告诉易辙自己遇到了一个技术难题，需要解决一下，让他晚上不要等自己吃饭了。

易辙对着电话"嗯嗯"两声，又问："你要吃什么吗？我给你买回去。"

那边的人不知说了什么，易辙举着电话开始笑。

男生看着他将手机揣回兜里，问："你女朋友吗？"

"不是。"易辙说。

男生有些疑惑，嘟囔着重复了一遍他的答案，小声说："奇怪，还是第一次见你这么笑。"

人大概都是只会对在乎的人情不自禁。看着身旁又重新低下头的人，易辙粗糙的思维难得这样感性了一次。

他们之间的那次告别很奇特。两个人站在地铁口，不断有人走上下降的电梯，男生注视着他们的背影，不知在想什么，好一会儿之后忽然说："我从来没有坐过地铁。我妈说坐地铁是浪费时间，比起钱，自己的时间更值钱。"

那几乎是易辙最看重钱的一段时间，如果他钱多，就不用放弃之前看过的两套不错的房子。所以乍听到这种话，易辙的思路变得和周遭环境一样乱。

他带着满脑袋的钱和时间走上了电梯，男生朝他挥挥手，半只手都掩在肥大的袖子里。

电梯下到一半，易辙才想起，自己可以送男生一张演唱会门票的。他在到达底端之后迅速站上了一旁上行的电梯，但等匆匆追出去，却看到不远处，那个男生坐上了一辆出租车。

观念形成于环境与经历，而一旦形成，便会纵容人们在其中各自为王。谈不上对错，但谁都很难改变，无论这个王位的得来是主动还是被动。

房子的地理位置很不错，从学校走过去也不过二十分钟，房租也还算便宜，唯一的缺点就是楼比较老旧，没有电梯。易辙知道许唐成爱干净，所以找到房子以后特意忍着没告诉他，直到把房子里里外外收拾干净了，才选了一个晴天的午后，拉着许唐成过去。

窗帘拉开，外面是格外慷慨的阳光。

眼前有窗帘抖落的碎尘，被阳光照得很清晰。是许唐成喜欢的空镜头。

对着窗口，许唐成莫名看得出神，不知为什么，竟觉得这样一个空镜头很有意义。

被触动到什么程度呢？

如果要他选出几幅画面来表示他的人生，他会选这一幅来代表他们。

画面里没有易辙，也没有他，却依然有他们在。

大四第二学期的开始，意味着保研名额的正式确定。有许唐成作为目标，易辙当然不会不努力，他知道自己的成绩大概在什么名次，在学院楼的公告橱窗里看到名单时并没什么惊喜的感觉，倒是许唐成，不停地问他要报什么专业。

易辙一直没答出来。甚至，其实他连要不要继续读书都没想好。

出租房的客厅里铺着易辙不久前从家居城扛回来的地毯，两个人洗完澡，放了个笔记本电脑在茶几上，坐在一起研究着易辙的未来抉择。

"你先选一下是读书还是工作吧。现在工作的话，倒是也有公司可选，不过咱们专业本科生进去的话，可能工作的技术性相对要弱一些，"许唐成瞥了易辙一眼，"得常跟人打交道，你可以吗？"

头发还没擦干，易辙一边胡乱揉着脑袋一边说："不喜欢。"

"那就先不工作，继续读，搞科研。"

湿漉漉的毛巾被放到茶几上，易辙转了个身。

坐稳了，易辙接着否定："也不喜欢搞科研。"

这话不是乱说的，他确实发现自己对什么都提不起太大的兴趣。跟人打交道就不说了，基本上能不理就不理。至于科研，他能力还可以，但要说喜欢，恐怕还差了八千里。

许唐成听完，把手中的笔一撂，掰着手指头问："不喜欢工作，不喜欢搞科研，那你喜欢什么？"

易辙很快在许唐成的耳边说了三个字。

许唐成倒吸了一口凉气。他笑了一声，瞥了易辙一眼："我发现你现在一套一套的啊。"

易辙没动，笑着将眼睛半眯起来。环境过于安逸，使得易辙都养出了困意。

"不许睡，"许唐成轻轻推他，"今天晚上你必须要决定好，不能再拖了。要是读研的话现在已经该联系老师了，好多老师手里这种保研的名额也就一两个，你老拖着，厉害的老师就都被抢完了。"

读不读研的，易辙是真的无所谓，他一看都已经快十一点了，不想让许唐成又这么晚睡，便直接抽掉了许唐成的笔："读研，或者直博，都行，也别挑老师了，我跟你选一个导师不就得了。"

多简单的事。

许唐成却犹豫一下，皱眉道："你也做卫星导航啊？"

"嗯。"

"怎么了？"见他不大乐意的样子，易辙奇怪，"不行啊？"

"也不是不行，"许唐成想了想，转头说，"就是两个人做一个专业，没有崇拜感。"

两个人对对方的研究门儿清，没准儿谁发篇论文另一方还能给挑出点毛病来，谁定个什么比较前沿的课题目标，还得被另一个人嫌弃说你这个可不大靠谱。

"啊？还要崇拜感啊？"

易辙倒没考虑过这方面，他想得简单，选一个老师还能在一个实验室，多好。不过再转头想想，好像也是，他上高中的时候什么都不懂，看见许唐成专业相关的东西，就非常崇拜他。

"那我换一个？"

许唐成点进学院首页上的一条新闻，把电脑稍微转了转，给易辙看："你要不要搞搞临近空间的东西？"

"临近空间是什么？"

"大概就是航空和航天之间的那一片区域。虽然被提出来很多年了，但还算是一个比较新的领域，我觉得挺有前景的，未来很长一段时间内的热度应该会越来越高。"

许唐成一边简略地说着，一边在搜索栏里敲下"临近空间"四个字，想要寻找一些更加专业的资料给易辙看。但点开一篇文章，易辙只看了前两行就决定："就它吧。"

"你这看了三秒都没有，"许唐成不敢认同易辙的态度，"有点草率吧？"

"不草率。"易辙一副已经决定好了的样子，把手盖在许唐成的手上，动了动鼠标。他将页面点回自己学院网页上的师资介绍，看到一位教授的介绍中刚好写了一项——临近空间遥感。

"魏教授可以，"许唐成也跟着他的光标在看，"大牛，而且听说对学生也很好。"

选好了攻读方向，易辙立即在许唐成的指导下给魏教授发了一封邮件。摁下发送键，易辙松了一口气。许唐成一边关掉刚刚打开的所有网页，一边问："你为什么这么快就决定选这个？"

"临近空间是指介于普通航空飞行器最高飞行高度和天基卫星最低轨道高度之间的空域。"易辙的记忆力很好，他复述了刚刚看到的那句话，又说，"咱们两个挨着。"

这理由让许唐成哑口无言。他笑着摇摇头，关了电脑。

当时没有反驳易辙什么，但躺在床上，许唐成却想，美军定义的临近空间高度是 20 千米—100 千米，而虽说国际上将 100 千米以上的空间定为航天空间，但实际上，卫星轨道通常要设计在 120 千米以上——

美国曾在 1959 年发射了一颗距离地球最低点 112 千米的卫星，绕地球运行一周后掉落。

更何况，许唐成研究的 GPS 卫星系统，轨道高度为 20200 千米，和临近空间隔了老远。

想着想着，许唐成对着黑暗无声地笑了。他觉得自己实在是煞风景，明明一个挺浪漫的想法，被他这一通较真地否定之后，倒变成了一个相互之间永远触碰不到的悲伤故事。

本就因为胡思乱想而半天没能睡着，刚刚入睡，许唐成又被一阵突然而至的铃声惊醒。他睡得浅，第一声铃刚落，电话就已经被他接通。

在电话接通前，他第一反应是揪心许唐蹊的身体是不是出了问题，但没想到，电话里却是成絮在哭。

易辙在听到许唐成说话的声音之后才迷迷糊糊地醒了过来，眼睛还没完全睁开，就被猛地坐起身的许唐成抓了一把手臂。

"快起来，成絮出事了。"

卧室的灯还没开，易辙听到一声巨响，是那把木椅子被撞倒在地的声音。

第九章

杯中酒

电话里的成絮完全是失控的状态，虽然说了几句话，但混着哭声，许唐成根本听不清。他没得到任何有用的信息，再回拨了很多次，却都是无人接听。

"听着他那边环境很吵，有很大的音乐声，"许唐成凭着自己的感觉猜测，"而且他喝多了，应该是在酒吧。"

可是，北京有这么多家酒吧，成絮到底会在哪一家？

凌晨三点钟，他们两个人开着车绕在北京城的街上，找不到任何头绪。许唐成猜到会让成絮崩溃的原因只有傅岱青，可他与傅岱青不算认识，也没有联系方式。甚至，到这时他才发现，他竟想不到任何一个与成絮亲近、可能知道他行踪的人。

联系不上，他们就只能碰运气地去找。

"你先往工体那边开吧，那边酒吧多。"许唐成紧皱着眉头翻出手机通讯录，准备问一问常去酒吧玩的同学。

"问郑以坤。"易辙开着车，忽然说。

他知道郑以坤混酒吧混得很疯，最疯狂的时候，一周有五个晚上都泡在不同的酒吧里。他和几家有名酒吧的老板都很熟，还跟易辙说过，如果去玩的话找他，拿酒的价格至少能降到三折。

许唐成用易辙的手机拨了郑以坤的电话，第一通没应，第二通响了三声，接通。

"喂？"

被这一声震得耳朵疼，但许唐成已经顾不得挪远手机，他提高了音量问郑以坤在哪儿，那边郑以坤却听不见似的，又是一声"喂"，还一个劲儿催他快点说话。

"你在哪儿？"

许唐成这辈子从没用过这么大的声音去吼，吼完三个字，喉咙都开始发疼。他咳了两声，易辙顾不得还在开车，伸手抢过手机。他没用耳朵去贴听筒，而是直接把手机放在嘴边，大声喊着让郑以坤赶紧找个安静的地方，有急事。

等了有十几秒，那边终于传来了郑以坤恢复正常音量的声音："什么事？"

易辙把电话递回给许唐成。

"我是许唐成，"自陈一句，许唐成开始快速地说明情况，"成絮刚刚给我打电话，他又哭又闹的，听不清在说什么，我还不知道到底出了什么事，也不知道他在哪儿，现在已经联系不上他了。不过刚刚电话里的背景音很吵，跟你刚才差不多，应该是在酒吧。我跟易辙不知道该从哪儿找起，想问问你。"

郑以坤听完，立即骂出了声来："他是自己一个人还是被什么朋友带着？"

许唐成知道不同的情形会造成不同的后果，所以他不敢隐瞒，如实说："我不知道他是不是一个人，我只知道他现在情绪很不好。"

"那就是一个人。"郑以坤很快接道。

握着手机的手紧了紧，许唐成看着自己的膝盖，没说话。

"他是因为他那个邻居。"郑以坤这样说了一句，不知是从哪里得来的结论。不待许唐成接话，他又飞快地说："去 Des，工体西路，Destination（酒吧名）。"

在这通电话的开始，许唐成听出郑以坤也喝了不少酒，但此时他依然保持着清晰的思路在进行分析。

"有一次我说带他去酒吧玩，他问过我这家，"郑以坤的气息变得粗重杂乱，像是在跑，"我就在工体附近，我这就过去找。"

许唐成应下来，郑以坤又说了几句，随后挂断了电话。

他们朝着工体西路开，但这晚似乎特别不顺，越是着急，越是赶上一路的红灯，等得许唐成越来越焦躁。他放在膝上的手不断握紧，又松开，易辙看到，伸手覆了上去。

那只手凉得吓人。

"别太紧张，"易辙轻轻捏了捏他虎口的位置，"郑以坤不是说那个酒吧还算安全，没有那些乱七八糟的东西吗。"

另一条胳膊撑在车门上，许唐成摁摁额角，沉默之后，轻声说："我以为他没事了。"

易辙不了解情况，这时候说不出什么，只又稍稍用力攥了攥许唐成的手，将车内的空调温度调高了一些。

按照郑以坤的描述，他们很快找到了那家酒吧。很低调的外观，根本看不出里面掩着的喧嚣热闹。易辙和许唐成在门口正好碰上跑得满头大汗的郑以坤，三个人脸色都不好，进去之前，郑以坤回头跟易辙说："待会儿你两个别分开，还有，不管发生什么事，你不能在这儿动手。"

易辙愣了愣，不太明白他这话是什么含义。郑以坤顾不上解释，走在最前面，带着他们进了酒吧。

一层有舞厅，这个时间还是人挤人的程度。许唐成牵挂着成絮，所以脚步始终匆促，完全没有给自己时间来适应突然变化的环境。像是突然闯入了另一个陌生的世界，他难以形容在刚刚站到混乱的边缘，看到满屋人时的心情。

和许唐成想的不一样，这里的热闹似乎并不涵盖语言，热烈却空荡，自由却剥离。比起占据了人们大部分时间的生活，这里像是光怪陆离下的漆黑，给所有的情绪、欲望以赤裸的机会，也为它们拉上巨大的黑幕。走进来的人可以在这里脱去所有的掩饰，享用一场不会被嘲讽讥笑的狂欢。

在这样的场景中寻找一个人过于困难，他们三个在一层舞池之外的地方绕了一圈，都没有看到成絮的身影。

舞池里的人太多，又都有着不同的兴奋姿态。到最后，许唐成几乎是被易辙半护着在前进。

是易辙先看到了成絮。

四周满是人，实在待不下去，会合后许唐成迫切地想要出去，郑以坤却说成絮要去厕所，让他们两个先出去，自己带他去。

许唐成点点头，郑以坤很快带着成絮离开。

从酒吧出来之后，成絮不肯往前走，固执地蹲在了路边的树下，其余三人便陪他站着。郑以坤点了一支烟，低头看了成絮一眼，朝大树底掸了下烟灰。

夜寒，风大，一截烟灰扑簌散开，斜着飘落。一直沉默着的成絮忽然伸出手去接，许唐成看到，立马将他摁下来。

成絮却又伸出了另一只手，去捞空中的最后一点烟灰。

烟灰从他的指缝中逃了，他忽然撒酒疯似的朝着什么都没有的空中挥舞着那只手，挣扎着要朝前扑。许唐成吓了一跳，连忙扶住他的肩膀，把他往怀里带。但醉鬼不知哪儿来的力气，许唐成被他撞得一晃，险些两个人都倒在地上。

易辙迅速上前到另一侧扶住成絮，成絮被两个人压制着，依然在闹，嘴里含混地嘟囔着，非要在空中捞到那撮早已消失的烟灰。

郑以坤挪了两步，站到成絮的身前。静静地看着他闹了几秒之后，郑以坤忽然深吸了一口烟，将烟圈尽数吐到了他的脸上。

"喀……"

被呛到，成絮弓着身子咳个不停。

"你干吗呢？"在许唐成开口前，易辙先问了出来。

郑以坤没答。他松开成絮，将一只手平摊到身前，在距离手掌很近的位置，夹烟的食指轻弹，半支烟抖了抖。

一截烟灰径直落入他的手心，还带着在夜色中挣扎的、未灭的火星。

许唐成和易辙同时惊讶地看向他，郑以坤却似无知觉，面色平静地晃了晃那只手，让烟灰在掌心滚了一圈。

然后郑以坤展开成絮的手指，把已经迅速冷却下来的烟灰放入了他的掌心。

第十章

人不知

那晚回去时情形惨烈，成絮吐了一路。

晕车的症状不会随着醉酒而改变，一路上，易辙不断停车，成絮便弓着身子被许唐成扶下去，吐完，再跌跌撞撞地回到车上。

快到学校的时候，成絮已经吐到再没有东西可吐，只能靠着许唐成的肩吸鼻子。

车窗大开，噪声也剧增。成絮说了一句话，许唐成没听清，再去问，肩头的人却已经合上眼睛。许唐成又问了两声，依然没有得到回答。

凌晨。睡了的人还没醒来，不真实的梦仍占据世界的主导。月亮的光晕还在，路灯不多，两盏亮着，余下的，除了忽明忽暗的烟头火点，就再不剩什么光芒在这漆黑中。

许唐成带成絮回了宿命，车内剩下易辙和郑以坤两个人，他们也没什么话说。直到抵达一个要转弯的十字路口，易辙才问："你回工体还是回家？"

郑以坤抬手把衬衫的扣子又多松了一颗，说："把我放家去，还是上次那儿。"

他又点了一支烟，一条胳膊架在窗框上，歪着脑袋靠着椅背。落下的窗户都还没升起来，车内被风狠狠灌，易辙这才注意到郑以坤连外套都没穿，大冬天的，一件衬衫被吹得完全贴在了身上。

易辙到家后给许唐成发了条消息，顺便问成絮怎么样了。许唐成看了看乖乖躺在床上的成絮，回了一句，便出去打热水。打水回来，拿了条干净的毛巾在温水里涮，易辙晚安的短信也发了过来。

成絮在这时叫了他一声。

"唐成。"

许唐成走到成絮床边，成絮没睁眼，小声说："我眼睛疼。"

哭了一晚上，不疼才怪。

学校的床不低，许唐成回去把毛巾拧干，让成絮往床边挪一点。成絮搂着被子听话地蹭过来，许唐成一看，发现那两只眼睛肿得吓人，周围通红一片。他用温毛巾给成絮擦了擦脸，又翻开一折，反向叠过，轻轻敷到成絮的眼睛上。

"这样好点了吗？"

成絮点点头，安安静静地躺着，没再说话。过了几分钟，情绪平静了一些，说话的声音也不那么异常了，他才让许唐成给他拿来手机，说要给妈妈打个电话。

许唐成抿抿唇，给他拿来了手机，却有些担心他通话时的状态。其实，他猜傅岱青应该已经不知编了个什么理由向成絮的妈妈汇报过了，成絮打不打，都不会有太大的问题。但这话他没和成絮说，或许，成絮也并不是没有想到。

凌晨的时间，电话却是只响了一声就被接了起来。室内安静，许唐成能听到那端急切的声音。

"嗯，喝了一点酒，今天和实验室的人聚餐来着，喝醉了，所以没接到电话。"

许唐成依然用毛巾一下一下帮他擦着脸，听到他慢慢说着宽心、道歉的话。一个空当，妈妈说了一大段话。许唐成捕捉到一个名字，与此同时，成絮的眼睛里又变得不大对劲儿，他把被子往上拽了拽，攥着，说："没有……"

这两个字暴露了他的哭腔，那端登时便有些急，一个劲儿地追问他怎么了，到底出了什么事。

成絮克制不住地抽泣了两声，用一只手握住许唐成的手腕，红着眼睛看着他，像是在求救。

"没事……"

电话那端的人显然不信，又急促地逼问了几句。

许唐成盖着成絮的手，握住了电话，对成絮打口型："我来说。"

"当初就不该让你去北京的，你看你遇到什么事我们都不知道，在家里这边，起码我们能去看看你啊，你本来就年纪小，我们哪里放心得了啊……"

成絮本来已经松了些手，可这话不知到底戳中了他心里的哪个地方，使得他咬着牙，又紧紧攥住手机。原本压抑的哽咽声也瞬间转变成了再真实不过的哭泣，交代了所有的情绪。

"真的没事，"他在又是询问又是焦急的声音中开口，说得很委屈，像是一个走路时摔痛了抱着父母脖子哭的小孩子，"就是老师交给我的任务没弄好，今天开例会的时候被骂了。"

卷二 三块月饼

第十一章

返程日

傅岱青的婚礼如期举行，没有任何意外。

许唐成先前并不知晓这场婚礼的具体时间，但某天晚上回来宿舍，听到成絮在和家人通电话。

"我实在回不去啊，后天就出发了。"

一只手在电脑的触控板上停住，半响，点开一个视频，无声播放。许唐成朝那个方向扫了一眼，不意外，看到的依然是一门公开课。

这是两个月来的第五门。

目光移向书架，那里整齐地码着两排书，其中一半同样是新增于这两个月。书架一端的尽头放着一盆多肉，长势并不喜人，甚至能看出几分羸弱，是前一阵子成絮跑去花鸟市场买回来的。

似乎，成絮将这两个月过得繁忙又充实。

到电话结束，视频已经播了三分之一，成絮在最后轻轻笑了一声，说："那你多带一个红包吧，就说是我给的。"

依然是轻声细语。

很快，响在屋子里的声音变成了一阵语速极快的美式英语，电话已经被挂断。

宿舍的地板上摊着一个很大的行李箱，差了四分之一没有装好。许唐成的目光落在其上，停了片刻，越发真实地感觉到，成絮是真的要离开了。

易辙这阵子一直在学校忙着写毕业论文，而许唐成要在五月份到日本进行一次短期学术交流，需要和团队的人一起提前做些准备，所以大部分时间也都留在学校。加上担心成絮的心情，许唐成刻意将自己留在宿舍的时间延长了一些。尽管朝夕相处，但关于成絮的这个消息，许唐成竟还是从易辙口中得知的。

"跨介质通信？"许唐成有些不敢相信自己听到的。

"嗯，"易辙点点头肯定，"我同学说的，他现在和成絮在一个实验室。"

在 A 大，保研的学生可以在大四下半学期选修部分研究生的专业课，并且已经可以进入实验室，提前学习。

"他说邓老师之前就想让成絮跟着他做这个课题，但是成絮好像怕实验的时候要上船，没答应。"嘈杂的食堂内，易辙拧开一瓶水，放到许唐成的面前，补充说，"这次是成絮主动去找的邓老师。"

成絮不是一个很有主见的人，但这次的决定，却没有跟任何人商量。那天晚上回去，许唐成向成絮询问原因，问他知不知道这是个长期项目，去做了，就一定会影响他毕业的时间，并且研究这种水下通信，是不可能不出海的。

成絮点点头，说自己知道。

"你……"许唐成突然语塞，不知道说什么好。白天听到这个消息，他的第一反应是震惊，之后，除了心疼，其实还有一些生气的感觉。他能理解成絮是想逃避，可他觉得，再怎么伤心，也不该因为感情的事情打乱自己的人生规划，用自己的未来去换暂时的平静。

"我也知道这样有点冲动，可是……"成絮给自己倒了一杯水，却烫得无法入口，他无意识地握了杯子一下，又很快闪开，将手攥成了拳，"我实在没有别的办法了。"

他只说了这样一句，便低着头不再言语。许唐成靠着书桌立了很久，依然觉得这样不值得。但成絮沉默的坚持像是在告诉他，这样的方式是合理的，一段感情残余的情绪是可以和一两年的宝贵时间画等号的。

成絮离开的当天，许唐成将他送到了机场。他在后方等待成絮办理托运，看到成絮弯腰拎起行李箱时，一边肩膀上的书包带忽然滑落。或许是有些慌乱，或许是因为行李箱太沉，成絮的身子向前晃了晃。他用手撑住服务台，堪堪稳住，又用一只手扶起了那条滑落的书包带。

来时怕堵车，他们出发得很早，还算畅通的路况给他们节省出了很长的等待时间，许唐成想要陪成絮坐一会儿，成絮却坚持让他先回去。知道他是不想占用自己太多的时间，许唐成没再坚持，只看了看时间，叮嘱他进去之后记得吃晕车药。

"嗯。"成絮推了推眼镜，又耸肩，颠了颠那个大大的书包。

"上船的话，你先试试，要实在不行也别不好意思跟老师说，你要是上去几天吐几天也没办法工作。"

"嗯，我知道。"成絮朝他笑笑，后退两步，挥手，"你快点回去吧。"

首都机场的人一如既往地多，也不知为什么，总有那么多人为了不同的目的飞上万米的高空。成絮排进了弯弯绕绕的队伍，好一会儿，又转头，朝许唐成站的方向看了一眼。

见他还没走，第二次朝他挥手。

成絮只做了短暂的停顿便又转回了身子，许唐成却因这似曾相识的画面而有些愣怔——小时候他送许唐蹊去学校，许唐蹊也是这样，会在已经和他说再见之后又转头看他，还不敢看时间长了，最多两秒钟。无论多不舍得，也会在两秒钟之后拽着书包走进校门。

成絮经常能让许唐成想起唐蹊，因为他们两个人身上都有一股很乖的劲儿。不过，许唐蹊其实生性是顽皮的，但因为身体不好，很多时候不得不乖乖听话。可成絮却好像是生来就没有任何脾气，也从来不知道任性是什么。

许唐成认真回想了一下，相识多年，竟然真的从来没见过成絮生气，即便因为什么事不高兴了，也都是自己闷一会儿，不会向任何人表露半分。

"他进去了？"

背后忽然响起说话声，许唐成被吓了一跳。转身，看到了立在身旁的郑以坤——乱糟糟的头发，遍布褶痕的衣服，以及满身的残余酒气，都彰显着一场宿醉。他的手上拎了个透明的便利店袋子，许唐成略略一瞥，看到一包绿箭口香糖、一盒药，还有一小瓶矿泉水。

没回答，许唐成只朝前方抬了抬下巴，作为示意。

成絮已经拐进队伍的第三层，不高的个子被虚虚遮住，只能在行人的缝隙间看到一颗微微低着的脑袋。队伍在缓慢地向前行进，成絮忽然抬起一条腿，揉了揉小腿的位置。

看来刚刚是被行李箱磕到了。许唐成这样想着，身旁的郑以坤已经大步流星地走上前去。

队伍里的人听到一声唤，猛然转头朝这边看，郑以坤向他招了招手，成絮在微愣后转身，开始逆着人流向外走。他的肩膀提着，上半身尽量缩成一小团，嘴巴也在不停地动，大概是在和排队的人说"对不起""借过"之类的话。

许唐成没有上前，而是靠到了一根柱子后等着。

大约过了十分钟，郑以坤回来，手上已经没了袋子，但那瓶水还在，只是少了一小半。

"成哥，我坐你的车回去？"郑以坤的神色依旧是许唐成熟悉的那般，他抓了抓头发，说，"昨晚喝多了，刚刚让朋友扔这儿来的。"

两个人往停车场走，郑以坤一路上都在揉着太阳穴的位置。到了车上，他蹙眉问许唐成："哥，你带烟了没？"

许唐成摸出一包烟，扔给他。郑以坤又说："打火机。"

挤牙膏似的讨到了这两样东西，郑以坤将车窗完全放下来，点了烟。

"他做这个，要经常待在船上吗？"

烟烧过一半，郑以坤这样问。

"不太清楚。"说完，许唐成看到了郑以坤脸上明显增多的烦躁感。

"啊……"郑以坤拉着长音，调子到最后拐了几个弯，接道，"心疼啊。"

毫不客气地说，郑以坤是许唐成接触到的人里最具无赖气质的一个。但他的这种无赖并不全是贬义的，只是时常会给许唐成一种感觉，他一不说真话，二不交真心，类似于隔着一面画着五颜六色图案的单向玻璃，他能一眼看懂别人的想法，但别人不要妄想看懂他的。就像他现在叼着一截烟，仰头靠在座位上长叹着"心疼"，面上却依然在不正经地笑。这句心疼在许唐成听来似乎也有真心实意的成分在，但怎么体会，又都觉得这两个字被他说得过于轻飘，不用风吹都能散。

许唐成对于郑以坤这类人抱了敬而远之的态度，所以他没问过郑以坤 Des 那一晚的事情，因为问也问不出什么真心话。而且他知道，即便郑以坤看出了什么，也不会向他询问，所以他可以故意不给郑以坤打火机，不对冷淡的态度做任何掩饰。

这便是人与人之间微妙的牵制。

电话铃声突然响起，打断了许唐成的思绪。他摁开外放接通，易辙在那端叫了他一声。这一声，结束了许唐成从昨晚开始的那阵空落落的感觉。

但电话里的易辙听上去是微微恼着的，他说刚刚接到他爸的电话，让他明天到机场去接朋友的女儿，就是几年前他去上海，一直要他陪着逛街的那个。

未待许唐成宽慰什么，一旁的郑以坤已经咧了咧嘴角，笑得很不屑："哎哟，美男计啊……"

许唐成在三天后离开北京，去到日本，而在前一天，易辙已经独自去机场接了那个女孩。他们似乎在这一周和机场结下了不解之缘，许唐成的车上忽然多出了很多张过路费的票据。事后想来，这一周像是一道分水岭，突然频繁的分离，错误却无奈的重聚，好像都将他们原本妥善安放在那间出租屋内的情感拉入了现实的河流中。

河流中的人于他们而言，是陌生人；于他们的生活而言，却是身边人。

下午一点钟，许唐成抵达羽田空港，北京时间两点十分，正在帮那个女孩处理一起追尾事故纠纷的易辙收到了消息——"平安到达。"

派出所被几个人吵得乱糟糟的，易辙后退两步，避开激动的人群，在较为安静的地方认真给许唐成回消息。只是还没按下发送，那个女孩就大声叫着他的名字让他去办手续，以很明显的颐指气使的语气。

易辙几乎立时就想顶回去，但碍于父亲事先的再三叮嘱，他还是强压下心头的火气，在发出短信后走了过去。

许唐成一行人的行程排得很满，从第二天一早开始，听报告、做报告、参加会议、聚餐、讨论……直到离开日本前两天，才终于有了可供自主安排的时间，到访浅草寺、东京塔。

回到酒店，一帮年轻人还不愿意睡，嚷着要打牌。于是几个人凑了一伙，有些不参与的也留在房间里看热闹。一个女生拿出电脑，说既然见到东京塔了，不如放一部电视剧看。

"东京塔？"许唐成本来已经起身要离开，开门时听到这话，便停下，回头多问了一句。

女生的眼中露出惊喜的神情："你看过？"

许唐成却摇摇头："只看过一集。"

"为什么？"有些奇怪，女生追问，"不好看吗？这部剧口碑挺好的啊。"

"好看，我只是……"将手放在门的扶手上，仔细措辞过后，许唐成说，"不太习惯看探讨情感的片子。"

更确切地说，他并不习惯看关于亲情的作品。从出生开始，这类情感就始终稳固地存在于他的身体中，家人从不吝惜给予他全部的爱，他亦是如此。影视佳作中通常不乏能够引起共鸣的桥段，他很难躲过。而曾经被戳中泪点，眼红过后，他又觉得，好像没有必要以这种方式来体会亲人的好。毕竟，他是始终明白并记着的。

离开热闹的房间，趁着那位临时的室友还没回来，许唐成赶紧打开电脑，给易辙拨了视频通话。

原本以为易辙会在学校，却没想到画面中，他是顶着湿漉漉的头发坐在沙发上。

"你自己在？"易辙试探地问。

"嗯，他们在玩。"

视频里的人听了，立刻站起身来。画面晃动了两下，显示出一块许唐成没见过的地毯。

"你又买了地毯？"许唐成立即惊讶地问。

"对啊，"易辙搬着笔记本电脑拍着地毯，还伸出一只脚在上面踩了踩，"我跟你说，这块特别舒服，比之前那块还舒服一百倍。"

所以说，易辙的语文是真的差。"一百倍"这种形容词，许唐成小学就已经不用了。

想想曾经在家里几日游的那一堆地毯，许唐成简直要给他跪下："可是你之前那块才买了半个月，你又扔了啊？"

"没扔，"易辙向他展示完，把镜头重新转回来，用一副早就料到的样子朝他笑，"就怕你说我，我给搁卧室了。"

许唐成叹了口气，最终说："别在卧室放地毯了吧，吸灰。"

"那放哪儿？"

还真的没什么地方放……

"算了，"许唐成半是无奈半是愁，但还是在笑，"先放着吧，我回去看看。"

他提到回去，易辙马上变得更加精神。

"我今天发现了一家特别好吃的烤鱼店，感觉你肯定喜欢。从机场回来正好顺路，到时候带你去。"

"好，"许唐成点点头，又问，"你今天去吃的？跟那个姑娘？"

"没跟她，我都躲了她两天了。"易辙提起这茬就烦，"你说她在北京明明有一堆朋友，我爸干吗非让我陪她，是多大的生意啊要这么讨好人家。"

"这估计多少也有那姑娘的意思吧，"想起郑以坤的那句美男计，许唐成虽也有些替易辙打抱不平，但还是忍不住开玩笑说，"你魅力比较大。"

易辙听了，像是怔了怔，而后立马笑了，非常肯定地说："你在夸我。"

许唐成没想到他会将玩笑话做此正儿八经的理解，一时间被他堵住话，空空张了张嘴。他没来得及接话，易辙也没来得及再说话，两个人就这样隔着两个屏幕，隔着遥远的距离互相看了几秒。

再然后，不约而同地笑了出来。

五月的风非常舒服，电脑里传出的笑声像这风一样。许唐成坐在窗边，突然很想立刻回到那间屋子，踩一踩新买的地毯是否真的如易辙说的那样。

像是心有灵犀，易辙忽然小声说："好想你啊。"

同行的女生白天时给了许唐成一块当地产的巧克力，非常甜，而这一瞬间，许唐成觉得就像是那块巧克力挥着小翅膀落入了心底，红着脸被那里的温度融化。他抿唇看着屏幕，半晌，轻轻点头。

"嗯。"

"光'嗯'啊……"嘟囔了一句，易辙忽然动了动身子，调整了坐姿。等到画面重新稳定下来，许唐成听到他问："你呢？"

"嘀"的一声响，房间的门被打开。许唐成一愣，回头，看到室友进了屋。

"他们买了酒来，你不去喝点？"室友一边走一边同他说话，见他举着手机，问，"视频？"

许唐成点了点头。

接下来的对话自然朝着无关紧要的方向发展，有人在不方便，他们便在说了几句之后很快挂断，改用文字消息交流。

睡觉前道了晚安，许唐成才又想起那个被打断的问题。他手里转着手机，突然想，若是刚刚室友没有回来，他会说什么。

这样一想，他才发现自己好像从没对易辙说过什么想念之类的话。

易辙已经在床上躺了一会儿，但想到许唐成后天便要回来，整个人都有些兴奋。翻来覆去没睡着，他思考片刻，开灯，将卧室那块地毯卷了起来。又蹲下看了看，也不知是心理作用还是怎么，总觉得地面上有一层土。他索性到卫生间涮了拖把，大半夜的开始拖地。

拖完了，心里舒服了，才又重新回到床上。本来拿过手机是想看看时间，却发现有一条来自许唐成的 QQ 消息。

易辙点开，看到许唐成说："很想你。"

两天后，许唐成回到北京。

或许是这些天睡得不好身体状态变差的缘故，飞机降落时他很晕，直到滑行结束，那阵恶心的感觉也没过去。他坐在靠窗的位置，所以在人们纷纷起身拿行李、向外走时，许唐成没急着动，而是静静地坐在那里缓解身体的不适。

已经有人在打电话报平安，许唐成想着也要赶紧给周慧和易辙打个电话。刚起身，忽然听见坐在后座的女生惊呼了一声："于桉学长被打了？"

"啊？"立时，有同样在等待的同学询问，"什么情况？被谁打了？"

许唐成也朝后方看了看，那个女生正飞速点着手机，像是在回消息。

"一个大四的。"

"大四的？谁？为啥？"

不了解情况，仍有人在追问。那个女生却说："我也不知道，等一下，我正在问。"

机上的人已经走得差不多了，许唐成皱了皱眉，一边听着他们的对话，一边站到通道，抬手拿了自己的书包。从书包里把手机掏出来，开机后却意外地发现，他在出发前发给易辙的消息直到现在都没有得到任何回复。

在他疑惑的时间里，手机振了振，许唐成忙去看。

只是两条垃圾短信。

"我去，这小子，"后面的一个男生骂了一句，"在咱们实验室打人？"

许唐成就是在这时忽然有了不好的感觉，这种感觉就像刚才的晕机，来得没防备，却真真切切。他握紧了手机，回身，问那个女生："叫什么名字？"

"啊？"

"打人的，叫什么名字？"

第十二章

对不起

　　派出所的建筑已有些年头，老实说，一眼望去，绝谈不上肃穆庄严。但或许是因为那枚警徽的存在，出租车停稳前，隔着不甚透明的窗户，许唐成依然能够感觉到这座建筑正在试图瓦解掉他心中最后的镇定。

　　他下了车，朝前走，看到了坐在大门一侧台阶上等待的赵未凡。刚刚就是这个女孩的一通电话，验证了他心中所有不好的预感。

　　彼时他正随着人流朝出口走，太阳的光线撞上身侧的巨大玻璃，被锐化得格外强势，和这通电话一起，带给人纠缠的眩晕。

　　"易辙让我告诉你，他不能来接你了，"电话里的声音还算镇定，但越来越弱，使得许唐成可以听出女孩拼命掩饰的紧张，"他让你自己打车回家，路上小心。"

　　许唐成握紧了手机，问："他出什么事了？"

　　赵未凡看见他，迅速从台阶上站起，朝这边挥了挥手。

　　"现在怎么样了？"简单打过招呼，许唐成边走边问。

　　"大概要拘留，而且对方现在说要起诉。"

　　许唐成一愣，凝了神色："起诉？"

　　"嗯，"赵未凡点点头，一口气向他说明了目前的全部情况，"没能达成和解。那个叫作于桉的人现在在医院，警察下午去做了伤情鉴定，结果还没有出来，但听说有骨折什么的。他家里人过来了，现在还没走，警察已经给目击者、易辙、于桉都做了笔录。我拦住一个目击的同学问了，因为当时的情况是于桉进了实验室没多久，易辙就直接冲进来打了他，什么话都没说，所以那个实验室的人都不知道是怎么回事，也没说出什么，比较糟的一点是，似乎当时于桉一直只做了防卫，没有动手。于桉现在一直说不知道易辙为什么打他，易辙也不知道为什么，就是不肯说打人的原因，搞得现在完全就是易辙的单方责任。这样一来肯定是要拘留他的，而且现在对方提出的唯一和解条件是易辙道歉，易辙拒绝了。"

"等一下，"许唐成停下来，有些奇怪地确认，"他们只要求道歉？"

"嗯。说是于桉提的，一分赔偿都不要，但易辙必须先当面跟他道歉，再在学校的论坛上发一个道歉帖，消除这件事可能对他造成的不良影响，不然就一定会起诉易辙。"

于桉提的？

许唐成一时想不清这样一个条件的用意，但隐隐觉得，这次的事情似乎并不那么简单。他原本以为，或许是于桉哪里惹到了易辙，易辙没忍住，一时冲动了。毕竟易辙的确曾经同自己说过，不喜欢于桉。

可听了赵未凡的叙述，无论是于桉丝毫不还手的态度，还是这一个看似简单的和解条件，都如同在暗示他，比起意外的冲突，这更像是一个早就设定好的圈套。

许唐成心中蓦地惊了一下，怀着些侥幸的心理，他希望自己只是想多了，无缘无故，于桉也并不该怀揣这么大的恶意。

说话间，两个人已经进了大厅的门。派出所内若是吵闹，便不会只是七八分，此时便是。几位警察在处理着三起事故，事故的主角加上一个比一个能说的亲属，争辩声、哭诉声，足以撑满整间屋子。

许唐成一下子就看到了易辙——那个方位或坐或站着几个人，都穿着长袖，唯独他，穿了一件黑色的短袖。易辙背对着他坐在椅子上，背挺得很直。

这个姿势符合易辙一贯的态度，却让许唐成突然没了底。他在来之前带好了银行卡，确定无论对方要多少钱，他都要替易辙解决这场意外。

可没有人比他更明白易辙这个姿势的意思。

许唐成这样想着，心里便有些乱，脚下的步子也不知不觉跟着慢了下来。像是有感应，前方的人忽然回头，同他的视线撞了个正着。

半个月之后，他们就在这并不让人愉快的环境下，以这样从未设想过的方式重聚。

易辙的嘴角有淤青，但看上去并没有太严重的伤。尽管还没有想出解决办法，许唐成的心还是略微踏实了下来。

起码他是安全的。

易辙起身的动作过于迅速突然，大概以为他要闹事，负责询问的警察立刻仰头冲他喊："你干什么！坐下！"

一声喝，引得屋子里不少人同时看向那边，看向易辙，以带着不同情感的目光。

许唐成微微皱起了眉。

因为易辙的动作，于桉的家人也很快回头，注意到他的到来。约是怒急又不想失了教养，坐在一边的妇女深塑眉间沟壑，嘴唇动了动，却还是忍住，只以冷淡的目光盯着他走近。

易辙站起后就没再坐下，等许唐成走到那张桌子前，易辙朝他靠了靠，什么都没说，但一直抿着唇，微微低头看着他。以隐蔽的幅度，许唐成轻拍他放在身侧的一只手，却惊讶地感觉到了微凉、湿润的东西。

许唐成低头，翻开他的掌心，看到一条很深的伤口。

"怎么不包扎一下？"

伤情鉴定，不应该双方都做吗？为什么他们这边没有处理？

易辙没吱声，倒是警察先开了口："他不让包。"

听到声音，许唐成立马转身，浅浅鞠躬，问好。

"抱歉，给您添麻烦了。"

那位说话的警察摆了摆手，接着询问许唐成的身份："您是他的？"

"哥哥。"

"亲哥哥？"

许唐成摇了摇头："不是。"

一旁正在记录的年轻警察立马说："那具体关系？"

这话问完，迟迟没有得到回应，两位警察都奇怪地抬头，却看到眼前的男人正盯着那个记录本，不知道在想什么。

过了一会儿，许唐成才说："邻居，也是朋友。"

"那不太行啊。"问话的警察叩了两下桌子，"最好是亲属来。"

"家里人都不在北京。"许唐成简单地说。

"哦，来北京上学的是吧。"问话的警察又扯过记录本，翻了翻，撇嘴道，"来上学还打架？"

一旁的女人在这时插了话："既然没有别的家属来，那就快点开始谈吧，我们也在这儿耗了一个晚上了。道不道歉给个话，坚持不道歉的话我们就准备起诉。"

女人的眉眼和于桉有几分相似，估计是于桉的妈妈。比起她那份努力克制的激动，一旁的男人要平静许多，他始终未说话，但视线也未曾从许唐成和易辙的身上移开。也不知道为什么，尽管女人的咄咄逼人能够带给人压力，男人这带着审视的视线却让许唐成心里更加不舒服。

不动声色地，他稍稍挪了一步，挡在易辙的身侧，也隔断了男人对易辙的打量。

"刚刚我大概了解了一点情况,"许唐成放轻了声音,对警察说,"不过有些不太清楚的,还需要问问您。"

"您说。"问话的警察揉了揉鼻梁,回道。

"现在事情发生的原因还没有调查清楚吗?"

"这难道不应该问你弟弟吗?"女人冷哼了一声。

那位警察本来刚要张口,这么一来也不说话了,将脖子转了转,直勾勾地看着那个女人。

女人也不惧自己刚噎了警察一下,反而直接站起身,问许唐成:"我儿子在自己的实验室被你弟弟打成这样,我儿子都不知道自己是哪儿惹他了,你弟弟,这都快一天了也没说出什么来。要不是我儿子心好,说肯定有误会,让我们跟他协商和解的事,我会在这儿浪费时间?这可倒好,跟我们求着他道歉似的。"

她在说话的过程中不断逼近许唐成,到了这段话结束,两人之间的距离已经远远超过了让人舒服的社交距离。

有人在背后拉了拉自己,许唐成没动,还将手伸到身后,攥住了那只手腕:"抱歉。"

他尽量将声音放平,问眼前的女人:"那请问我可以去看一看于桉学长吗?"

"不必了。"女人很快拒绝,"事情解决之前,你们不用打扰我儿子。"

许唐成听了,点了点头,没有再继续要求。沉默片刻,他又问警察:"我可以跟我弟弟单独聊聊吗?"

问话的警察挑挑眉,向后靠向椅背。

"我相信他不会……"许唐成话说了一半,又怕说这话会刺激于桉的妈妈,便打住,直接说,"或许他有什么不方便说的,我和他聊聊,也许会对了解案情有些帮助。"

许是一天下来，易辙沉默的态度让警察也有些无奈，偏偏被打的人坚持要以和解优先，搞得后来看似在协商，实则没有任何成果。问话的警察示意了做笔录的人，那个人便起身，对许唐成和易辙说："跟我来。"

离开前，许唐成又对于桉的妈妈说了声抱歉："希望您能再给我们一点时间，事情发生了，总要搞清楚是怎么回事，如果真的完全是易辙的责任，道歉和赔偿我们都不会少。"

年轻警察带着他们到了一间小屋子，拧开门把，他咳了一声，忽然说："我提醒一句啊，打架这事，就算是拘留，也分刑事和治安，更别说那边已经说要起诉了，你最好劝劝他，该交代什么交代什么，对方连赔偿都不要，赶紧道个歉，和解算了。"

许唐成点点头，应了下来。他和易辙坐在屋子里，年轻警察就站在门口。明明知道这时候该说什么、问什么，可瞥到易辙指缝间渗出的血，许唐成忍不住轻声问他："疼吗？为什么不处理？"

易辙在短暂的沉默后摇头，不知是在回答哪个问题。

许唐成不作声地要去拉易辙的手，易辙这次有了防备，将手一摆，藏到了身后。许唐成抬眼去看他，易辙便迎上许唐成的目光，说："真的没事。"

这一幕，曾经发生过。

许唐成几乎立刻想到，曾经的某个夏天，他在夜晚回到家，遇上了蹲在花池边喂猫的易辙。那次是眼角，他想要查看，易辙也是躲闪。

他忽然走神，想着，那好像真的是很遥远的事情了。

这间小屋子应该不常有人来，桌子上落了薄薄的一层灰，许唐成开始没注意到，等两人说了几句话，发现了，白色的长 T 恤袖子上已经流了一条黑色的河。

他伸出一根手指，擦过桌上的灰尘，接着问易辙："为什么打他？"

等了好久都没有等到回答，在许唐成要继续追问时，身旁的人忽然倾身，拉着他的胳膊让他离开了桌面。接着，易辙攥拳放到桌上，用自己放平了的小臂一蹭，在许唐成身前的桌面上开辟出一片干净的阵地，泾渭分明。

"脏。"

许唐成愣了愣，看他。

别后重逢的情感来得有些迟，到这时，抛开了一堆需要探究的棘手问题之后，两个人才突然在相视中将这情感和盘托出。

"没去接你。"易辙说。

不是很想你，不是终于回来了。许唐成却总算明白了刚刚易辙为什么一直盯着他看。

他再要开口，许唐成已经先一步说："停。"

合上刚刚张开的嘴巴，易辙乖乖看着他。

"没关系。"许唐成转回头，暂且低下。约莫停了那么十秒钟，才又看着易辙说："可是你知道飞机降落之后，我刚知道这事的时候，有多担心吗？"

"对不起。"寂静之后，易辙说。

刚刚被打断，现在还是说出了口。

"连我也不能说吗？"许唐成问他，"到底为什么打架？"

易辙摇了摇头："不是什么好事情，所以不想让你知道。"

"那要道歉吗？"

易辙还是摇头。

"不。他们愿意怎样就怎样，我不会道歉。"他说完，又握住了许唐成放在桌子下面的手，"你也不要管。"

于桉的父母已经先一步离开，许唐成和赵未凡在晚上十点钟迈出了派出所的大门。出租车在 B 大停下，赵未凡下车后，许唐成对师傅说："麻烦去人民医院。"

几乎是在刚刚说完这句话的时候，许唐成收到了于桉的短信。

短信内容是病房的号码，像是早就预料到他要来。

这个时间，住院部的走廊很幽暗。或许是刻意支开了家人，也或许是他们还没有来，许唐成打开那间病房的门，里面只有于桉一个人在。

许唐成迅速判断了于桉的伤情——手臂骨折，颈部也上了固定器。

可饶是如此，他还是坐着的，像是在特意等许唐成。

"去日本的这趟感觉怎么样？"

许唐成没答，也没有停下步子。他没有在于桉的床边站定，而是一直走到了窗边，选择了于桉并不方便看见的区域。

"站那么远做什么？"于桉笑，"我可不像你那个小朋友一样爱打人，何况……我都已经被他打成这样了。"

于桉的话，让许唐成对于这个房间的感知产生了微妙的扭曲感，或者说，是一种对于认知的颠覆。记忆里这个总是彬彬有礼的学长，竟然这样说着又酸又讽刺的话，甚至还在最后一句话里糅进了撒娇的语气。许唐成像是从没认识过于桉，也顺理成章地感到略微不适。他清了清嗓子，平静地问："他为什么打你？"

"他没说？"于桉很快反问，却看不出任何惊讶的意味。

许唐成不答，也不急，就倚着窗台等着。

等不到许唐成的回应，过了一会儿，于桉才说："我不知道他为什么打我，或许你应该带他去看看精神科。"

他这样说，许唐成也没表现出半分的恼。反而，他将两只手都插进口袋里，换了一个更舒服的姿势，才不紧不慢地回道："我虽然不知道为什么，但我相信不会是他的错。"

这话有故意的成分在，纯粹是因为许唐成很累，不想跟于桉绕弯子，所以想试一试这样会不会刺激于桉放下阴阳怪气的那一套。

果然，于桉立即沉下脸，要不是颈部固定器的阻碍，他此时必定已经是在迎着许唐成的目光逼问。

"不会是他的错？"

许唐成没说话。

病房里只有很暗的灯光，照亮了于桉额上惨白的纱布。他轻轻笑了一声，用着语重心长的语气："我早就说过，他太莽撞。我只不过给他看了两张照片，他竟然就在学校把我打成这个样子。"

"什么照片？"

"没什么照片啊，就那天我们实验室聚餐时的照片。可能，有一张角度有些巧……引起了他的什么误会。"于桉做出一副思考的样子，继而笑了出来，"哦，应该是这样，另一张没什么特别的，是我抓拍的你。"

照片……

许唐成还真没什么印象，他没和于桉拍过什么合照，那天或许是有一张，是于桉突然揽着他的肩膀拍的。

于桉并没有得到预想中的效果，更确切地说，许唐成根本没有接任何话。

注视了地面很久，许唐成用手抵了下窗台，撑着身体站直，说："学长，好好养伤，我先走了。"

他径自朝前走，没有管于桉的反应。但在接近门口时，身后忽然响起一句："站住。"

许唐成没停，但若细致观察，其实他是放慢了步子的。

"唐成，我不明白你对他的信任从何而来，我也不想深究。但我不觉得我做错了什么，这件事我也一定会追究到底。我相信你已经去了派出所，那我希望你能早点说服他，让他来跟我道歉，不然……"

"为什么？"

在于桉出口威胁之前，许唐成先打断了他。

"什么为什么？"于桉冷笑了一声，"难道你觉得他不应该跟我道歉吗？"

许唐成这次回身，解释："为什么不要赔偿，而只要道歉。"

他相信于桉刚刚说的应该不是谎话，但也绝非事情的全部缘由。如果只是聚餐时的几张不知所云的照片，易辙的表现根本说不通。

易辙会打人，会愤怒，但不可能会不信任他。许唐成确定没有什么能直接对易辙的愤怒进行"临界触发"的照片，那么，于桉一定还隐瞒了什么，而被隐瞒的部分才会让易辙打人的原因，也是他连自己都不肯告诉的原因。

于桉没想到许唐成不再揪之前的问题，而直接换了一个。大概是受了伤，影响了反应速度，他好久都没说话。直到许唐成又重新转身，拧动了门把，他才不带任何情感，抛出一句话。

"我想看看他的骨头到底有多硬。"

"有件事，我猜你不知道。之前他老师让他联系我，要一些我自己整理的资料学习，加以补充，再在例会上讲一下。可他没有联系我，三天，他自己从头到尾把这些工作做完了。真有骨气，"不知牵动了哪里的伤口，于桉倒吸了一口冷气，这口气使得原本刚刚要发出的笑声变得莫名狰狞，"我这次倒想看看，他到底骨头有多硬，他易辙的一句对不起，到底值多少钱。"

第十三章

无意义

很多时候许唐成都想不明白，为什么会有人抱着这样不可理喻的态度——我不想怎样，我只想看看你会怎样。

他对于于桉突然暴露出的这一面毫无防备，此时被于桉用一双眼睛逼视，脑中却像是攒了一堆破旧零件，勉强拼出一台咯吱乱响的机器，费力地运作着思想，但怎么也跟不上这种诡异的思维。

不是骂人的时候，在不能理解的逻辑里也寻不到话来骂他。许唐成看似平静地点头，内里却是硬将那股火压成了五瓣，再一点一点地挤出身体。

"那你又是为什么呢？"他压着声音问。

任何行为的发生都牵扯到动机，只要精神正常，没有人会无缘无故针对谁。

他随口问了一句，于桉却像是真的在思考。其实许唐成并不关心于桉的回答，他大概能猜到是什么心理诱发了于桉针对易辙的行为，他没有反感别人的关心的意思，只不过，当这种所谓的"关心"威胁到易辙，他便会不由自主地将这情感及情感的主人划分到"麻烦"的范畴里。

"唐成，我会向你证明一些东西。"

于桉望着他的眼神也是坚定又炽烈的，可对于这种眼神下的热烈，许唐成却是皱眉，避之不及。他没再说话，转身欲离开，于桉却又突然开口，叫住他。

"你想救他，他又不想跟我道歉，这种情况下，事情是没有办法按照你的意愿解决的。他会被我起诉，会坐牢。保研资格什么的就先不说，现在是五月，他还没有毕业，对吧？"

许唐成转身，看到了于桉那张怪异的脸。他的脸上有伤，此时又在强行制止着马上要爬到脸上的得意，以至于嘴角憋成了奇怪的角度。

"所以呢？"

"他连本科毕业证都拿不到。我当然知道，你肯定不想他毁了前程，你比谁都心善。"于桉笑了一声，"所以，看在你的面子上，我给出另一个选择。他不道歉我也可以和解，但你要给我点东西。"

这话的内容出乎许唐成的预料，他以为，于桉会咬死了一定要让易辙道歉。而或许是因为于桉讲这话时太不疾不徐，使得许唐成看出了于桉的早有准备，他心中猛地一顿，等着于桉接下来的话。

于桉这次像是打定了主意，一定要等他应声才再开口。说完前面半截话，他就卖关子一般止住了话头，也不看许唐成，慢悠悠地靠在床头。

"你要什么？"

半晌后，许唐成问。

于桉用没有受伤的那只手在被子上叩了两下，然后说："数据。"

许唐成一愣。

"我看过你发的两篇SCI（科学引文索引）论文，我要你那里面用到的数据，以及后续测的全部数据。"于桉沉吟两秒，又想到什么似的补充，"哦，模型方案也给我吧，我觉得你那个建得很合理。"

许唐成几乎不敢相信自己听到了什么："你疯了吗？"

于桉比他大一级，据他所知，于桉所有该发的文章都已经发完了，博士论文也已经完稿，现在还留在学校，不过是帮他的老师把之前负责的项目做完而已。更何况，他们的研究方向当然不会是完全相同，那些数据放在他这里，是贯穿他论文的一条脉，可放在于桉那里，不见得能有多大的用处。

"没有啊。"于桉像是想到了他的反应，依然笑着，"你觉得我拖到现在还没有毕业的原因是什么？帮我老师做那个项目？"

许唐成觉得背脊发凉，他清楚地记得于桉曾经问过他课题的进展情况，而自己收的全部数据，都给于桉看过。

"不是，我还差了一点。"于桉看着他，"虽然现在的程度完全能够毕业，但不是我想要的。有了你的那一部分，给我锦上添花，我觉得会更好，当然，那是你的东西，你可以选择不给我，我只是给你增加一个解决问题的选项而已。"

"锦上添花？我的那些数据是基于……"

"唐成，"于桉打断他，"你不需要说服我，专业上的东西，我自认不比你懂得少，我有我自己的理由。"

许唐成从没面对过这样的人，他气到无言，嗤笑了一声，转身。

"我还以为你会毫不犹豫地答应。"于桉的语气中有惊讶，还有毫不掩饰的幸灾乐祸，"看来你和他，也没有那么深的感情啊。"

"学长。"

许唐成停住脚步，回身看他。他这一声叫得极尽讽刺，但床上的人却似是没有察觉，依然应道："嗯？"

"你到底有多缺爱，才总是在揣测别人的感情？"

于桉听了，也不气，依旧脾气很好似的看着他笑。

"你现在好像有点生气。"于桉说，"情绪不稳定的时候不适合谈判，如果你还想继续和我谈，可以改天再来找我。"

回应他的是一声门响。许唐成大步走向电梯，手指摁上下行的按钮，冰凉的触感让他意外找到了能够平静下来的路途，所以手指在其上停留了好一会儿都没有挪开。一旁的走廊有移动病床滑过的声音，许唐成的脑海里只浮现了四个字：无妄之灾。

招惹了一个将自己隐藏得很好的神经病，引来这么一场祸乱。

整整两天，许唐成几乎没睡。

他并不是没有扛过事，父亲做手术、许唐蹊病重，几乎都是他一个人跑前跑后地联系医生、安排治疗，还要顺带安抚家人的情绪。可那天深夜回到家，从看到那张地毯开始，他就发现真的很难控制住自己的焦急，也没办法完全说服自己不要慌张。他一遍又一遍地想着那天于桉的话，在各种细枝末节上死命纠缠，慢慢地，他也猜出了一点于桉的目的。可让他感到最无力的是，这件事里有太多不可明说的因素，于桉为什么针对易辙，易辙为什么讨厌于桉，还有连他都不知道的那个直接导火索，他们两人之间所有的冲突，都不可能在不涉及他和易辙的感情的前提下解释清楚。

更何况……易辙的确单方面打了于桉，实验室新装上的摄像头拍得清清楚楚，同屋子的人看得清清楚楚。

许唐成问了当时目击的同学、和易辙关系稍微好一些的学弟，用了一天多的时间，都没能找到任何有效的突破口。种种的巧合、故意设置加起来，使得于桉的态度成了一道突破不了的屏障。

事态的发展并没有留给许唐成太多的考虑时间，第二天下午，他收到了赵未凡的电话。她告诉他，不过一天多的时间，易辙打人的视频已经在他们学校的论坛上大火，就连B大都知道了这件事。易辙的辅导员、校领导都出面和易辙谈了话，目的无一例外，做思想工作，要他道歉，同于桉和解。

那天晚上，许唐成没有拉窗帘，在那块新地毯上躺了一夜。他手上拿了一个 U 盘，里面是他几乎三年的心血。

天快亮的时候，他才想起来，不久之前他还问过成絮，值不值。那时候的他还觉得，不管发生了什么事，都不该用自己的未来去换。

易辙在两天后回了家，许唐成去接的。他出来后便拧眉盯着许唐成看，直到两人买了菜，许唐成一本正经地问他要吃西红柿打卤面还是炸酱面，易辙终于忍不住，问："为什么突然和解了？"

许唐成从袋子里挑了两个已经软和的西红柿，放在桌上，又将剩下的塞到冰箱里。

原本在他去日本之前，冰箱已经被塞得满满当当的，不说有多少做菜的食材，起码水果有很多种，还有一些酸奶、维他命水。但现在里面却是空荡荡的一片，几个西红柿愣是占据了整整一层的地方。

"下午去买点东西吧。"

或许和从小到大的家庭环境有关，许唐成不喜欢冰箱里是如此萧条的景象。

"好。"过了很久，易辙才这么应了一声。

许唐成转身进了厨房，易辙很快又追上来，不依不饶地继续追问："你先告诉我，为什么他突然愿意和解了。"

"我去找了于桉。"

许唐成并未打算隐瞒。他本来已经在准备毕业，易辙是知道的，现在他要延期，不可能瞒过易辙。

易辙不傻，他很快攥住许唐成的手腕，呼吸都有些急促。

"你答应了他什么？"

许唐成在组织语言，希望能说得轻松些，让易辙好接受些。

可没等他回答，易辙就已经贴近他，用更大的音量问他："答应了什么？"

许唐成有些怔，他知道易辙是心急，但在一起这么久，甚至，他们认识这么久以来，易辙都不曾用这么大的声音跟他说话。

"没什么，给了他一点数据，作为交换。"

他们这种专业，谈到数据，就知道意味着什么。

"你论文的数据？"

"易辙，"许唐成并没有回答他的这个问题，而是轻声说，"我只想看到你平安出来。"

易辙却恍若未闻，只是盯住他的眼睛，异常坚持地重复在问，以近乎肯定的语气。

"你给了他你博士论文要用的数据。"

易辙的那只手在收紧，许唐成猜，他自己都没有发现。手腕被攥得有点疼，许唐成感觉到了，但完全无暇顾及。

"只是一部分。"他解释。

"你已经在准备毕业了。"易辙的话几乎是从唇缝间挤出来的，"你知道吗？"

"不一定要五年毕业。"

手上的痛到了他没办法保持不动的程度，他微微挣了挣，却一抬眼，看见易辙红了的眼睛。许唐成拽着易辙，试图让他冷静下来，却没想到易辙完全不受控制，他声音抖着，不知是因为生气还是什么。

"我说过了，你不要管这件事，不要管这件事！"

许唐成沉默着，没说话。

"我自己做的事我会自己担着的，你这样，你这样……"

易辙说到最后，几乎有些语无伦次。

"那点数据你测了多久，你还记得吗？你给了他这些数据，又需要推翻你的多少内容？我说了，你不要管这件事，为什么不听我的呢？"

"易辙，"许唐成打断他，直直地望过去，"那你知不知道，你如果被起诉，在这些事实下，会是什么后果？"

"我知道。"

"你真的知道吗？保研资格被取消、被退学，本科毕业证你也拿不到。到时候法院判下来，你要去的就是监狱而不是这几天的那个拘留所。"说到这儿，许唐成停顿了很久，才问，"这些你真的都知道吗？"

"我知道！可是这些对我来说没有意义，他们……"

方才易辙质问自己的时候，许唐成都没有生气，可他此刻说了这句"没有意义"，许唐成忽然再难抑制，心中涌出一股气来。这不同于易辙曾经对他玩笑般说的话，他看得出来，易辙是真的不在乎。好像这几天的疲惫、无力，都因为易辙的这一句话，真的变得毫无意义。

"没有意义？"许唐成反问，"那是你的未来。"

第十四章

莫问路

"我不在乎。"

易辙说完便转身离开了厨房，许唐成听到撞门的声音，没有想到，这人竟就这么走了。

这么久以来，这是他们第一次吵架。

他能够感觉到易辙已经在尽量压抑的情绪，他也知道，易辙是真的生气了。在同意于桉的交换条件时，他就已经想到了易辙会有什么样的反应，他想他比任何人都明白，在易辙的心里，许唐成到底是个什么样的存在。可他不知道怎么样才能让易辙明白，两个人的未来，前提一定是两个人。

厨房里静得不行，许唐成一个人待得难受。他把窗户打开，想抽根烟，但摸遍全身都没寻到。窗户进来的风也是热的，吹得窗台上的塑料袋乱响，徒增烦躁。

许唐成盯着窗外看了半晌，最后抬手挤了挤眼眶，关了窗，想着起码先把饭做了。

拿着西红柿走到水池旁，没控制住手上的劲头，水龙头刚被拧开时，水流便是迅猛的。一声门响淹没其中，在许唐成将水调小的时候，已经有渐近的脚步声。

回来得还挺快。

许唐成低着的头没抬起来，留神听着屋里的动静，却忽然瞥到自己被攥红了的那只手腕。

厨房的门被推开，许唐成反应过来，迅速将带着痕迹的那只手收到身侧，改成一只手握着西红柿。

刚刚愤怒离开的人默不作声地走近，立了那么几秒钟，忽然伸出手，去拿他手里的西红柿。

方才那一番，许唐成也不是没有气的，他手一闪，避开易辙，也依旧不理易辙。易辙也还是没有说话，但这次他擒住了许唐成，强行将那红彤彤的东西拿了过来。

许唐成终于看了他一眼。

易辙动动唇，说："凉。"

五月的水，凉什么凉。

心里嘟囔了这么一句，许唐成还是暂时撇掉了些郁闷烦躁，靠在一边看着弯腰冲洗的人。两个人这样的姿势，使得许唐成刚好能够平视易辙，只是看着他一眨一眨的眼睛，许唐成却像是能看到他注视自己时的样子。

按理说，易辙的成长环境不该铸成他这样简单的性子，可他的眼睛却总是诚实的，面对自己是喜欢，面对于桉是不喜欢，和孩子一样简单，但比起孩子，又少了那份可以被改变的摇摆不定。

似乎，这么多年他都在独立生长，长成可贵的样子。

易辙把西红柿洗完，水龙头关了，便甩着水，看着他不动了。室内又突然静了下来，许唐成垂眸看着地板，都能听到起于易辙指边的风。他们两个人之间已经太久没出现过这种尴尬的场景，许唐成实在累得很，刚刚情绪爆发了那么一下，此时再安静下来，突然一点都不想动弹，也不想说话。

他慢吞吞地走到案板前，易辙跟在他身后，将西红柿放到他面前。许唐成刚要拿起刀，又想起什么，停住了动作。

"叫外卖吧，"他说，"累，不想做了。"

没等他转身，道歉的声音已经响起。

"对不起。"

耳边的声音又恢复了往日的音量，不是柔声细语，就是听起来老老实实、一本正经的，是独属于大男孩的温柔。

"对不起，不该吼你。"

听见这话，许唐成微微拧起眉。

"易辙，"许唐成叹了口气，告诉他，"我生气，不是因为你吼我，我知道我给于桉我的数据会让你难受，我没有和你商量，没有提前告诉你，所以你可以吼。"

易辙却说："不吼，以后都不会再吼你。"

"那你知道我到底为什么生气吗？"

停了片刻，才有气息扫在他的耳郭。

"不该走。"

"不是，"许唐成迅速说，"继续想。"

等不到回应，许唐成便挣开易辙，拉着他的手臂回了身。易辙的眼里满是不解，引得许唐成放慢了语速，生怕他听不进去般，一字一句地陈述。

"我不是气你吼我，不是气你刚刚自己走掉，不是气你打了于桉，也不是气你不肯道歉，我是气你说的'没有意义''不在乎'。"许唐成顿了顿，压下了喉咙里涌出的酸涩。他试图寻找一个更能说明问题的表达方式，所以一会儿过后，他才接着说："我不知道你能不能理解，只有我过得好，不是咱们两个的未来。你现在在做仿真，我们就用那个软件里的模块来打比方。我们的未来不是一个简单模块，根本不能直接用代码写出来，它是一个复合模块，包含着你和我，把你跟我这两个简单模块写出来，这个复合模块才能存在。你说你不在乎，你擅自就要把你这个模块撤掉，你告诉我剩下我自己，我怎么办呢？"

在许唐成说话的时候，易辙就注意到了他发红的眼睛，不知道是因为没睡好还是因为情绪，许唐成眼底的血丝多得吓人。他几乎想立刻回"我知道错了"，可他有一直坚持的东西，关于许唐成的，他奉若至宝，即便是许唐成也不能全然动摇他这种想法。

"但是你这样做，会影响你。"

"对我的影响不过是比预计的延期一些毕业。"

易辙没再反驳，但将头撇向一边，不再说话。许唐成知道他这算是无声的抗议，于是耐心地继续引导："你就想，任何代码都有个主结构，负责基本功能，我现在只是把我这里那些可以看作填充优化的东西去掉了一部分，但这段代码还能跑。可你如果被起诉了，你那段一时半会儿就跑不通了。"

"好，就算你说得对，那你可以跟我说，你不想让我跟他杠，你跟我说。"易辙狠狠地咬住下唇，刺激自己平复下来，"如果我知道你最终要做这种牺牲，我可以去跟他道歉啊，我去道歉也比你……"

"我不想让你去。"

许唐成忽然打断他。

易辙愣住，而后呆望许唐成半天，看着他闭上眼睛又睁开，才将目光转向自己。

其实许唐成还隐去了一句话，但凡他再习惯于表达情感一些，他就能对易辙说一句，我舍不得。

谁舍得看到自己在乎的人受委屈？凭什么，易辙要去给一个那样的人道歉？

他懂得易辙的尊严、骄傲，并且愿意去维护。

"你不肯跟我说，但我相信你是有原因的。"许唐成说，"我想了两天，这是最好的解决办法。"

"可用你的前途换我所谓的前途，我不愿意。"

于他而言，两个模块，两个前途，都不是一个等级的。他不管正确的价值观是什么，在他的世界里，许唐成就是最重要的，许唐成少吃一顿饭，就是比他自己少吃一个月的饭严重。

"我知道。"许唐成说。

这是一个死循环，他们都很固执。也是知道易辙不会轻易被说服，更不会同意他这样做，所以许唐成才独自做了决定，几乎算是先斩后奏。

"可是我也没有别的办法了，"许唐成的语气已经算是在哄，"你就当让着我一次，这件事已经解决了，就到此为止，好吗？"

他期待易辙给他一个妥协的回应，可这个人拧到让他想薅头发。易辙僵着不说话，气得许唐成没顾上手腕，抓起菜刀，一刀剁在西红柿上。

也不知易辙刚刚究竟是用了多大的力气，许唐成的手腕这会儿竟然更疼了，他手上一抖，松了刀，还差点划伤了另一只手。

连同这几天被桉引出来的火，在疼痛的牵引下，许唐成立时骂了一句。

易辙吓了一跳，以为他是切到了手，立马捧过来看，仔细检查了，才发现许唐成一直捂着的是手腕。

"手腕怎么了……"易辙猛地顿住，回想起了刚刚的场景，有些不可置信，又恼又悔，他问，"我弄的？"

"不是。"看到他几乎要绷不住的脸，许唐成摇摇头，"早上没注意，扭了。"

第十五章

付流水

数据和模型给了于桉，其实许唐成觉得影响也不算太大。博士论文不是一蹴而就的，他前期的大部分研究成果已经转化成文章，该发表的也都发表了，真正变成空白的，不过是学位论文最后一章的内容。但答辩延期已成为不能避免的事情，突然推迟毕业时间，自然少不了被询问，别人可以糊弄过去，但自己老师那里，许唐成不得不硬着头皮解释一番。

老师刚刚听他说起时很是不解，问："上次不是说已经准备得差不多了吗？"

"嗯，有一点内容……需要改进。"许唐成含糊地说。

老师便追问："改进？哪一部分？"

这问话许唐成答不出来。从出事到现在不过十几天，这么短的时间内，他不可能在原来研究了几年的思路上突然有什么转变或突破。

老师盯了他半晌，突然起身，关了办公室的门。

略微诧异，许唐成抬头，看到他叹了口气。

"你是不是对自己要求得有点严格了。其实你原来做的那个已经足够了，文章你也早发够了，你之前不是想赶紧毕业工作吗？要我说不用改了，赶紧答辩得了。"停了两秒钟，似乎觉得自己这么说有点教导学生不求进取的意思，老师便又赶紧摆摆手，笑说，"当然你想精益求精也没什么错，你再多留两年给我干活儿我才高兴呢。"

前面的话，许唐成并不会接，索性笑了笑，顺着他最后的话往下说："那不正好嘛。"

"正好什么啊？"老师一瞥他，"你多留一阵我倒是高兴了，你那个工作没准儿就黄了。"

许唐成没吭声，但在那晚决定把数据和模型给于桉的时候，他还觉得庆幸，还好自己并没有跟易辙说工作的事情。不然，以这人拧的程度，怕是怎么都过不去这个坎了。

"虽说我这个实验室出去的学生都不愁找份好工作，但是说老实话，签约就直接过户二环一套房这种条件，我估计也没第二个公司给，就算是我之前说的推荐你去我朋友那里，他也给不到这么好的条件。"

"我知道。"许唐成轻轻点头，但短暂停顿后，又接着说，"但是也没办法，我确实对最后的部分还不太满意。"

当初被那家公司联系的时候，他也是吃惊的，毕竟还没听说过哪家公司在学校挖人这么狠。

这种入职福利加上对方给出的薪资，许唐成说不心动是假的。他自觉算是一个活得很现实的人，从前看着周慧细细算着家里的钱，筹措许蹀和许岳良的医药费，分配家里的各项开支，使得他早早就对钱的重要性有了认知。所谓认知，并不是说钻到了钱眼里，而是认识到他需要足够的钱来保障生活，应对意外。他想要给家人更加安稳舒适的生活，也一直在为此努力着，所以当对方将这诱人的条件抛出来时，许唐成第一时间产生的，是一种这么多年的努力没有白费的释然感。

老师看着他，张了张嘴，又合上，好半天之后，突然说了点掏心窝子的话。

"实话告诉你吧，我当初还想把你扔国外去两年，回来让你直接留校的。现在的年轻人都不愿意干工程这个苦差事，谁都想发发文章，当当人才。我们这个团队教师断层现象太严重了，到现在还就是我们三个年纪不小的老师领着，这样不是个事。这个团队需要有年轻人支撑着运行下去，我希望等我退休了，干不动了，我好不容易带起来的团队不会散，还能继续干点有意义的工程。但你那时候不愿意出国，也就算了。"老师想了想，带着打趣的意味说，"不过现在一想，就算你出国了，具备留校条件了，我估计也留不住你。你在咱们学校干，也且买不起二环的房呢，有更好的生活在你面前摆着，我作为老师也不能拦着你不让你去。再说了，你值这个条件。研究生也好，博士也好，你跟着我做工程的经验，外面那些工作了几年的人都不一定比得上。"

自己的老师向来不是话多的人，平日也内敛得很，这番话，已经是许唐成听过的最直白的夸奖。或许是因为他要毕业，要找工作了，老师今天不再是那个总告诉他们把自己做的方向吃透、不能一知半解的严谨老头儿，而是更亲近了世俗人情，像是在对待自己终于长大的孩子。

"说这么多，也不是完全鼓励你向钱看，但是好的机会要抓住，这道理你不至于不懂吧？"

许唐成沉默片刻，点了头。

这个工作机会的确难得，不只是因为薪金，更是因为他所了解到的公司情况。他一直期望能找到一份有创造力的工作，不必花费大量的时间在无用的流程上，而能够集中精力，和团队一起攻克一个难题。

这一家有野心、有实力的技术型小公司，几乎符合他所有的期待，所以他并不打算放弃这个机会。

A大在一年中设置了四个博士答辩时间，许唐成的考虑是，在这几个月赶一赶，依然可以赶在今年毕业。按照对方之前所给的承诺，只要他今年能入职，那份工作就不会黄。

找到一个创新突破点，把最后一章重做，甚至因为因果的牵扯，或许需要重新编排论文结构……要在几个月内完成这些，听起来似乎有点玄幻，但许唐成必须要做成。

把学校的事情收了尾，在开始忙之前，他带着从日本带回来的礼物回了家。唐蹊已经在读大学，家里只有周慧和许岳良在，许唐成将礼物摆出来，一件件说明是什么、怎么用，才说，接下来一段时间学校里比较忙，可能会很少回家。

许岳良是多少了解过许唐成找工作的事的，这时便有些奇怪，问："之前不是说没什么事了吗？"

"毕业论文还要改一改，所以答辩要往后拖一段时间。"

"那你之前提的工作？"

"不影响。"

许岳良点点头，直说只要许唐成心里有数就行。倒是周慧，一脸的愁："还要改论文啊，那会不会太累啊？"

大概做妈妈的担心的点都会和别人不一样。从许唐成读博开始，周慧就一直怕他累着，就连平时看到什么关于博士的社会新闻，都要小心地跟许唐成提一提，生怕他压力大。

"不会。"许唐成笑得轻松，也很快转移了话题。

七月，有几天热得离谱。

仗着租的房子离学校不远，许唐成和易辙通常会在中午回去睡四十分钟。不知是不是因为那几天阳光太强，从那时起，许唐成失眠的症状开始显现出来。

起初只是午睡睡不着，到一个月之后，夜晚的睡眠也变得不踏实，易辙在晚上起来上个厕所，很轻微的动静，都会使许唐成立刻醒来，之后便再也无法入睡。直到天光大亮，他还要顶着昏昏沉沉的脑袋赶去实验室。

这样的恶性循环是最可怕的，所有的伤害都能反馈到身体上。

睡不着，头痛，这些状况许唐成却都不敢和易辙说。甚至在这一个多月里，他不敢提自己的忙，不敢对着易辙喊累。

这天他们照旧回去午睡，躺下没多久，易辙的呼吸就已经变得均匀。许唐成翻了个身，背朝窗户侧躺着。

他们的窗帘是淡绿色的，是两个人一起选定的颜色。这颜色好看，但不中用。窗帘的遮光度不够，即便已经盖住了整扇窗，屋子里却还是被光亮占着。薄薄的眼皮没能挡住过于泛滥的光线，许唐成闭着眼，只觉得眼前依旧是明晃晃一片，心烦得很。

到了闹钟响起时，他已经头痛到有些恍惚，分不清自己迷迷糊糊间听到的到底是不是铃声。

易辙开始时没发现，只以为许唐成是没醒，便关掉闹钟，不作声地在一旁静静躺了一会儿。但接近两点半，许唐成还没有动静，易辙这才转过头，打算叫醒他。

让他微微惊异的是，一旁躺着的人深锁着眉头，不仅不像睡着的样子，看上去还不大舒服。

"唐成哥。"易辙扯了扯空调被，轻声唤道。许唐成嘟哝一声，将脸往被里埋，还把易辙的胳膊拉过来，遮住了露出的半只眼睛。

"没睡够吗？"易辙凑近了一点，问。

"没睡着……几点了？"整张脸几乎都埋在被子里，使得许唐成的声音听起来闷闷的。

"快两点半了。"

许唐成听了，深吸一口气，挣扎着坐起身。他拽了一把自己的头发，企图利用疼痛让自己清醒一些，但里外的疼痛感加起来却带得头皮一阵发麻。

易辙跟着坐起来，还有些愣："这么长时间，没睡着吗？"

许唐成摇摇头。

他今天实在难受，难受到在易辙问他的时候，居然没忍住，说了一句："中午总睡不着。"

"那要不……"易辙顿了顿，"下午别去实验室了？"

这话易辙说得不自然，许唐成听得也不舒服。他拽着头发的手还没放下来，一时间，对着摊在腿上的被子发起了呆。

易辙对他向来有一说一，有二说二，就算有时习惯简略，在表达关心上，也从来都是坦坦荡荡的。这样舒服惯了，许唐成都已经快忘了那种他们两个人分别小心翼翼的情景。

空调被关掉，扇叶不慌不忙地合拢。

思绪像是在顺着扇叶运行的轨迹缓慢往回爬，许唐成猛然发觉，两个人之间这种别扭的氛围，已经成了最近的常态。

他怕易辙自责，怕易辙难受，所以绝口不提自己艰难的现状。可朝夕相处，易辙那一双眼睛里又从来只装着他，便不可能看不出他的疲惫。

至于易辙也始终保持沉默的原因是什么，许唐成不确定。或许是因为仍然介怀许唐成对于那件事的处理方式，毕竟，他从没认同过许唐成的做法，只不过因为不想争吵，所以不再提这件事而已；又或许，他是仍然认为是自己造成了今天的局面，所以自己没有什么立场去劝许唐成不要那么累。

这些都是许唐成脑中一时之间涌出的猜测，似乎，他也无从得证。

两个人走到学校，路上的闷热加重了许唐成身体的不适。电梯里，他朝后仰着、左右各一下地动了动脖子，颈椎传来痛感的同时，还伴随了一阵强烈的眩晕感。许唐成站的位置是电梯的角落，他下意识地伸手想要扶住什么，但那只手就像自己有主意一样，半路改了方向。

闭塞的空间，冷白的灯光，冰凉的电梯扶手。许唐成缓过神来，觉得这样的环境简直糟糕透顶。

电梯到达三层，同乘的人都走了出去。

许唐成有种想现在也跟着逃离这里的冲动，但猝不及防，忽然触及记忆中一个画面，使得他一下愣在了那里——曾经的某一刻，也是在电梯里，易辙告诉他梨涡可能是刚刚才有的。

人累到了一定程度，心理防线大概是真的容易坍塌。许唐成看着易辙的背影，被颓丧之感袭了满身，不止心里酸软，还差点一个腿软，瘫坐到地上。

各种突然涌出的想法在脑中混杂成一片，像是这些日子里混乱的睡眠，压得他喘不过气来。他的逻辑思维能力一向很好，却怎么都理不清，到底为什么变成了今天的局面。

他走了神，所以没看到在电梯门再一次打开后，易辙已经转身看了他半天。

"嗯？"许唐成匆匆扫了一眼楼层号码，"到了？"

被易辙看得心虚，他迈开腿，往前走，却在走了一步后被身侧的人拦腰拖住。易辙劲儿大，许唐成动弹不得。

"你不舒服。"

不是疑问句，而是直接肯定。

到了时间，电梯门开始合拢。

"没有。"许唐成试图让他松开自己，"别闹，门都要关了。"

易辙没动，胳膊还死死地横在他的腰间。

应该是一层已经有人摁了按钮，许唐成眼睁睁地看着显示面板上出现了朝下的箭头，楼层数字开始递减。

他状似无奈，看了易辙一眼："下去了吧。"

易辙却说："我带你去医院。"

"我真的没有不舒服。"许唐成看到数字已经变成了2，赶紧同易辙商量，"你先放开我，别人进来会觉得很奇怪。"

易辙定定看着他，面上没什么表情，却大有绝不放手的气势。不知是不是许唐成想多了，在那双熟悉的眼睛里，他看到的似乎不只是坚定，还有被藏得很深的迷茫。像是一个聚焦在人身上的特写，他在前进，周遭却是弥漫的大雾。

一层，铃响。

在许唐成已经快要在这样的眼睛底下动摇，犹豫着要不要和盘托出、再沟通一次的时候，易辙忽然放开了手。

门打开，外面有些喧闹。身旁的人又恢复了静默，转了身，目视前方站着。

第十六章

被害者

那天以沉默收尾，易辙将许唐成送到实验室的门口，临别也只说了一句："不舒服的话给我打电话。"

许唐成看着他转身走向走廊的另一端，终究没寻到合适的话来说。

于栎回到实验室的时候已经痊愈，并且又恢复了往常彬彬有礼的模样。实验室的一群人不知内情，纷纷关心着他的身体。也有人追问了几句打架事件的前情，等于栎拿了些东西走了，几个未散开的人还在小声议论着那天的事情。许唐成坐在一边，耳朵被迫捕捉到一些字眼，只觉得隔着耳机，都能听得烦乱。

他拿了水杯，起身到外面去打水，却没想到，刚刚到了饮水机旁，突然收到了于栎的短信。

智能手机就是这点不好，消息的每一个字都直接平铺在桌面上，连选择不看的机会都没有。

"来楼梯间，易辙在。"

饮水机"嗡嗡"地响，许唐成看着那个黄色的指示灯，愣了愣。不知怎的，他一下子想到了那个沟通不算顺畅的午后，易辙绷着背脊离开的背影。

　　楼梯间的大门是暗红色的木质门，没有小窗，所以隔着一扇门，许唐成对于里面的情况完全无从得知。他将手放到把手上，犹豫片刻，又收回来，转而进了电梯，向上摁了三层。

　　他们实验室所在的大厦很高，大家理所当然地选择电梯，楼梯间便鲜少有人到访。推开门，扑面而来的，是一股空气流通不畅闷出的尘土味道。从三层之上的楼梯往下走，许唐成始终贴着墙，也尽量小心着不发出声音。下面两人的交谈并不热烈，他走下两层，楼道内都保持着一片寂静。直到很突然地，他听到了一声很熟悉的"对不起"。

　　脚步猛然顿住，许唐成握紧了手中的水杯，蹭了两步，从扶栏之上朝下望。

　　俯视的角度，易辙又低着头，使得许唐成只能看到他漆黑的头顶和因弯腰而露出的后背。他只看了一眼就退了回去，然后不出声地靠在墙上，听着易辙缓缓地说着道歉的话。短短几分钟，却让许唐成觉得像是过了几年一般漫长，他克制住了两次想把水杯里的水倒到桉头上的冲动，还回想了好多次易辙在近些日子里少言寡语的表现。

　　他忽然发现，易辙在做什么他认为重要的决定时，一定是闷着不出声的——从前决定把自己当成最重要的人是，现在决定放下自尊也是。

　　许唐成早已不在什么中二的年纪，但有时候也会怀疑，是不是为人善良，就真的会有更大的概率被恶意命中。做错了事情的人不觉得自己错了，尽管无耻，却活得逍遥自在，而被害者却因为不愿牵连身边人，不愿让自己变成同样恶毒的人，便只能将所有的遭遇划归为一次教训，独自承受。毕竟，有良心的人才有软肋，而软肋能给自己最大的慰藉，却也是被伤到时最疼的部位。

　　再回到实验室，大部分人已经出去吃晚饭，电脑屏幕上显示着许唐成最新理出的一套算法流程，他看了半晌，将手放到键盘上，继续敲了两行。

于桉很快推门而入，许唐成没有抬头，却也能感觉到他正朝自己走来。

"唐成。"

许唐成恍若未闻，但点了点鼠标，将编辑页最小化。

于桉笑了一声："你不用防着我。刚才我听见楼上有推门的声音，但是始终没听见什么脚步声，是你吧？"

许唐成这次抬头，没什么表情地问："什么？"

于桉不再说话，盯着他的眼睛看了一会儿，忽然拉过旁边的凳子，坐到了许唐成身边。他用只有他们两个人能听见的声音说："是不是你，你自己知道就行。"

或许是于桉离他太近，许唐成第一次在看恐怖片之外，体验到了一种毛骨悚然的感觉——明明实验室没什么异味，甚至一个学妹还刚刚搞了一罐好闻的熏香放在这里，许唐成却突然觉得恶心。

"其实你一开始说得对，我要你这数据什么的，根本没用。"一个U盘被放到桌上，于桉摁着它，将它推向许唐成，"而且这东西是你的，你想证明这是你的，不可能没有办法，学术造假加剽窃是多大的罪过，我知道。除非我傻，才会真的把这东西安到我的论文里，给你们把柄抓。"

实验室里最后一个滞留的学弟也出了门，一时间，空空的屋子里就只剩了他们两个。

"而且你要相信我，唐成，无论怎样，我不会害你。"于桉抬了抬嘴角，"听你老师提过你有个不错的 offer（录用信），我怎么可能因为易辙，就真的害你不能按期毕业。"

许唐成头一次听到这么冠冕堂皇的话，心中竟体会到了让他开了眼界的荒唐感。他平静地点头，问："所以呢？"

"所以？"于桉看似很惊讶，"你和我都明白的事，他却不明白，你说我该说他单纯呢，还是该说他傻呢？而且你看，这都多长时间了，他才来跟我道歉，你拼死拼活这么长时间，我看你都累瘦了一圈，要他一句对不起可真的太难了。我从前就想不明白，他那股莫名其妙的自尊心到底是有多重要，现在看来，或许在他那儿的地位，不比你轻？"

"所以，你绕了这么大一个圈子，就是想比较一下他觉得我重要还是自尊心重要？"

"不全是。"于桉挑了挑眉，"这只是很小的一件事，以后你就会发现……"

"于桉。"将电脑关机的同时，许唐成淡淡开口，打断了于桉这段每一个字都惹人厌的自说自话。

"嗯？"

"我有同学是学医的，刚好，在北大六院实习。虽然你以后变成什么样都跟我没关系，但看在我们好歹在一个实验室待了几年的分上，你如果需要，我可以帮你联系。听我的，有这方面的病没什么见不得人的，一定要去看医生，而且别拖着，不然以后指不定出什么事呢。"

这是许唐成第一次当面对一个人出言讽刺，他难得恶毒，恶毒完只觉得神清气爽，恨不得再直截了当地补上几句国骂。而在反应过来北大六院是什么地方之后，于桉的脸色瞬间沉了下来："你觉得我没事找事？"

"你有事没事的，与我无关。我倒是希望你好好想想，自尊心强的人那么多，你为什么偏偏盯上了我们。我大概能猜到一些，不过你可千万别承认，也别说出来，我听听都觉得折寿。"

许唐成说完便起身离开，没拿那个 U 盘，也没管那杯一口还没喝的水。

　　出了大楼，他找了一个阴凉的角落，点了一支烟。烟抽得毫无知觉，许唐成都没品出味道。他捏着烟蒂在垃圾桶上摁灭了火星，又从烟盒里取了一支。直到天色暗了下来，他才扔了已经空掉的烟盒，摸出手机，给易辙打了一个电话。

　　但意外地，那端无人接听，足够长的响铃过后，电话被自动切断。

　　许唐成立了片刻，编辑了一条消息："我先回家了。"

　　但正要发送，许唐成忽然想起来，易辙跟他说了今天晚上要跟着老师出去测试，大概要到凌晨才能回来。于是他又一个字一个字地删除，最后说："没事，忘了你说今天不一起吃饭了。"

　　他步行回了家，傍晚的风似乎一直在试图安抚他的情绪，裹着果香拂过来，轻柔又缓慢。可惜许唐成辜负了自然的好意，到了小区门口，他还是觉得在半盒烟的时间里积累起的一团闷气散不去。好在脑子比心情更懂得生活，它想到了家里那空荡荡的冰箱，于是支使着许唐成在大门一侧的水果店买了几个苹果。

　　老板见着熟人，立刻指了指一旁的两篮："这两样都是上午才上的，好吃。"

　　许唐成笑了笑，从两篮里各自捡了几个。在吃苹果上，许唐成和易辙的品味极其不同，易辙只吃脆的，许唐成只吃面的，所以他们从来都要买两样，一般是一共五个，二面三脆。

　　到了家，易辙的短信才回了过来。

　　"刚刚在跟这个公司的人交流。你吃饭了吗？"

　　许唐成的肚子适时叫了一声，叫得他更觉心虚。他答非所问，回复易辙："我回家了。"

　　易辙一如往常，固执地追问："没吃饭？"

　　"没吃……"

许唐成发送完，想了想，又补了一句："不饿，我买了苹果，一会儿吃个苹果。"

易辙则飞快地否定了他的安排："不行，你得吃饭。你待会儿还去实验室吗？不去的话我给你叫外卖。"

许唐成知道他出去测试时其实时间很不自由，怕给他添乱，赶紧说自己马上就点外卖。可易辙明显对他并不信任，已经很快把点好的外卖单子打字给他看，是他们平时喜欢去的一家粥店。

没等许唐成回复，易辙又发过来一条消息，告诉他自己这边的结束时间大概要到凌晨三点钟，让他先睡，自己明早再回去。

许唐成皱了皱眉，记起上一次易辙出去测试，回来以后怕打扰到他睡觉，硬是拖到早晨七点钟才回家。

"你结束后就直接回来吧，别去实验室趴着。"

易辙没再回消息，估计是给他点完外卖就被拉去干活儿了。

许唐成收到了外卖，才知道这人刚刚给他发的短信也就写了一半的菜单。也不知道他是怎么想的，谁家给一个人点包子，点两种口味就要两屉的，养猪都不带这么养的吧。他对着那半桌子的菜，瞪了半天眼，最后实在吃不下了，洗完澡，把菜和粥放凉了，通通塞到了冰箱里，给那个食量大的人留着。

擦着头发，许唐成用另一只手拎起手机，进了卧室。本想着磨蹭了这么久，易辙那边总得有点回音，却没想到手机桌面上还是干净得很，除了时间的数字非常活泼地跳到了十点钟，和方才比再没有任何变化，清冷又无趣。

许唐成把手机扔在床上，又用两只手使劲儿揉了两下头发，才到靠近窗户的那个床头柜里去找吹风机。

他平日心细，不过在对待自己的事情时，却往往都是能省则省，能一分钟做完就不用两分钟。所以他直接把吹风机开到最大挡的热风，胡乱地撸着头发，想快点吹干、赶紧睡觉。目光也就是无意间瞟了一下，瞥到的陌生的东西，却使许唐成在吹风机的噪声中发起了呆，直到因为他的手长久未动位置，热风烤得那片头皮发疼，他才一个激灵，连忙关了吹风机。

卧室的窗帘被换了。

早上起来还不是这个样子，那便应该是今天换的。

按照许唐成的审美来说，这窗帘着实很丑。表面是亮兮兮的银灰色，上面的图案还是有些俗气的大红玫瑰。他用一只手捏起窗帘的一角，摸了摸那布料，却发现这布料厚得可以，里层还像是有涂层。许唐成凑近了仔细辨认，没看出到底是什么涂层，就觉得看上去挺厉害的样子。

床头柜上有个小台灯，粉色的Hello Kitty（凯蒂猫）造型，是当初他们买床上用品商场里搞活动赠的，许唐成本着不能浪费、勤俭持家的原则，把台灯强行安置在了床头柜上。刚放上去的时候易辙抗议过一次，说是太可爱，气质太违和，自己下不去手用。许唐成当时看看他，又看看那只白猫，下一秒就拉着他的手摁在了猫脑袋上，然后转头问瞪着眼睛的人："这回下得去手了吗？"

许唐成将那盏小台灯打开，举到窗帘后面，贴近了那厚厚的布料。

果然，一点光都不透。

好似还嫌不过瘾，许唐成把房间的灯关了，在一片漆黑里用窗帘包住台灯，又试。

真的一点也看不见光。

他一下一下摁着开关，像小时候得了个什么喜欢的玩具似的，玩起来没完没了，恨不得抱着睡觉。他不禁开始想易辙是怎样去挑窗帘、怎样一脸严肃地研究遮光度，想着想着，就没忍住，笑了出来。

大自然没能做到的事，易辙却能做到。

刚才那桌子显得关心过剩的晚餐起了一半的作用，到现在看到这窗帘，许唐成憋着的那口气算是彻底消散了。往常到了午休之前都会觉得烦躁，因为想睡却睡不着，但现在，他因这窗帘而开始盼着明天的中午快点来。

或许是今天的心情一落一起，跌宕得厉害，许唐成躺下后想赶紧入睡，脑子里却在不受控制地"过电影"。一会儿是楼梯间里那压抑的一幕，一遍遍浮出来，惹他心疼；一会儿又是那不算好看的窗帘，有个人像是知道他心里不好受，一个劲儿地朝他喂糖。

他裹紧了被子，一骨碌，滚到了另一侧。

本来以为会稍微安定一点，没想到换了个边，胡思乱想得更加厉害。而在众多或反思或后悔的念头里，突然冒出一个现在就可以验证的。许唐成猛地睁开眼睛，一撑胳膊，起了身。

他把卧室的灯打开，开始翻柜子翻抽屉，最后终于在床底下找到了一大坨目标物。

许唐成蹲下来，伸直了胳膊把那坨东西拽出来，果然发现除了被换下的旧窗帘，还有一套没见过的。这套的遮光度显然没有现在挂着的那套好，许唐成抻平了一小块，对着头顶的灯看，虽然不至于漏光，但是整片布面还是有点亮度的。

就说吧，这个不太会挑东西的人，怎么可能一次就买到满意的。

他把两套窗帘都叠好，整整齐齐地码在地上，才又去洗了个手，上了床。

不好的、不愿意被他看到的事情他就当作没看到，但好的事，他便擅自将之亮出来了。

凌晨两点钟，刚刚从控制室出来的易辙收到了一条短信，他一看内容，再一对时间，眉毛立即卷了几个褶。

"睡不着，等你回来。"

正在跟他说话的学长被他突然变得肃穆的神情吓了一跳，以为是有什么要紧的事，便询问了一句。

"没事，"易辙摇摇头，低头回复了一条消息，才问，"还有多久能结束？"

"等老宋那儿搞完了，咱们再测一次就行了。"学长看了看时间，"得看老宋那儿顺不顺利了。"

易辙听了立即转身，往回走："我去帮忙校对。"

第十七章

中秋节

易辙紧赶慢赶，到家时也依然是个前后都不沾的时间。他小心地开
了门，又绷着劲儿，尽量不发出声音地把门硬拽上，这才蹑手蹑脚地进
了屋。卧室的门关着，易辙想了一会儿，还是轻轻把门推开条缝，想先
看一眼许唐成。

他怕吵醒睡着的人，所以就站在门口，没敢进去。但床上的人却在
他刚刚推开门时翻了个身，不大清晰地叫了他一声。

被他吵醒了，还是没睡？

易辙连忙走进去，又听见许唐成说："你终于回来了，快点睡觉。"

"嗯，"易辙将手臂撑在床上，小声道，"我先去冲个澡。"

操作室一股子金属的味道，待了这么久，易辙怕自己身上沾了。

"别冲了，"许唐成这会儿倒不讲究干净了，"都几点了，赶紧睡会
儿。反正床单被罩该换了，明天我一起洗了。"

他这样说，易辙便只去洗了把脸。

许唐成在等他时把台灯打开了，易辙再回来，看见许唐成正趴在床
上，拧着台灯的旋钮，指挥着灯光忽明忽暗的变化。大概是在床上躺了
很久的缘故，许唐成的头发有些乱，浅黄色睡衣的领口也歪着，露出脖
颈到肩膀的那一小截弧线。

许唐成喜欢穿纯棉的睡衣，一点别的都不掺，摸上去不是完全的软，还带着温暖的干燥感。

易辙这一天过得兵荒马乱，此刻看到这番情景，心里忽然彻底安定了下来。

"你一直没睡？"他迅速脱了衣服，爬上床。许唐成待两个人都躺好以后，关了灯。

"没有。"

虽然黑着灯，看不见，但许唐成像是能感觉到易辙迅速拢起的眉头。

"明天我们去医院吧。"

易辙说完，很久都没有等到回应，直到他准备再一次开口说服，才听到一声轻轻的"好"。

"不过，"许唐成翻了个身，"上午去医院，下午要听我的。"

这没什么难的，对易辙来说，这根本不算什么条件。他于是答应得很痛快，顺便催许唐成快点睡觉。

刚才是想等易辙回来，所以睡不着，现在人回来了，许唐成却还是睡不着。

"于桉今天回实验室了。"许唐成说，"也不知道抽的什么风，他忽然把 U 盘给我了，还说什么从没想过害我。"

先前的很长一段时间里，两个人都没有这样静静躺下来说过话，好像那时候一直在顾忌对方的心情，也有太多心知肚明却没办法摊开来说的事情。而这个凌晨有很明显的不同，说不出是谁先改变，反正让许唐成觉得很轻松、很舒服，像是一次无声的坦白。他本来不该在这时候提什么煞风景的话题，但是有几句该说的、该讲的，今天还是要讲。

讲明白了，这事才能真的翻篇。

"他挺可笑的，是不是？"

对于这个话题，易辙很吝啬言语。他只应了一声，一个气音，还像是费了老大的力气才从鼻子里施舍出来的。

"其实，我还是想知道你到底为什么打他。"许唐成已经打定主意要在今天把一切弄清楚，所以即使易辙如此回避，他还是不依不饶地继续追问。他放在易辙手臂上的手轻点两下："你就告诉我呗？"

易辙道："不告诉你，快睡觉。"

"他说他给你看了几张照片，我不相信你会因为什么角度暧昧而生气，你知道，我不会那样。至于别的原因，我想了半天，几张照片到底为什么会让你动这么大的气，最后想出了一点……"

"睡觉。"

"他侮辱我？"

易辙的手臂紧了紧，让许唐成确认了自己的猜测。

他就说嘛，易辙又不是以前那个禁不起激的半大小子，几张照片能掀起什么大浪来。

"他很恶心。"

静了很久，易辙忽然说。

这下，许唐成明白了易辙到底为什么一直不肯告诉他。他也不知道是不是该高兴，有时候他觉得，易辙简直就是在拿出养豌豆公主的劲头对待他，只把好的东西送到他面前，好像那些不好的事，让人恶心的事，他都不该知道。

"易辙，"许唐成拍拍他的手臂，缓着调子说，"这个世界上，什么样的人都有，我们管不了别人做什么，管不了别人说什么，更管不了别人想什么。他有毛病，你跟一个有毛病的人较真，最后吃亏的还是自己……"

"不行。"易辙在这时打断了他，声音不大，但干脆利落。

许唐成一愣："什么？"

"别人我管不着，"易辙说，"但是对你，不行。"

相处久了，许唐成很轻易地就明白了易辙的逻辑：别人做的说的，他都不管，但如果这事涉及他许唐成，那就不单单是"别人的事"，而属于易辙的管辖范围。

"但是他并没有对我造成什么实质性的伤害，我们没有必要因为这事去跟他硬碰硬，不值得，不是吗？"

周遭安静了几秒，让许唐成觉得易辙是在思考。他盼着易辙能想明白、想通点，易辙却非常不给面子，执拗地说："不是。"

许唐成打了他胳膊一下。清脆的一声，其实并没有带上多大的力度。

"怎么就不是了？我又没缺皮少肉，你骂他两句出出气不就行了吗？"他有些无奈地问，"以前、以后，不知道有多少人看我不顺眼或者有什么不好的想法，你是还想进多少次派出所？"

易辙把脑袋埋在被窝里，不说话。

许唐成做了半天思想工作，可到底也没太大的效果，易辙在最后撂下一句："好，别人怎样我不管，只要别让我知道。"

许唐成这会儿想，幸亏易辙没有孩子，万一有个孩子跟他一样拧，那他俩可有的吵了。

他说也说不动，气也气不起来，末了重重地叹了一声，半开玩笑半认真地说："你需要成长。"

在一旁好好躺着的人一听，忽然翻身。

"干吗？"

厚厚的窗帘，使得外面街上的灯光都不能透进来半点。易辙没动，也不出声，许唐成完全看不到他现在是怎样的情况。他抬起一只手，摸到易辙的下巴上，果然发现那里的肌肉在微微提着。

这样他便能想到易辙的表情了。他笑了一声："不高兴了？"

这么久的相处中，许唐成知道易辙其实很不喜欢自己将他当成小弟弟来对待。本以为他会不服气地争辩几句，却没想到，易辙用平缓的声音告诉他："以后不会了。"

许唐成被他突然的转变惊了一下，但还没来得及高兴，就听见易辙又说："以后我会找个没人也没监控的地方，让他没法指认我，不会再进派出所。"

"你……"

许唐成刚要教训，就被易辙用一只手捂住了嘴巴，随后关灯，说："睡觉。"

两个人晚上聊天太久，以至于第二天早上都没起来。易辙惦记着去医院的事，醒得还早一点，许唐成则是到了十点还拿被子捂着脑袋，说要再睡一会儿。

许唐成这段时间的睡眠实在让易辙太忧心，所以见他真的能睡着，易辙也就没再叫他，想着下午再去医院。但等许唐成醒了，却笑笑说："我昨天都说了上午去医院，下午听我的，你也答应了。"

易辙站在一旁，居高临下看着还躺着的人，有点不确定这算不算在耍赖。没等他想出个所以然，许唐成已经起了床，到一旁的衣柜里去挑衣服。

"我今天休息一天，我们好久没出去玩了。"他转头看了看窗外，"今天天气很好。"

稀里糊涂地被许唐成拉出了门，到了商场，易辙也没将清楚去医院的事到底是怎么就被混过去了。

从一家常去的品牌店出来，上了扶梯，许唐成拉开自己手里的服装袋子看了看，想到了一个问题。

在扶梯上，他们通常会一前一后站着，许唐成偶尔会对二人的身高差耿耿于怀，所以会在扶梯上找找高个子的视角。他将一只手搭上易辙的肩膀，抬起四根手指拍了两下，问："你为什么老让我买衬衫？"

不说别的，家里白色和浅蓝色的衬衫都已经成堆了。

"你穿好看啊。"

"那也不能天天穿啊。"

易辙保持了一贯直来直去、顽固到底的思路，在想了一会儿后回头问他："为什么不能？"

又没有什么明文规定，许唐成一时间还真不知道怎么回答。他又一次败下阵来："好像也没什么不可以的。"

还没到电梯底端，许唐成已经看到一个穿着粉色工作服的小姑娘笑眯眯地站在那里望着他俩。于是下了电梯，许唐成非常善解人意地停了一下。果然，小姑娘立马凑上来，说是公司在本商场新投入了拍照机器，邀请他们免费体验，可以拍两张照片。

许唐成看了眼那些照片示例，发现其实就是升级版的大头贴，可以选边框背景，在拍完之后还可以自己在照片上加各种装饰。

那几台机器的颜色和小姑娘的工作服一样粉嫩，许唐成无意间一抬头，看到了易辙脸上的表情。

似曾相识。

很快，许唐成就对应上了那盏 Hello Kitty 台灯。

见他看着自己，易辙立刻警惕地回视："我不照。"

许唐成对这种可爱风格的照片当然也没什么兴趣，但易辙一脸想跑的样子，让他忍不住想逗他玩。

"要不体验一次？"

易辙看了眼那些又是猫又是熊的照片，保持沉默。

那个小姑娘约是觉得有戏，介绍得比刚刚更加热情。她唰唰地翻着宣传册，递到易辙眼皮底下，一页一页地给他看着里面丰富的内容。易辙想躲，又不好意思直接打断面前的姑娘，就只能直愣愣地站在那儿，听着她说。

许唐成撇了撇头，忍住笑，等着看易辙的反应。却没想到，在小姑娘一通没个停顿的介绍里，易辙忽然应了一声。

略微惊讶，许唐成挑眉看向易辙，发现他一直盯着图册上的某处看。他侧过脑袋，正要顺着易辙的目光去看，图册却已经被一巴掌合上。再抬头，视野里便全是一个小小挑起的嘴角。

在外面的时候不自在，真的进到这个小空间里，两个人都放松了许多——反正也没人看得见他们。

两个大男生，从前又都没有过恋爱经历，自然是谁都没玩过这东西。许唐成有个妹妹，多少见识广一点，所以全程都是负责操作的那个。

和一开始的抵触不同，看到第一张照片的成品之后，易辙便对这东西表现出了极大的兴趣。人家说好的是可以免费拍两张，他却低头同许唐成商量："我们多拍几张？"

许唐成看着他加在自己脸上的那两个红色桃心，想拒绝，又没忍心。

"行吧，你掏钱。"

易辙拍拍兜："钱够。"

太久没这么放松，此刻空间隐秘，周遭弥漫的又全是约会的感觉，使得两个人或多或少都有些兴奋。他们换着姿势拍了好几张，再加图案的时候，许唐成强行拽住易辙的手，问："你能不能别往我脸上贴心了，有点创意行不行啊？"

他说着，给易辙的脑袋上加了两只猫耳朵，惊得易辙立马起了鸡皮疙瘩。

易辙没辜负许唐成的满眼期待，这次没给他往脸上加，而是在他脑袋周围安排了一圈心。在许唐成的抗议声中，像是还嫌不够，又将画面里的他整个都用心裹了起来。

说实在的，布局丑得很。

"哎，你放太多了。"作为一个有正常审美的人，许唐成自然嫌弃。不过嫌弃也只是口头的，许唐成到底是一颗心都没擦，将这照片保留了下来。

最后一张，易辙这回在拍照前主动把手搭上了控制按钮，还跟许唐成说："这张不给你加心了。"

许唐成以为他终于悔改，却没想到，快门摁下的一刹那，易辙忽然弯腰，贴近。

他的动作太快，等许唐成反应过来，朝他看过去，就只看到一个小梨涡，安安稳稳地蜷在那张脸上。

后来许唐成才知道，这个姿势，这样一张照片，就是促使易辙走进这个粉色拍照箱的原因。

那天的照片他们是对半分的，而最得意的这张，被易辙塞给了许唐成。

许唐成一个劲儿说着自己不要，却笑得如同以往，甚至还微微抬着脑袋，任由易辙以一个正面环抱的姿势将一小袋照片塞到了自己兜里。

一大堆购物袋在他的身侧碰撞，显出挤挤挨挨的热闹。

阳光太好，玩得太疯，那份好心情也赖着迟迟没走。许唐成和易辙在第二天回了家，刚好临近中秋，许唐成便买了点稻香村的月饼带回去。易辙对这些节日从不关注，进入超市，看见满目的月饼礼盒，他才小声嘀咕了一句："都要中秋了啊。"

回去时是易辙开车，半路上他接到一个电话，赵未凡打的。她问易辙几点到家，说要跟他见一面。

"等什么时候有空，咱们请她吃个饭吧。"先前忙得一塌糊涂，许唐成这时才想起，打架的事之后，他们都还没有好好谢谢赵未凡。他又想了想，有点记不清楚地问："哎，她和那个，那个叫什么来着那个男生，就是你高考完咱们一起吃饭，挺能说的那个。"

"尤放。"

"啊，对。他和赵未凡是不是在一起了？"

"嗯。"易辙点了点头，"上大学之前就在一起了，挺久了。"

许唐成心里一算，从那时候到现在，四年多了。

"那是挺久了啊。"

他感叹别人的长情，易辙却忽然说了一句："真的很久。"

这话有点酸，许唐成却听出了里面的遗憾。

想起曾经，他忍不住伸出手，安抚似的拍了拍易辙的脑袋。

这动作引起了易辙小小的不满，他抽空看了许唐成一眼："哄小孩呢？"

许唐成说："哄你呢。"

这话是许唐成第一时间的反应，几乎没有经过思考，就已经脱口而出了。等话音散了，许唐成才觉这回答于自己而言有些违和，反而更像是易辙惯常的说话方式——不加形容词，不加主语，直白干脆，但一击即中。

易辙也有些意外许唐成忽然这么说，遇上红灯，他转头盯着许唐成看了半天，直看得许唐成干咳一声，低头玩手机。易辙自己笑得欢。

两人在家门口分别，光"拜拜"就小声说了好几遍。

进了家门，许唐成把外套扔在一边，招呼许唐蹊过来吃好吃的。周慧听见他又买了点心，赶紧念叨："唐蹊不能多吃啊。"

"怎么了？"许唐成敏感得很，听到这话忙问，"不舒服？"

许唐蹊吐吐舌头，捡起一块蛋黄月饼，撕开包装："之前有一点点，已经没事啦，那次是跟同学出去玩，忘了带药……"

"怎么还忘了……"

许唐成一口气刚提起来，就被许唐蹊打断："好了知道了，以后不会忘记的，那次纯属意外。"

她说完，便忙不迭地躲回了屋，周慧朝许唐成递了个眼色，示意他小丫头已经知道错了，自己也自责得很，让他别再教训了。

许唐成回自己屋里休息了一会儿，临吃饭，忽然接到易辙的短信，说要来给他送月饼。

周慧在客厅喊他，说帮他把外套洗了。

"好。"许唐成扬声应了，而后给易辙回了消息，问自己不是已经买了很多了吗。

"赵未凡出去玩买回来的，她刚才打开了一个，我尝了尝，还挺好吃的，跟咱们那种不一样。"

原来是这样，许唐成便回了句"行"。

想了想，他又编辑了很长的一条短信过去，大意是让易辙一会儿好好说话，就说同学给了几块月饼，他觉得好吃就送来给大家尝尝。

许唐成自己是打了小算盘的，他琢磨着，等一会儿易辙来送月饼，他正好可以顺势把人留下吃饭。

紧张过后的放松能够很轻易地导致精神松懈，如同陷在绵软的泡沫池里，躺久了，都忘了外面的地面是硬的。所以第一脚踏在真实的地面上，会忘了力度，忘了那块地面的高度，然后一个趔趄。

商量好了，许唐成想跟周慧学两个菜，便捏着手机出了门。

"妈，待会儿做个烧茄子？我……"

看到周慧的一瞬，许唐成猛然停了话音，紧接着，许唐成的脑袋里有什么东西"轰"地炸开，碎片将手指都击得酸软了。

周慧正拎着他的外套，站在茶几旁发呆。她一只手的掌心里攥着一个很小的纸袋，指尖则捏着几张不大的方形图片。

"这是什么啊？"周慧转过头，看过来。

震惊，失望，难以置信，许唐成从未在周慧的眼里见过这样的情绪。

他攥紧了手里的手机，看着她，看着她一直在不停颤抖的手。

"啊？"周慧脚下动了动，将整个身体正对着他。许唐成看到自己的妈妈突然就红了眼眶，她声音尖锐，却像是被一把已经钝了的刀硬生生劈出一个口，塞进嘶哑："我问你这是什么！"

几张照片朝他砸过来，一瞥间，许唐成甚至能分辨出每一张照片里他们的姿势、使用的装饰。

纸张太小，承受不住空气的阻力，所以落向地面时轨迹狼狈，不是飘落，而是坠落——在最高点时忽然换了方向，飞行半途，戛然而止。

第十八章

送月饼

关于眼下的场景，许唐成曾设想过无数个。

什么时候算是合适的时机，怎样的语言更容易让家人接受，哪些事可以让步、哪些事不能让步……可如今，事情揭示得太突然，他没有任何准备，就已经"被坦白"。也是到了这一刻他才明白，真实要面对的现实，就是那无数设想中的唯一，也永远是最坏的情况。

"怎么了这是？"

许岳良和许唐蹊已经听见声音跑出来，他们对视一眼，都不明白是怎么回事。看到妻子双眼通红，尽管不明所以，许岳良也赶紧走向她，试图安抚。但没等他走到周慧身前，周慧突然扬手，将那件薄外套甩向了许唐成的脚下。

紧接着，她终于失声哭了出来。

"你知道你在干什么吗？"

原本也正往前走的许唐蹊被吓到，愣愣地停在了许唐成身旁。要知道，周慧虽然爱唠叨，但其实是个脾气很好的人，她和许唐成长这么大，周慧连一句重话都没对他们说过，更何况是做出砸东西这样的举动。

许唐蹊回过神，也不知道为什么，看见周慧痛苦的样子，就不自觉地跟着红了眼睛。

"妈……"她心疼得不行，小声地叫了一声，便往周慧那儿跑。

"唐蹊，"许唐成伸手拉住许唐蹊，看看她略微苍白的脸色，轻声道，"你进屋去。"

"哥……"

许唐蹊看看他，又看看那边的父母，没动。

"这到底是怎么了啊？啊？说话啊？"

许岳良连着问了几句，周慧和许唐成却商量好了似的，谁都不回答。注意到地上散着的纸片，许岳良弯下腰，刚要捡，许唐蹊已经先一步帮他拾起来一张。

看清楚照片的内容之后，许唐蹊朝许岳良递的动作立刻僵住了。即便对她而言，这照片的内容也太有冲击性了，她一时不知所措，有些慌张地回头寻找许唐成。

她潜意识里觉得不该让许岳良他们看到这照片，可还没来得及把手收回来，照片已经被许岳良拿了过去。

许岳良看了一眼照片便猛地抬起头，亮给许唐成的，是满目的荒唐感与震惊。

许岳良平时不会说什么道理来教育孩子，唯一正儿八经教育过许唐成的事情，就只是让他注意安全。这时候许岳良也没有立刻说什么，他拧眉看着许唐成，半晌，将手里的照片摁到了茶几上。

客厅里的空气支离破碎，几乎快要供不上人的呼吸。

许岳良和周慧立在沙发旁，许唐成则是从刚才就没再动过，静静地站在不远处，看着地板。

三个人泾渭分明，隐隐成对峙的状态。

许唐蹊是唯一一个两边都想顾的，但面对这情况，被当成花骨朵般养大的小姑娘也有点慌，实在不知道该怎么办。她不敢贸然开口，斟酌再三，只默不作声地把地上的照片都捡了起来，攥在手里，退到了一旁。

很长一段时间里，屋子里就只能听到周慧克制压抑的哭泣声。周遭很安静，所以每一声都清晰地传到许唐成的耳朵里，使得他渐渐地连抬头的力气都没了。

"你怎么突然糊涂了。"

不重的责备，许岳良也算是给这场交谈开了个头。

许唐成的千言万语都不适合在这时候说，他抬起头，迎上许岳良的视线："爸，妈……"

"你别叫我！"周慧没有许岳良那么沉稳，她用两只手死死抓着许岳良的手臂，整个人都颤颤巍巍的，像是浑身上下就靠那么一口气提着，硬撑着没让自己倒下去。

许唐成将周慧的样子看在眼里，只觉得胸口闷疼。他早就预料到会有摊牌的一天，而自始至终，他最担心的，其实都是周慧。

如果要选为这个家付出最多的人，一定是周慧，她几乎是所有意义上的好妈妈，别人挑不出她的半分不是。

许岳良腿不好，许唐成记得，小时候都是周慧骑着一辆自行车，接送他上下学。一年四季，温度不会总是适宜的，大太阳和飘雪的时候都有，可在许唐成的视野里，妈妈的后背从没变过。

"唐蹊，"许唐成的嗓子哑得发疼，他小声说，"先扶妈坐下。"

许唐蹊点点头，想扶周慧，周慧却固执地不肯坐。她红着眼睛看着许唐成，嘴巴翕动，却因为哽咽，每句话堪堪到了嘴边，就消散于齿缝。最后周慧抹抹眼泪，只说了一句话。

"不要再和他有接触。"

说这话时，周慧没有看许唐成，而是垂着头，看着一尘不染的地板。她的话语是从未有过的强势，整个人却呈颓唐之势。像是命令，也像是请求。

或许是这句话让周慧不得不再一次回想起刚刚看到的画面，她用一只手盖住眼睛，刚刚平静下来的情绪再次翻涌。她哭着问许唐成："你知道你在干什么吗？"

许唐成想说"我知道"，想说他不是犯糊涂，还想说，他其实没有做什么坏事，不是吗？可尽管他可以讲出一大套道理，可以为自己的无过错提供一整套逻辑链，他现在也不能说、不敢说。

在这件事上，即便他是没错的，他也没权利指责父母的不理解。

"你这算，你这算怎么回事啊？"

周慧的声音渐渐低了下去，她翻来覆去地重复着那几句，许唐成不答，她就一遍一遍地问。

"照片呢？"周慧突然转头，叫许唐蹊，"唐蹊，把照片给他。"

许唐蹊不敢再刺激周慧，虽然不知道她为什么忽然这么说，还是犹犹豫豫地把照片交到了许唐成的手上。

"你撕了。"

原本停留在地面上的视线倏地抬起，落到周慧的身上。许唐成没想到周慧会提出这样的要求，周慧则深吸一口气，用不稳的声音接着说："谁都有走错路的时候，妈不说你，你把照片撕了，以后不要再和那个孩子走那么近，就什么事都没有了。"

在任何僵持的场景下，缓兵之计几乎都可以奏效。明明知道此刻的周慧是最激动、最不可能说通的，明明知道这照片的内容给了周慧太大的刺激，他该先顺着周慧一些，让她暂时平静下来，来日方长，许唐成却还是握着照片，在所有人的注视下，沉默了下去。

几张照片而已，现在撕了，他相信易辙会理解，也不会影响他和易辙之间的情意。

可是——

易辙往他脸上贴心的时候是抿着嘴巴在笑的，往他兜里塞照片的时候，还在一个劲儿地念叨不能丢了，要一直留着。

许唐成不是个迷信的人，但即便不愿意，他也要承认自己对于未来是存着一份不安和害怕的，他怕自己解决不好家里的事，也怕有任何意外发生。而在那阵不安和害怕的驱使下，或许是急于找到一个能让自己安稳下来的东西，他在这一刻突然变得迷信，害怕他撕了照片，未来真的应验，两人间是一场没有尽头的分离。

"你听见没有？"见他不动，周慧又问了一次。

许唐成无声地看着周慧，他没有直接拒绝，可凭着母子之间的了解，周慧也已经明白了他的意思。她有些不能相信，也不明白，为什么从小到大都没让她操过心的孩子突然就变成这样了，这么离经叛道的事情，怎么会发生在许唐成的身上。

"那你是不听我的了？"

许唐成攥紧了手里的照片，终于说出了第一声辩解："妈，没有什么听不听的问题，我只是……"

"你必须选！我告诉你！"她的话里夹着呜咽声，后面的言语终是没能说出口……

有人在敲门，轻轻的两下。

别人不知道是谁，但许唐成知道那是易辙。

按照刚才的计划，现在该他去开门，然后易辙说来给他们送月饼，周慧和许岳良都会出来迎，许唐蹊也会小跑着出来。

可不过十几分钟的时间，整个世界却都像是变了。

许岳良和周慧没有动，许唐蹊想去开门，又不知道在这样的情况下，她到底能不能去开。她小声地叫了许岳良一声，说："有人来了。"

许唐成轻咳一声："我去开门。"

他便迈着大步走向门口，在站定后，将那几张照片又塞进了裤子口袋里。

许唐成从来都不知道，原来自己这么依赖易辙。握上门把，他感受到了从未有过的迫切心情——他想见易辙，迫不及待地想见到他，他不需要易辙说什么、做什么，只要站在他面前，让他看一眼就好。就像刚刚固执地保存下来的那几张照片，易辙是他的定海神针。

站在门口的人拎了一个小袋子，看到是许唐成来开门，他迅速朝许唐成笑了笑，不知这个笑是计划内的，还是临时反应。

"我来送……"

没等他说出预先设定好的台词，许唐成已经上前一步，做了一个制止的动作。

门板刚好将两个人挡住，许唐成看着易辙的眼睛，嘴巴微动："你先回去。"

易辙愣住。

他看不到屋子里的情况，只能小声问："怎么了？"

许唐成没说话，刚刚跟过来的许唐蹊也到了门口，她站在许唐成的身后，见易辙望过来，咬着下唇，抬手指了指客厅的方向。

易辙还是没明白怎么回事。

"被发现了，我爸妈现在情绪不太好。"许唐成说完，甚至还很勉强地笑了笑，"你现在不适合进去，先回去，等我一会儿。"

站在里侧的周慧像是听出了是谁来了，忽然撒开许岳良的胳膊，快速走了过来。许唐成在察觉到以后迅速转身，没有经过任何考虑，他已经出于本能，挡在了易辙的身前。

周慧见状，突然停下，直愣愣地看着他。

许唐成在这样的目光下心里一沉。

"叔叔，阿姨。"

权衡之下，易辙还是叫了一声。

周慧攥了攥拳，指甲深深地陷进了掌心的肉里。

"嗯，"她点点头，"什么事？"

"我……"易辙小心地开口，说，"我来送月饼。"

"不用了，唐成买了很多了。"

周慧说得很淡，即便到现在，她也没对易辙说什么难听的话。许唐成再听不下去，回过身，推了推易辙，让他先离开。

易辙自然不肯走，他从没有应对长辈的经验，但直觉许唐成的境地会非常艰难，而自己不能在这时候离开。许唐成不方便解释，也不好在这时一直和易辙说话，就只能看着易辙，用眼神示意他，让他听自己的。

他又将易辙往后推了一把，径直关上了门。

"你怎么打算？"

关门的声响消散后很久，周慧又问了一句。

依旧是刚才那个话题。

许唐成回过身，放轻了声音，说："妈，你知道的，不管发生什么，我都不会离开你们。"

他避开了周慧不愿意听的部分，周慧却逼得紧，不给他任何躲避的机会。

"不离开我们，就不要再和他来往。否则，你爱去哪儿去哪儿。"周慧这次是狠了心，要断了他的后路。

终于还是到了这一步。

许唐成望向许岳良，等了两秒，听见他说："唐成，你从小到大，我们都尊重你的决定，但是这事，行不通的。"

敌人对峙，拼的是谁更心狠、谁更无情，可两个互相爱着的人对峙，无非是看谁先心软。

许唐成是心软的，特别是对自己的家人，他没什么是不能答应、不能让步的。可今天不行。

今天的一切打得他措手不及，是突袭，没有给他任何备战的时间。但有一个念头，却是许唐成早就准备好了的，那是他最后的防线，深陷绝境、穷途末路之时，哪怕自损八百、八千，甚至是八千万都要守住的——他不会放弃易辙，哪怕是缓兵之计，他也不会。

所以他摇了摇头，告诉周慧："我不会离开你们，也不会离开他。"

许唐成没有过叛逆期，这是第一次，他说出一个决定，然后看着父母痛苦。

他们的小区里有一个小超市，许唐成从家里出来，想到超市买包烟，却发现自己没穿外套，也没带钱。好在以前常来，也算跟老板认识，许唐成便问："能先给我吗？下来得急，忘拿钱了，待会儿下来人再给您。"

"成。"老板在玩手游，眼都没挪开地问，"要什么？"

本来脱口就要报常抽的那种，但视线一扫，许唐成想起什么，换了烟名："软中华吧。"

他拿着烟在超市周围晃了一圈，最后选了一个没人看到的小角落，是在一条小路的尽头，两面是墙，一面是低矮的灌木丛，红砖绿草的天地。

易辙果然很快就下来了，许唐成也不知道他是怎么找到的自己，见他喘着粗气，眉毛拧得透不过气，抬起手，朝他招了招。

易辙蹲到他的身前，问："叔叔阿姨他们，情绪很不好，是吗？"

许唐成点了点头："反应挺激烈的。"

两个人都蹲着，但许唐成是蹲在砖沿上，实际上位置要比易辙高一点。可两人身形又有差异，一来二去，刚好使得他们的眼睛在一条水平线上。

易辙长久未言。

定海神针什么的，不是随便说的。许唐成发了会儿呆。

烟烧了大半截，许唐成侧着脑袋把嘴里的烟吐了，才转回来问易辙："带钱了吗？"

易辙不知道他要干吗，但老老实实地答："带了。"

"刚买烟没带钱，你给老板结一下去吧。"

"嗯。"易辙立马起身，临走，把手里的月饼袋子递给了他。

等他回来的工夫，许唐成打开袋子看了看。袋子里有三块月饼，确实不是他们平时吃的那种。

许唐成翻着翻着就忽然停住了，酸涩的感觉不受控制地往他眼里涌，逼得他不得不又赶紧点了另一支烟，狠狠吸了一口。

还是没止住那股子酸涩感，他挪开拿烟的那只手，将脸埋进胳膊里待了一会儿。

本来还觉得自己买了很多月饼，可现在看来，这个中秋，他们似乎只有这三块了。

易辙小跑着回来，看见许唐成一只手里正摆弄着一块月饼，便顺势说给他打开尝尝。他知道许唐成心里一定很难受，想说点什么分散许唐成的注意力，所以一边撕开包装，一边絮絮叨叨地说："赵未凡说本来一盒是六块，被尤放偷吃了两块，就剩了四块了。我本来想都给你拿来，结果她说送四块月饼不吉利，非要当场拆一块跟我分着吃了。"

"合着人家一共给了你三块，你都给我拎来了，"许唐成托着脑袋，烟就在耳旁烧。他笑了笑，说："不是说好吃吗，你自己留一块晚上吃啊。"

"不一样的味道，"易辙颇为认真地从袋子里把另外两块也翻出来，将包装上的口味指给许唐成看，"你看，每块都不一样的，我吃的那块也跟这些不一样。"

包装纸反着夕阳的光，金灿灿的，晃得许唐成怔住。

见他不说话，易辙以为他还是嫌多，便把已经拆开的那块小小的月饼递到他嘴边，又说："你先吃，觉得不好吃就给我。"

他低头咬了一口，月饼陷进去一个缺口，缺口是甜的。

"好吃吗？"易辙问。

第十九章

失眠症

许唐成没有带身份证，所以那天晚上找了间小旅馆凑合。房费便宜，相应的，环境不是很好。房间里的被褥有股不太好的味道，易辙没有察觉，许唐成虽闻着不舒服，也没说什么。小旅馆临着街，往来的车辆弄出噪声，吵得许唐成一直没有睡着。

后半夜起了风，下了雨，雨声淅淅沥沥，像在哄人入睡。许唐成昏沉地眯了一会儿，都已至半梦半醒，窗外不知哪里的重物落地，许唐成被惊醒，自此再无睡意。

失眠一夜，躺了太久，他在天快亮的时候连翻了几次身，来缓解腰背的酸痛。平时一向睡得沉的易辙像是有所感知，忽然醒了过来。

"没睡好吗？"

许唐成点头，抬起手，揉了揉太阳穴的位置："头疼。"

"那再睡一会儿？"

许唐成摇了摇头。

小旅馆的窗帘不比家里，天光乍破，便已经波及室内的空间。易辙伸出一只手，盖到了他的眼睛上。

"这样能睡着吗？"

易辙的声音就在耳边，气息也随着轻声的话语拂到耳郭。没克制住，许唐成当下便笑了出来："这样我怎么可能睡着啊？"

易辙道："我陪你回去？"

"不用。"许唐成摇摇头，"你去了，他们会更生气。"

许唐成回了家，来开门的是许唐蹊，她眼下的乌黑太打眼，惹得许唐成立即皱了眉："没睡好？"

许唐蹊点点头，欲言又止，回头看了看厨房的方向。

屋子里静得很，许唐成等了一会儿，听到了厨房里碗碟碰撞的声音。许唐成换了鞋，但一直站在门口，没进去。

"爸妈……没事吧？"

"昨天都没怎么睡。"许唐蹊小声答，"我本来一直在劝妈妈，后来他们就让我不要管，回去睡觉。但是快三点的时候我起来上厕所，他们房间里还亮着灯。"

许唐蹊说着说着停了下来，看着许唐成，下唇动了动。

"有什么话就说吧。"

闻言，许唐蹊瞬间垮下了脸。

"妈妈说，让你不要回来了……"许是不安无助，许唐蹊一直用手指绞着衣角，她抬起眼睛，有点委屈。

这话其实没什么意外的，昨天，他就已经听过了。

许唐成紧紧抿着唇，立了好一会儿，才轻轻点了一下脑袋："我知道了。"

他把刚刚换好的拖鞋又脱掉，重新穿回那双沾了些雨水的运动鞋。

"哥……"许唐蹊预感到什么，往前蹭了一步，拽住了他的手臂。

许唐成拍拍她的手，感觉到她手上发凉，便伸手握住。可兄妹二人体质相近，谁也暖不了谁。

"帮我去把钱包和钥匙拿出来吧。"许唐成替她把刚刚拽皱了的衣摆抻平，说，"车钥匙我就不带走了，你给爸，你们要用车的时候好用。"

他说完，许唐蹊却没动。

厨房里在这时传来声响，是把菜下锅的声音。

许唐成又轻声催促了一下。

这次，许唐蹊终于转身。

拿到钱包后，许唐成打开夹层，拿了一张银行卡出来。他目前仍在使用的银行卡就只剩了两张，一张是和易辙一起办的那张，另外的，就是手里这张，用了很多年，放着他的大部分存款。

"这张卡给你，我给爸妈的话他们估计不会要，"他把那张有些旧的卡递给许唐蹊，"你拿着，以防万一吧。"

"我不要。"许唐蹊抽回自己的手，垂下脑袋，移开目光，"爸妈只是现在生气而已，过一阵你们谈谈，就好了，用不着这个。"

没有同她争辩，许唐成只是浅浅地笑了笑，又拉过她的手，把卡硬塞到了她的手心。

"反正这阵子你多照顾爸妈吧，"许唐成说着顿了顿，又补充，"特别是妈，你多陪陪她。"

交代了这几句，许唐成便向后撤了一步。他要关门，许唐蹊却抵住门不让。许唐成拍了拍她的脑袋："听话。"

这两个字，让许唐蹊瞬间红了眼睛。

"哥，我会站在你这边的，也会帮你劝爸妈的。"话说完，两串泪珠子唰唰地掉了下来，许唐成擦都擦不断。

"好了，知道了，别哭了。"许唐成心里酸，面上佯装无奈地叹气，"多大了啊都。"

许唐蹊却不理他的劝。

她很用力地攥住许唐成的手，看着他的眼睛，问："那你能不能不走？"

没买到高铁票，许唐成和易辙坐了普快列车回京。票是易辙去窗口排队买的，见他拿回来两张卧铺票，许唐成奇怪："就一个多小时而已，怎么还买卧铺了？"

"硬座没有挨着的了。"

乱糟糟的售票大厅里，易辙和许唐成往外走。昨晚的一场雨带走了城里的许多温度，许唐成在出了大厅后打了个寒战，更加跟紧了易辙。

这车站年代久远，小城经济又不发达，所以车站内的环境大致仍是刚刚建成时的模样，候车厅很小，连个卖饮品小食的店都没有。

好在，快餐店一直是车站标配。易辙看离开车还有些时间，便拉着许唐成到了车站旁的肯德基，买了一杯热牛奶，让他握在手里。

他们坐在靠窗的位置，牛奶刚开始有些烫，许唐成没喝，就一直看着窗外，一下下咬着吸管发呆。

"叔叔阿姨怎么说？"

昨晚许唐成一直情绪不佳，易辙没敢问。可即便许唐成没有向他描述任何家里的情况，他也大概能猜出一些，只是不知道到底有多严重。

易辙以前偶然间看过一些电视剧，那时就觉得，里面演的家庭很像许唐成家，都是大家庭。不是说有钱，而是说有稳定和睦又复杂的家庭关系。

"那该怎么办？"

牛奶凉了一些，许唐成终于喝了第一口。都说空腹喝牛奶不好，许唐成也一直避免着这一做法，可此时，他却觉得这口牛奶下肚之后，舒服又熨帖。

"不知道。"许唐成说，"慢慢来吧，他们现在挺生气的，也不想听我说话。"

两人的车票是一张上铺，一张下铺。他们没带行李，上了火车后自然是并排坐到了下铺的床上。或许是因为火车轻微的颠簸具有催眠的效果，也或许是因为太过疲惫，许唐成蜷腿靠在易辙的肩上，竟然没一会儿便睡了过去。

他做了一个梦，梦里的他站在一个奇怪的空间中，四方及头顶都是白色的墙壁，像是一个巨大的钟罩。他不适应这密闭的空间，挥拳想要打出一个出口，却发现墙壁是软的，像是棉絮，让他完全使不上力气。过了一会儿，一个方向上的棉花团突然朝两侧散开，不是渐渐消散，而像是那钟罩被人硬生生地撕出了一道口，强行让他看到清明的世界。

易辙从那个缺口里骑车而来，停到了他面前。

山地车是红色的，也是梦里唯一不同的颜色。

许唐成想去找他，却不知是被什么力量拉着，阻了脚步。梦里的他有些搞不清状况，只能站在原地，看着易辙迈着不紧不慢的步伐朝他走近。可是在易辙走到一半的时候，他们之间的路忽然断了。许唐成眼睁睁地看着易辙的周围天塌地陷。他惶恐地想要呼喊，张了张嘴，却发现自己发不出任何声音。

梦里的易辙像是对于周遭的变化没有任何察觉，还在推着车朝他走。

一个剧烈的摇晃，许唐成惊醒。他缓过神来，睁开眼睛。

"做噩梦了？"易辙低着头问。

"嗯。"许唐成揉揉眼睛，这才发现嗓子竟干得厉害，"是不是快到了。"

"嗯，还有十分钟，我正要叫你。"

许唐成看了看窗外，列车还没有进站。他又把头靠回了易辙的肩上，双臂搭在两膝上，静静等着列车减速。

对面的铺位上坐了一个女孩，本在捧着书看，这会儿不知为什么，一直看着他们。许唐成望着外面出神，没注意到，易辙则皱眉回视了过去，直逼得她低下了脑袋。

临到下车时要换票，许唐成从一旁拿过自己的外套，打算翻找口袋里的两张车票。取过外套时，手腕不小心碰到了被叠好的被子，软绵绵，能够消散力道的触感，和刚刚梦里的那个"棉花罩"一模一样。

他忽然发现，这个梦并不是毫无意义，那个棉花罩就是他们现在的处境。面对于桉的时候，他可以不遗余力地用最大的力道刺伤对方，可周慧他们从不是敌人。

这不是一场战争，他们没有需要攻破的堡垒，也没有弹药。

许唐成短暂失神，易辙已经倾身过来，帮他把车票取了出来。

那之后的日子，其实过得比许唐成想象中快。他以为会很难熬，可是忙毕业、忙入职，随便哪一件事都耗费了他太多的精力，烦恼的时间只能被挪到晚上。

他还是会坚持回家，但周慧和许岳良依旧对他避而不见。开始时许唐蹊会来开门，小声同他说一会儿话，到了后来的某天，他敲了很久的门，却始终没人开。等自己用钥匙拧开门，进去，迎接他的是一声巨大的关门声响。

许唐蹊立在客厅，有些委屈地望着他。

许唐成明白了周慧和许岳良的意思，那之后便没再回去，只是通过和许唐蹊的电话联系来了解一下家里的情况。

周慧和许岳良过得不好，周慧的眼睛总是肿的，这样的事实让许唐成的夜晚越发难熬。易辙也不是没有察觉，他想尽了各种办法来帮助许唐成缓解失眠的病症，温牛奶、安神补脑液、睡前按摩、讲故事……连催眠曲易辙都试着学了，可似乎哪一个都没有起到作用。

直到有一天，许唐成因为手上忽然又麻又冷，失手打碎了家里的玻璃杯，被易辙强行拽去了医院做检查。医生的诊断结果是神经衰弱，说严重也严重，说不严重，也真的算不上什么。许唐成了解自己的情况，倒没觉得怎样，易辙却整整沉默了一个晚上。

　　一个月后，许唐成再见到许唐蹊，是她突然跑到了自己公司门口。小姑娘瘦了一圈，鼻尖冻得通红。那会儿已经是晚上九点钟，看见她，许唐成赶紧告别了一同出来的同事，跑过去。

　　"你怎么跑过来了？"许唐成在摸到她冰凉的脸蛋之后就着急了，"前阵子刚感冒过，还没好利落呢你，怎么还跑这儿冻着来了。等了多久了这是？"

　　"没多久。"说这三个字的时候许唐蹊还是正常的，但说完后，却忽然掉了眼泪。

　　后面的同事看见这情况，怕发生了什么事，好心过来询问。许唐成环着许唐蹊，朝他们摆摆手："没事，我妹妹。"

　　许唐蹊也意识到自己的失态，飞快地用袖子抹了把眼睛，把头埋得很低。

　　许唐成把许唐蹊带回了家，给易辙打了个电话，让他多打包一份饭回来。

　　"说吧，你这是怎么回事，从家里偷偷跑出来的？"撂了手机，许唐成靠着饭桌问。

　　许唐蹊捧着杯热水，一小口一小口地抿着，点了点头。

　　"快给家里打个电话，爸妈得急成什么样。"

　　许唐蹊听了，摇头："没带手机。"

　　"你可真是……"

　　把教育的话先放到一边，许唐成匆忙给许岳良发了个消息，告诉他许唐蹊在自己这里，明天会把她送回去。

"你跟爸妈吵架了？"

开始时许唐蹊没说话，等许唐成迈开步子，朝她走，她才哽咽着说："我只是想劝劝他们……你都那么久没回家了，难道他们就不想你吗？我不明白，难道真的就一辈子都不让你回家了吗？"

二十出头的年纪，不明白、不理解、不接受的事情有很多。许唐蹊问："到底什么重要啊，只要你过得好不就行了吗？"

"你这么想，他们不是这么想的。"许唐成不敢放任许唐蹊哭，他拍着她的后背，想让她平静下来，"咱家的观念有多传统，你从小到大没体会到吗？逢年过节必须要回家，我说去南方过年，爸妈都不答应，表哥离婚，家里一片愁云惨雾……"

许唐蹊仰头，有些固执地看着他："谁都有不能接受的东西，可是起码也要试一试吧，我就是想了一个晚上想明白的。但他们不是，他们不接受，思想陈旧又顽固，不给人说话的机会就直接定罪。"

到这里，许唐成基本已经了解了许唐蹊的想法，她是真的站在自己这一边，希望父母能够理解自己，可她总觉得自己才是对的，不知不觉，便会在这样的对峙中渐渐变得激愤。

"你想一想，爸妈五十多岁了。"许唐成拉开凳子，坐到许唐蹊身旁，"我们也不能完全用我们的观念去衡量他们，因为他们和我们的成长环境是不一样的。我们现在，周围的环境虽然不能说有多开放，可我们确实被提供了机会。但在他们接触的那些文化里，从来都只有他们目前认为正确的事情。"

许唐蹊的手指一直在抠杯子的外壁，等许唐成说完这些，她想反驳，又发现一时无话可说。

"大部分人都是平凡的，你不能要求他们都可以无中生有，自己创造一种思想，所以说我可以理解他们。"许唐成伸出手，捋了捋许唐蹊有些凌乱的马尾，"把环境的文化缺失完全归咎于个人的思想落后，我觉得这是苛责。"

许唐蹊的眼睛闪了闪，咬着唇，没说话。

许唐成停了一会儿，问许唐蹊："你觉得是不是？"

"那就一直这样吗？"这算是承认了许唐成说得有道理，可小姑娘又不甘心，还在争辩，"总要沟通啊，你不回家，他们也不让步。爸妈瘦了好多，你看你脸上也没肉了……"

"我也不知道该怎么办，但是现在先这样吧。等过年，"许唐成苦笑，说，"这事，爸妈应该没有跟大伯他们说吧，过年我总要回家的，他们估计也不会反对，不然家里其他人那儿他们没法说。唐蹊，我其实不想硬逼他们接受，你也别逼他们。听我的，照顾好爸妈，别让他们因为这事伤了身体。"

许唐蹊静了很久，末了吸了吸鼻子，说了一声："好。"

第二十章

去南方

也许是许唐成的坚持终究起了作用，周慧竟与许唐成在想法上不谋而合。

临近元旦，许唐成接到唐蹊的电话，说早饭时许岳良让她叫哥哥假期回家来，一家人坐下来，好好谈一谈。

这时间比许唐成预想的还要靠前，惊讶之余，他心里又有些惴惴："妈怎么说？"

"当时妈妈没说话，肯定是他们商量过的呗。"许唐蹊话语里的高兴掩不住，"我就说嘛，我想你，他们肯定也会想你，怎么可能因为这件事一家人就真的崩了。"

电话这端，许唐成蹙眉揣摩父母的意思，没顾上回话。

"哥？"许唐蹊得不到回应，唤了他一声。

"嗯？"

"你回来跟爸妈好好说说。其实爸妈都很心软的，特别是妈。"

许唐成笑了："知道，我会好好说的。"

但许唐成其实没有许唐蹊那么乐观，挂了电话，他还在想，许岳良和周慧突然叫他回去，到底是事情真的有转机了，还是他们终于要下最后的通牒，再逼他一把。

他今天没有加班，反而一向都会先到家的易辙不知为何，迟迟没有回来。许唐成窝在沙发上思考，脑袋里杂七杂八的想法怎么都理不清。渐渐地，天色暗了下去。隔着客厅的窗户，可以看到夜色中逐渐亮起的灯，灯光的边缘相接，最终连成一片。难得安静，也难得觉得或许有希望，许唐成便放任自己躺在那里，不做任何事地消磨时间。

门口传来开门的声音，许唐成要开口唤人，却立马发现进门的人正打着电话。他没刻意去听，但三言两语、一个称呼就已经暴露了这通电话的内容。

易辙边说着话边打开了灯，看见沙发上的人，被吓得结巴了一下。

许唐成笑笑，起身走过去，接过了他手里带的饭。

"元旦我真的过不去……好……我有空的话再给您打电话。"

今天的菜是素三鲜、糖醋排骨，还有一个炸丸子。许唐成找了盘子，把菜倒出来，易辙也已经挂了电话。

"你爸的电话？"

"嗯。"易辙换上拖鞋，又动了动脚，把随意脱在地上的鞋踢正，"本来是去那家店给你买冒菜，结果去了发现大门上贴着条，说老板家里有事，暂停营业几天。"

怪不得回来晚了。

"刚刚叔叔打电话是干吗，让你去上海？"

"嗯。"易辙洗了手，还没坐下，就先夹了个丸子塞到嘴里，没嚼两下就咽了。

"吃饭别老吃这么快，"许唐成看见，忍不住又开始说这个问题，"对胃不好。"

易辙听了，下一口就多嚼了好几下。

"刚刚唐蹊给我打电话，说我爸妈让我元旦回去。"许唐成回归正题，"还挺巧的，你不去上海吗？"

"要你回家？"易辙放下手里的碗，想了一会儿，"叔叔阿姨是什么意思？会同意吗？"

"不知道。"许唐成摇头，"但我总觉得，他们不会同意得这么快。可能……多少有点动摇的意思？"

许唐成自然也是希望乐观的态度能够不被辜负，然而事先的猜测并不抵什么用，事情该怎样发展就会怎样发展，不会因着他们的希望而有任何改变。他叹了一声："算了，到时候我看看吧。"

"我要不要跟你一起回去？"

"别，"许唐成赶紧说，"我还不知道是什么情况。"

"嗯。"易辙心里一掂量，也觉得自己现在好像应该老实一点，别去招周慧和许岳良的烦。

"你该去上海就去吧，"听刚才那通电话的意思，似乎是易远志想让易辙过去。许唐成用手抵住额，揉了两下，"不然也要自己待着。"

易辙没回应去不去上海的问题，而是立即蹙眉问："今天还是不舒服？"

"还好。"许唐成现在几乎被全天远程监控，已经不敢再就自己的身体状况欺瞒易辙，"还是一到下午就头疼得厉害，脑袋发蒙。"

"昨晚不是睡得挺早的吗？"易辙回头，看了看墙上挂表的时间，"要不一会儿再早点睡吧。"

"好。"许唐成拖着长音答应下来。见易辙脸上的表情又不怎么好，他动了动筷子，从盘子里挑了一块小排，放到易辙的碗里："你别这么紧张，快点吃饭，一会儿都凉了。"

很快到元旦，许唐成回了家，易辙则在把他送上车之后，在父亲的催促下踏上了去上海的列车。

易远志亲自到车站来接他，然而等易辙打开车门，才明白自己的父亲为什么会这样主动地联系他。

副驾驶坐着之前的那个女孩，她笑眯眯地回头，同他招招手："好久不见啊。"

易辙板着脸没说话，上了车。

易远志望了一眼后视镜，问："小祎在跟你打招呼，没听见吗？"

从此时开始，这次上海之行的气氛便是怪异的。易远志语气平淡，甚至嘴角还有不太常见的笑，但易辙从镜子里清楚地看到了他的不悦。

"你好。"易辙拧了眉，将视线转向了窗外。

"我之前给你发短信你怎么不回，打电话也不接？"

像是故意的，女孩开始在易远志面前不断数落易辙的不是。易远志和蔼得很，她说一句，他就点点头，应一声，再或轻或重，教训易辙几句。

易辙听得不舒服，打开了后座的车窗。这几天上海也冷得很，灌进来的风让易辙觉得松了口气，却引得易远志的一句低声呵斥。

去吃饭，选的也是女孩喜欢吃的一家港式餐厅。等菜上来，女孩小小地吃了两口，就撇撇嘴说这家店的味道没以前好了。

坐在一旁的易辙当然没理她的话茬，假装没听见，自己吃得很认真，易远志则在对易辙警告发现无用后，关心了女孩几句。

"我本来想明天去香港的，可是总跟我一起去的那个朋友临时放我鸽子，唉。"女孩叹气的同时，瞟了易辙一眼。

"没关系，"易远志听了，笑笑，"让易辙跟你去？"

"我不去。"嘴里还咬着一块鸡肉，易辙已经飞速抬头，扔下这么一句。

"你也去玩玩啊，正好是假期嘛。"

"我不去。"

见到父亲的喜悦感已经在这两个多小时的时间里被慢慢消磨，到现在，易辙心头就只剩了满满的不耐烦。餐桌上没人再说话，女孩的目光在他们两个人之间转了几圈，像是看好戏一样，抬了抬唇角，然后低下头，跷着小指，舀了一勺汤到嘴里。

"我后天就走，回去还有事。"

这样的场面，易辙实在看得没意思。他放下筷子，站起来说："我吃饱了，你们吃，我出去抽烟。"

说罢，没管易远志已经微微沉下来的脸，转身走了出去。

室外冷，却舒服。只是，明明现在没有风，点烟时，打火机却两次都没有出火。易辙摇晃了几下，第三次，才终于在簌簌的声响后，打出了微弱的火苗。

火苗把烟点燃，烧出红色的亮光，立马就又退走了。易辙确认了这个打火机已经没油了，四下环顾，没找到垃圾箱，便还是揣回了自己的兜里。

隔着窗户，从他站的方位能够看到易远志他们两个，两个人谈笑风生，好像他们才是父女。

易辙摸出手机，看了看时间，十二点半，正是饭点。

犹豫半晌，还是没有给许唐成打电话。

他蹲在地上，隔着淡淡的烟雾看眼前的上海，忽然觉得，还不如不来这里。他应该跟着许唐成一起回家，大不了躲在自己家不出来，这样的话，万一周慧和许岳良松口了，他或许还能趁热打铁，多表现表现，挣点好感度。又或者，就算他不回家，自己在他们的出租屋里待着，也比在这里憋屈着强。

"蹲在这儿干吗？"

身后，易远志出来了，没穿大衣，只穿着一身单薄的西装。

"抽烟。"易辙转头看了他一眼，说。

易远志扫了一眼已经快灭了的烟，没跟他计较。

"你回北京有什么事？"

"上学，期末考。"

"期末考这么早吗？"

易辙不卑不亢，淡淡地答："嗯。"

易远志在原地踱着步，沉默了一会儿。

"小祎也没打算去几天，估计也就耽误你两三天的时间。"他放缓了语调，"而且你应该没去过香港吧，正好去玩玩。"

易辙岂止是没去过香港，他连港澳通行证都没有，即便是客观条件，也根本不支持他在这几天陪别人去趟香港。不过易辙没提这些，他只是很直白地再次重复："我不跟她去。"

"跟她去怎么了？"许是见侧面游说无用，易远志终于直说，"小祎是个好姑娘，她挺喜欢你的，你又没有女朋友，正好多接触一下。"

易辙不傻，其实他现在特别想问易远志，多接触一下干什么，帮你巩固你的合作关系吗？可这么多年，因为自己早就不是易远志名正言顺的儿子，见面的机会又总是很难得，易辙已经习惯了对易远志恭恭敬敬。

他对易远志有感情，但还没达到敢跟他争吵的程度。所以即便心中有再多的不满，易辙也只是把头低下去，不再说话。

可易远志不放弃，依旧在试图说服他，让他陪着那个姑娘去香港。

"爸。"易辙夹着烟，飞快地蹭了下鼻子，像是下定了什么决心。

他站起来，平视着易远志，说："我想跟您说个事。"

一口气刚提上来，却突然被一阵铃声打断，逼得他硬是把话留在了嘴里。易远志朝易辙打了个稍等的手势，将电话接了起来。

易辙狠吸了一口烟，听着易远志对着电话恭恭敬敬地应声，莫名其妙感到烦躁。

"我临时有事，现在就得走，"易远志挂了电话，面色不佳，对易辙说，"你先送小祎回去。"

"爸。"在易远志转身的时候，易辙朝前跟了一步，又叫了他一声，"我还有事跟您说。"

"我现在赶时间，你送完小祎回酒店，等会儿再说。"

没给他拒绝的机会，易远志留下这么一句话，连头都没完全回过来，就已经迈着大步走了。

易辙看着他回到那张餐桌旁，拿起了自己的大衣，又笑着同女孩说了什么。

这次回家，许唐成是直接用钥匙开的门。他进了门，正碰上周慧端着一盘菜从厨房出来。周慧依旧没有像往常那样过来招呼他，但在把菜放到饭桌上后，侧头看了他一眼，说："瘦了。"

许唐蹊端着几个碗，在周慧的身后朝他吐了吐舌头。

菜肴丰盛，冒着热气，让许唐成的心里忽然塌了那么一小块。

"唐成回来了啊。"许岳良端着一杯水从卧室出来，脸上是笑着的。

周慧做了满满一桌的菜，平铺都放不下，两道菜被架在了盘子边上。

虽然这样比喻可能不太恰当，但这顿饭，许唐成确实吃出了鸿门宴的感觉。许岳良和周慧的问候、铺垫都是真心实意的，席间周慧的眼眶红了好几次，许唐成也都注意到了。只是父母的心软没能战胜他们的坚持，现实终究没有朝着许唐成希望的方向发展。

"橙橙妈妈想让咱们今年冬天和他们一起去南方过。"快吃完饭的时候，许岳良突然这样说。

许唐成愣了愣，隐约觉得这话未完。

"这边的空气现在越来越不好了，唐蹊经常不舒服，我跟你们妈妈商量了一下，想着不行今年就过去过年吧。正好你之前不是也一直说想带你奶奶去玩吗？这次你大伯他们也都过去，咱们一大家子，就齐了。"

"过年去啊……"许唐成说了这么一句，没了后话。

许唐蹊同他隔着桌子坐着，此时看了他一眼，眼里也是一片茫然。

"嗯……"许岳良略一沉吟，补充道，"橙橙妈妈的意思是，让唐蹊在那边养一养身体。反正我也已经退休了，我们就想着，暂时先不回来了。"

握着筷子，许唐成猛地抬起了头。

卷三　漫长旅程

第二十一章

废墟起

父子俩的目光在空中交锋，很明显地，许岳良的要更为沉静。

"你那个工作，是只在北京有岗位吗？"

许唐成终于明白了所谓"谈一谈"是要谈什么，他心跳得厉害，隔了半天，才勉强定下神，回答："嗯，公司又不大，人都在北京。"

"没有那种到三亚出差的项目吗？"

许唐成摇头："没有。"

饭桌上的气氛忽然变得沉闷，连许唐蹊都不再夹菜，放在碗里的一只鸡翅也没吃，呆呆地看着父母。

"可是……"许唐蹊知道父母这是什么意思，她忍不住开口想要帮许唐成，便说，"可是之前你们不是说，家里的亲戚都在这儿，不去别的地方吗？"

事实上，许唐成在高中毕业后就同许岳良他们商量过，要不要考虑以后去南方。找个空气好、气候好的小城市，或许比这里更适合许唐蹊生活。但那时候大家都觉得家里的环境也还不错，再加上周慧说一大帮亲戚都在这边，不想跑那么远，人生地不熟的没意思。这事在当时也就作罢了。

"也不是永远不回来啊，这不是你这两年总不舒服，想让你先养一养嘛。"许岳良说完，将目光转向了许唐成，"唐成，要不你换个工作吧，刚入职没多久，对你的影响也不会很大。工作的事，橙橙妈妈说可以帮忙，也是一家你专业对口的北京公司，正好还有海南的项目。"

许唐成没想到父母在这段时间已经将事情安排得这么详细，他脑袋里有些乱，没找出像样的借口，一时间无话可说，咬着两根筷子沉默在那里。

周慧一直没有说话，桌上的那条红烧鱼已经被吃去了半面，她动了动筷子，把鱼翻了过来。

这动作许唐成很熟悉。

"这也元旦了，离过年也不远了，橙橙妈妈今天还在催着说要赶紧订票。"周慧的话里不带语气，却轻轻巧巧，把许唐成真的逼到了末路，"我们要订几张，唐成，你给个数吧。"

手里的筷子是什么时候开始被握紧的，许唐成没有任何印象，等他感觉到疼，反应过来，才发现是拇指的指甲一直在死死掐着中指的指节。

"爸……你们怎么提前也不跟我们商量啊。哥这个工作很好的，他可喜欢了……"

"工作可以再找，"周慧打断了许唐蹊，意有所指，"但是人就一辈子。"

没人接话，也没人敢接。一家人谁也没看谁，都盯着自己面前的一只饭碗。

再开口，周慧的声音便有些变了。

"人就一辈子……没有回头路的。"

"这个工作，我挺喜欢的，而且当时对方开的条件你们也知道，合同……"许唐成停了停，他自己都没注意到，食指的指尖在桌上划了一下，然后整只手渐渐收紧，攥成了拳，"合同签的是五年，要毁约的话，会很麻烦。"

"啪。"一双筷子被撅到桌上，以不小的力气。

"你什么时候……"周慧不可思议地看向许唐成，她嘴巴咬得紧，问，"你什么时候也学会撒谎了？觉得我们什么都不懂，好糊弄？"

许岳良叹了一口气，继而微拢眼眉，看着许唐成道："你现在应该在实习期，还没有签三方吧。"

找借口推辞，本就是在逃避。刚刚说出口的时候，许唐成就已经知道自己说错了话。局面似乎被他的一个谎言弄得更加糟糕，他再找不到什么两全之策，索性直接坦白。

"我不能去。"

"你可以不去，你不是已经一走走几个月了吗，"周慧说，"我就当我没生你，你愿意怎么过怎么过，也免得我以后吃不好睡不好。"

"妈，"许唐成的头突然疼得厉害，他用恳求的目光看着周慧，"不管你们之前是怎么安排的，既然今天叫我回来了，我们真的谈一谈，好不好？"

"不用谈，"周慧却不给他机会，立刻拒绝，"你不用想着说服我，我就是老顽固，我就是接受不了。你也不用给我讲道理，别人怎么样我管不着，我也没那个闲心管，但我儿子不能走这条路。"

"好，那我们不讲道理，就谈易辙。"

许唐成看看周慧，又看向许岳良，忍了那么久的话再也忍不住。

"爸，妈，易辙也算是你们看着长大的，他爸妈怎样我们不评价，我只希望你们想想，他怎么样。"

"他怎么样都跟我们没关系！"

一声巨响，周慧突然站起身，带倒了座椅。

"妈……"许唐蹊被吓到，叫了周慧一声。

周慧没有理她，也不顾许岳良的阻拦，绕过半张桌子，扯着许唐成的一条胳膊把他带到了卧室。

"妈！"

许唐蹊以为周慧要动手，有些惊慌地追过去，却看到周慧从衣柜里翻了一个塑料袋出来。她没见过那袋子，不知道周慧用意为何，便在门口停住，扶着门框看着。

周慧将那个袋子解开，猛然掷到床上。袋子里的东西瞬间散了出来，一条条棉裤子，一双双小布鞋，都绣着精致的虎头纹样。

"你自己看看，你奶奶给你以后的孩子做的。"周慧的眼泪掉了出来。

轻而易举地，周慧就戳到了许唐成的另一个痛处。

"你知道你奶奶多大了吗？"周慧伸出一只手，不知在指着哪里，但抖得厉害，"八十八了……她年轻的时候，躲过日本人，搂着你爸去听过批斗……你看过她的脚吗？她那会儿都还裹脚呢你知道吗？每次我给她剪指甲，我都不敢下剪子，那脚都是变了形的，指甲全长到了肉里。她们那个时候，村里边都不让女的上桌吃饭。你奶奶伺候一大家子，自己什么都舍不得吃舍不得用，吃了一辈子的苦……怎么着，这老了老了，就想看你们这些小辈的都成个家，她好安心，你还非得让她再为你操心？"

盯着床上的那一堆五彩的东西，许唐成还能记起奶奶给他念过的那个童谣。

他是看过奶奶一针一线绣虎头鞋的。

"你有没有良心啊，许唐成？"

"妈，这些，我都想过。"许唐成的眼底也有清亮的东西在打转，映着五彩线的颜色，"我知道好多事情我没法交代，我犹豫过好久。"

周慧坐到了床上，掩面哭泣，没有理许唐成的话。

过了很久，许唐成才接着说："可是我没有办法。对不起。"

他的声音很轻，几乎是气声。

他是真的没有办法，他明明知道自己的一个决定会在未来带来多少棘手的问题，却还是管不了自己。

"我和你爸是在害你吗？啊？"周慧抖着声音，用手捂住眼眶，"我们不想你开开心心过一辈子吗……你真的考虑过以后吗？是，现在你身强体壮，谁也不需要依，谁也不需要靠，你觉得你不听我的，也能过得好好的。那你能一辈子身强体壮，一辈子不需要靠别人吗？你爸腿不好，你带着他去医院，跑前跑后，你想没想过，等你老了，万一有个灾有个病的，去养老院吗？那跟家里能一样吗？"

一连串的问题，问得许唐成毫无招架之力。他蹲到周慧身前，张了几下嘴，都没能说出话来。周慧哭得越来越厉害，许唐成握住她的一只手，无言地垂下了头。

"到时候我跟你爸，走都走不安心……"

"妈，"许唐成打断了周慧的话，胸腔、脑袋，都在翻江倒海地疼，"对不起。"

周慧有些愣，看着他。

"我知道以后很难，"许唐成喃喃地说，"可是我真的没办法，我离不开你们，也离不开他。"

"你怎么就没办法啊？怎么就离不开啊？"周慧哭着，把话说得断断续续，"你们小年轻，就容易把什么事情都看得很重，你跟他别见面了。"

许唐成不说话，见他沉默，周慧突然有些激动地抓住他的手臂，用另一只手强行抬起他的头，说："那你就答应妈，你先跟着我们走，行不行？你试试，你试试行不行？”

"妈……"

"你就试试不行吗?!"

周慧说到最后也没了声音，就如同刚刚许唐成说着"我真的没办法"的样子。

许唐成知道，这已经是周慧和许岳良所能做出的最大让步。

可他在长久的沉默后，依然摇了摇头。

"不行。"

"你……"周慧一巴掌拍在他的肩上，"你是不是不想让我活了啊？"

"妈，"许唐成吸了吸鼻子，努力压住眼睛里一直在往外涌的东西，"你也知道，易辙……易辙家不像咱们家。我有你们，有奶奶，有大伯他们，可他不是，他……"

毫无征兆地，刚刚憋回去的泪又滚了下来。许唐成没对谁说过"在乎"，连易辙都没有，遑论此时，他要给周慧他们讲明白这东西，讲明白他为什么就是不能离开易辙。他匆促地组织语言，却许久都没得到一句完整的话。

直到易辙的样子在他的脑海里出现了太多遍，而疾速掠过的画面中，有一幅突然停住。

许唐成眨了眨眼，像是又看到了那个夕阳天，被递到嘴边的月饼。

"我要是有三块月饼，我给你们两块，给他一块，他如果不要，我就全都给你们。可是他……他有三块，会全都给我。"

许唐成眼里都是泪，也盛满了痛苦。不只是周慧，连站在门口的许唐蹊都怔住了。她不自觉地张开嘴，轻声叫："哥……"

许唐成颤抖着，说："我只要一想到他拿着好吃的东西，却没人能给，我心里就揪着疼，疼到我受不了。我不想他每天只能一个人生活。"

周慧的眼睛睁得大大的，她早就没了哭声，安安静静地坐在那里，只是眼泪却在径直往下掉。

"那我们呢？"她哑着嗓子，问，"你心疼他没人疼，心疼他家里人不管他，那我们呢？你是仗着我们有人关心，仗着我们有唐蹊吗？"

易辙也算了解易远志了，他知道，这个"等会儿"，估计这一天也就过去了。果然，易辙回了酒店，睡了一觉，易远志还没有回来。

一整天，易辙都在担心着许唐成那边，躺在床上翻来覆去了很久，终于忍不住给许唐成发了一条短信过去。没敢问什么敏感的问题，单单问他在干什么。

短信发送后易辙就把手机放到了枕边，等待回音，他生怕错过消息，连去上个厕所都要攥着手机。

易远志过来的时候已经是十点钟，他进屋后脱了大衣，搭在衣架上，问易辙："什么事？"

"就是想跟你说……"

易辙暂时把手机放到茶几上，在易远志的示意下坐到了沙发上。

"我近来的生活。"

闻言，易远志微一挑眉，但没有插话。

开了头，后面的话就说得顺畅了许多。

"您记得以前我们家的邻居吗？姓许，家里有一个哥哥，一个妹妹，哥哥叫许唐成。"像是觉得这样说还不够详尽，易辙接着说，"我知道，陪杜祎算是应酬，但是我有我自己的生活。所以，您不要老让我陪杜祎了，以后换了别人也一样，我都不会陪。"

易辙本以为易远志一定会不高兴，但出乎意料，他没有在易远志的脸上发现任何的表情变化。易远志依然端坐在那里，连交叉在膝上的手都没有动过。

他摸不准易远志是什么意思，虽然心里有些打鼓，但还是紧了紧交握的手，保持着沉静坐在那里。

易远志真的沉默了很长时间。茶几上的手机终于来了消息，易辙愣了愣，连一秒都没有犹豫，就已经伸出手，够到了有些凉的机身。

而与此同时，易远志忽然起身。

易辙以为他是生气，也忙攥住手机，跟着站起来。

"爸……"

"我是不是该庆幸……"易远志打断他，"当初你选的是向西荑。"

这一句话说得易辙发蒙，他隐隐明白了话里的意思，却不敢相信。到这时，他对于易远志的定位还是相处了多年的父亲。

相处了多年的父亲，哪怕二人之间的感情并不均衡，易远志也该是爱他的。

他的耳畔隆隆作响。

"什么？"

胸口发闷，呼吸不畅，忽然连带着视野中的人都再不清楚。

"也是，当初就该看出来了。以前觉得你老实，好带，离婚的时候，我也一直以为你会选我。"易远志牵动嘴角，笑了一下。很奇怪，他的笑容竟让易辙觉得陌生。他很长一段时间的记忆里，父亲都是同样一种表情，哪怕他小时候给他盖被子、说晚安，脸上也是冷冷清清的。

"现在看来，我当初是对的，净身出户，所以还好，也没带走你。我正在准备带着易旬移民，你也早就成年了，以后我不会再给你钱，你也不要再联系我们。"

回忆脱离了他的控制，易辙不想回想，那些回忆却不请自来，纷纷涌到他的脑袋里。他想起六年级那年，易远志忽然跑到他学校里来，当时他在上音乐课，班主任走到门口，把他叫了出去。他跟在易远志的身后，走到学校两栋教学楼之间的空地上。易远志微微弯腰，看着他的眼睛说："易辙，明天选爸爸，爸爸会给你最好的生活。"

那片空地上有一个水池，供学生涮拖布。水龙头老旧，生了锈，一滴滴地滴着水。

易远志走向衣架，拿起了挂在上面价值不菲的大衣。易辙又想起易远志总会说他，让他不要穿得这么寒酸，一到冬天就是黑色羽绒服。

静静立了一会儿，易辙一句话也没有说。他弯下腰，拿起沙发上的羽绒服，抬头，目光掠过易远志，大步走出了房间。

房门在他身后合上，没什么声响，像是那个夏天，滴在水池里的最后一滴水。

水里有谎言，有海市蜃楼。

而那些东西曾淹没易辙。

第二十二章

天真误

　　酒店外，来往的车流没歇过，易辙却很久都没等到一辆可以载客的出租车。侍应生小跑着过来询问是否需要帮忙叫车，易辙摇摇头，道了声谢，转身沿着路朝前走。

　　他认路的本领很好，可不知为何，来了许多次，他对于上海的路却是极少有印象。站在一个十字路口，易辙想了半天去车站的话应该朝哪边走。在原地转了两个圈之后，他还是放弃，到一旁拦了出租车。

　　没有上海直达 C 市的列车，易辙仍旧像往常一样，买了到北京的车票。最早的一趟车是明天早上六点多，易辙把车票和找回来的钱一股脑塞进兜里，在大厅找了个地方坐下。接下来的时间几乎都在发呆，有时是盯着某个在地上来回磨蹭的旅行箱车轮，有时像是什么都没有看到，地板的接缝、踏过的一双双脚，都不在眼中，也不知时间是怎样走掉的。

　　过了零点，许唐成才回了他消息，说手机在充电，刚刚没看到。

　　易辙捧着手机，将这很普通的一行字来回看了几遍。不待他回复，许唐成已经又问："睡了吗？"

　　不远处响起小孩子的哭声，易辙抬头望了一眼，眸中闪烁，最终，还是由着手机屏幕暗了下去。

角落里有个座位空了出来，易辙握着手机起身，换到了那里。

六个小时之后，列车准时出发，易辙排过了长长的检票队伍，最后一次，抬头看了一眼那个液晶显示屏——"上海虹桥—北京南"。

他的座位靠窗，在目光一一掠过窗外事物时，易辙发现自己竟然已经再没有昨晚那些情绪。震惊、失望、不甘、伤心，好像在短短六个多小时的候车时间里彻底消失在了他的生命中，他的心里平静得可怕，仿佛自己只是在坐一趟公交车，而这个很大的城市也从来和他没有任何关系。

冷静下来想一想，易远志和易旬的态度并不是没有过任何显露的，很多时候，他们甚至都不曾隐藏那份淡漠，只是易辙一直选择性忽略，一直在自欺欺人。就像一道不会解的题，他陷入了一个思想误区，总觉得差最后一步就可以解出来了，可直到看到答案，他才发现从第一步开始就已经想错了，这道题永远不会被解出来。再顺着答案往回摸，又发现题目给出的条件并不可谓不明确。

归根结底，是自己蠢。

答案是在交卷后才有的，那些为了解题而浪费掉的时间和精力，也都已经无可挽回地浪费掉了。这么多年的经营维持、心心念念，其实只是一个一厢情愿的思想误区，怪可笑的。

易辙收回目光，拉上了窗帘。

八点半，他掐着点给许唐成打了个电话。电话很快被接起，许唐成的声音有些低哑，像是没睡醒。

"怎么不说话？"许唐成清了清嗓子，这样问他。

整整坐了一夜，一夜没有发出任何声音，易辙也咳了一声，才顺利地问出："还没起吗？"

"没有，刚醒，还不想起。"

许唐成说得慢悠悠的，易辙能想象到，他现在应该是拽着被子翻了个身，以右侧卧的姿势在举着电话。这样听着，易辙不自觉地将手机更加贴近了耳朵。

"昨天叔叔和阿姨怎么说？"

他问完，紧张地等待着回复。许唐成则很快告诉他："没事，还是那样。"

若是在以前，易辙或许真的会相信许唐成。他攥了攥拳，有点想不明白以前的自己到底是有多天真。

"你在干什么？"

许唐成很自然地将对话引入了下一个话题，易辙则垂了垂眼皮，没说话。

一旁有列车员推着餐车经过，一遍遍吆喝着车上的饮品小食。易辙的上一次就餐还是昨天中午那顿让人不舒服的午餐，肚子在这吆喝声中叫了一声，伴随而来的，是长久未进食的不适感。

餐车停下，对面的一位男士买了两根火腿肠、一袋牛奶。付钱时，空中突然又伸出一只小手，易辙没听清那个小男孩说了什么，但那位父亲笑了两声，又说："再要一袋花生米。"

很多时候，引发情绪震荡的都不是什么撕心裂肺的质问、哭喊声，而是琐碎寻常的生活画面。

从昨晚开始就过分平静，一点点累积下来的疼痛感到此时才爆发。易辙咬着牙撇过头，忽然想到，他要等这趟列车驶到北京，然后再换乘北京到 C 市的火车，可能即便到了家，也还要在小区的楼底下偷偷等一会儿，才有可能见到许唐成。

易辙觉得这火车还是走得太慢太慢了些——易辙很想现在就能见到他，在他还没起床、睡眼惺忪的时候。

易辙闭着眼睛低下头，好半天，突然小声对着电话说了一句："我饿了。"

"嗯?"那端,许唐成很敏感地察觉到了易辙的不对劲儿,很快问,"你怎么了?"因为喉咙里很没出息地哽住了,易辙将唇紧紧抿着,一时间没能出声。

"易辙。"许唐成叫了他一声,此时的声音已是完全清醒,略带急促。或许是隔着电话,听到了一些车厢里的声音,他问:"你在哪儿?"

"我在火车上。"喉结动了动,易辙又重复,"我在火车上。先回北京,然后回 C 市。"

他在如今的局面下不敢轻举妄动,生怕自己一个不小心的出现,害得局面更糟。所以在说完这些后,他又问:"我想回去找你,可以吗?"

"可以。"许唐成没问他为什么会提前一天出现在回京的火车上,知道易辙是平安的,而且正在平安地回来,他便缓下了心情,"不过,好巧,我已经在北京了。"

易辙愣住:"嗯?"

"我在北京的家里,昨天回来的,"许唐成笑着说,"你能不能别问我为什么。"

大概猜到了一些,易辙很艰难地扯了扯嘴角,低着头,道:"好。"

"注意安全,"许唐成说,"中午一起吃饭。"

中午,列车到站。

易辙随着人流往出站口的方向走,刚刚通过闸机,身边忽然起了一阵躁乱,在易辙还没有反应过来的时候,一个女孩子被推倒在地,一声尖叫后,她大喊:"他偷了我的钱包!"

易辙只瞥见了一个拼命扒开人群向前逃的身影,几乎没有犹豫,他拔腿就追了过去。那小偷很能跑,若是平时,易辙当然不会怕,不过今天他本就不舒服,又饿到没力气,突然跑起来时,眼前都因为缺氧黑了一下。但也不知道心里是发了什么狠，扛过那一阵昏黑之后，易辙像是一个上紧了发条的机器人，也不说话也不喊，只麻木地用尽全身的力气，死盯着那小偷，咬牙一路紧追。

那个小偷回头看了他两眼，约是被追得恼了，最后竟然将女孩的钱夹一甩，朝着易辙砸了过来。易辙下意识地偏头躲了过去，但耳朵上还是被剐了一下，立时就感觉到了疼痛。

小偷也没了力气，易辙又拼了命地加快了几步，伸手一拽，将前面一直在逃的人拽了个趔趄。

"有病啊！"那小偷挥着膀子使劲儿挣扎，还插空用胳膊肘给了易辙的腰两下。易辙手上转了个圈，用胳膊锁住他的脖子，逼得他不得不向后弓着身子，背靠在自己身上。

他在刚刚停下来的时候胃里就已经翻江倒海地一阵恶心，被这人下狠手袭了两下，喉咙里的血腥味更重。身体不舒坦，自然脾气也是不怎么好的，被勒着的人一直不老实，易辙没了耐心，正抬腿要教训，忽然瞥见正朝这边跑过来的警察。易辙顿了顿，把腿放下了。

只是，看见警察来了，小偷可没有这么平静。从准备打人到放弃，易辙就走了那么两秒钟的神，却听见一声布料裂开的声响。

"把刀放下！"

跑在前面的年轻警察大喝一声，易辙低头，这才看见自己被割破了的袖子。

冬天的衣服厚，这一刀没有伤及皮肉，只连累了扑簌而出的羽绒，散在北风中，雪片一般。

衣服破了。

有路过的女孩在小声惊呼，易辙仓皇抬头，脑袋里像是有什么东西塌了，发出巨大的一声响，震得他耳鸣。

许唐成送他的第一件羽绒服，他足足穿了三年。后来许唐成说这件实在有些旧了，坚持又给他买了一件，新买的还是黑色半长的款式，只是易辙早已养成了习惯，若是自己出门，还是坚持要穿这一件旧的。

对于具有象征性的东西，或多或少，每个人都会有些依恋，更何况这件衣服于易辙而言，不只是什么信念，也不只是什么精神寄托。

许唐成说得没错，这件羽绒服真的很旧了。锁绒不牢固，外面的阻隔一破，大片大片的羽绒都飞了出来。

易辙有些慌，忙抬手捂住袖子上的那条口子。

"您好，"一旁不知何时站了一位警察，"非常感谢您，您胳膊受伤了没有？要不要去医院看一下？"

易辙急促喘息着，好半天，才想明白自己听到的到底是什么话。他顾不上回答，只摇了摇头，便转身要走。

"哎，同志，"那警察笑着叫住他，"抱歉啊，还得耽误您点时间，您得跟我们回派出所做个笔录。"

派出所……

笔录……

易辙试图将脑海里那些曾经不愉快的过往挥去，可再怎么尝试都是徒劳。他仿佛又看见了那间小屋子，不仅桌上有灰，连空气都是灰扑扑的。他和许唐成挨着坐，许唐成没有骂他，没有责怪他，只是说自己很担心，只是问他："那要道歉吗？"

像是山谷里裂出一道惊雷，回忆往事，易辙才突然发现，他的那声"不"，好像正是一切不好的事的开端。

他天真愚蠢，错把鲁莽当勇敢。

如果说昨晚易远志的话使他明白，这么多年，他不过是活在自己对于所谓亲情的臆想中，那么此时此刻，他便是明白了他对许唐成的食言。

从他们还没有在一起的时候，他就想要保护许唐成，可他其实根本没有做到。他对于困难没有感知，他不了解现实，看不清人心，一腔孤勇，却与现实格格不入。

如今想来，更多的时候，其实是许唐成在处理着各种麻烦，包括由他引起的。也是许唐成一直在解决，甚至，还在不计牺牲地支持着他格格不入的勇敢。

在等待回答的警察不知眼前这个男生为什么突然红了眼睛，他赶紧问："同志你是受伤了吗？"

手上完全没了力气，易辙已经捂不住胳膊上被割破的地方，颓然垂下了手。

人的成长很奇怪，在这么一个和成长着实无关，也没有他想保护的人的场景下，易辙却忽然懂得了现实。

"我不去做笔录。"他后退一步，说。

"这……"

风卷了浪头盖过来，再加上易辙的动作，方才停歇下去的纷飞景象以更加恢宏的姿态回归。易辙眼睁睁看着从袖上那道口子涌出更多白花花的羽绒，成团成簇，像是迫不及待要离他而去。

"易辙！"

忽然听见熟悉的声音，易辙在愣怔后回头，想确认自己是不是幻听了。

等候进站的人太多，车站临时增开了新的入站口。广播声还未响过一遍，已经有大批排在队伍末尾的人朝那个很快排上了队的窗口奔跑而去。

周围环境动荡得厉害，但隔着飘飘扬扬的白色羽绒，易辙分明看见了正望着他的许唐成。

他穿过人潮，朝他跑来。

"这是怎么了？"许唐成喘得厉害，一句话说完，使劲儿吸了吸鼻子，又呼出一口气。

一只手覆上了他手臂上的那处破败，也捂住了那些羽绒的出口。

"怎么了？嗯？"

易辙几乎想要不顾一切地抱住许唐成。

一直垂着的手动了动，在空气中朝上攀了一截，指节艰涩地朝掌心回拢。

年轻的警察正打量着他们两个，易辙瞥见，本在慢慢抬起的手怯弱地退了回去，在腿侧握成了拳。

还是去做了笔录，耽误了一会儿工夫，他们回到家时是下午三点半。

"饿不饿？"

许唐成给易辙耳朵上的伤擦了药，便转身进厨房搜寻有什么能吃的。

"易辙，给你煮个挂面吃行不行？"许唐成蹲在冰箱前，找到了半包细挂面，"有西红柿，还有鸡蛋，你想要几个鸡蛋？"

问过后很久都没有等到回声，许唐成有些奇怪地走到厨房门口，探出身子，发现易辙还坐在刚刚的地方，望着一旁破了的羽绒服发呆。

"易辙。"在走近他的过程中，许唐成又叫了一声，但易辙依旧恍若未闻。

许唐成不知道易辙到底为什么突然从上海回来，此刻看到易辙坐着发怔的样子，他也没心思去追究，只是单纯地心疼。

他走到沙发旁，弯腰拿起了那件羽绒服，易辙的目光便也随着衣服落到他身上。

"我没用过针线……"许唐成用手指展平那处裂开的布,试着将裂成两半的地方拼到一起,"待会儿吃了饭咱们试试吧,看能不能缝上。"

易辙本来一直盯着他,可等他看过去,易辙却又将目光闪开,低头看着地板。

"嗯。"

许唐成放下衣服,挪了一步。他带着笑,语调拐着弯:"这是怎么了呀?"

他平时说话从不会轻易用"呀"这个字,若是将它搁在末尾了,必是在哄人。语调拐着弯,所有的温柔便都能拐进这么一个语气词中,哄人利器,百试不爽。

话是这么说,许唐成其实也就这么哄过两个人,一个是许唐蹊,一个是易辙。

被一下下抚着,易辙没有立刻说话,而是抬起手臂,又慢慢放下来:"别摸,不怎么干净。"

本来昨天该洗澡的。

易辙用另一只手抹了把脸,忽然站起身:"我先去洗个澡。"

"不行。"许唐成反手拽住他,"耳朵上有伤,今天先别洗了。"

"没事,洗吧,昨晚……"易辙动了动肩膀,还是如实说,"昨晚在候车厅待了一晚上,难受。"

"你在候车厅待了一晚上?"许唐成闻言,立即皱眉。

"嗯。"怕他再问,易辙应了一声就要走。

见他这样,许唐成平淡地说:"你甩开我试试看。"

果然,易辙手上立刻就松了劲儿。

两个人这个假期过得都不痛快,许唐成昨天以一个"被驱逐者"的身份回了北京,一晚上也没怎么睡。本来以为要自己待两天,没想到今天就见到了同样提前结束了行程的易辙。

这次的提前重聚说不出是喜是悲。

许唐成静静地看了易辙一会儿，独自转身，把沙发上那件羽绒服叠好。

"你生气了吗？"易辙在他身后小声问。

"没有。"

"昨天，我不知道你已经回来了，怕你担心，又不想骗你，所以晚上没回复你。"

许唐成顿了顿，叹了口气。他偏过脑袋，正好能看见易辙的肩膀。

"知道。"

他也是怕易辙担心，所以昨天没告诉他自己回北京了。只是阴错阳差，竟然让易辙自己在车站待了一晚上，许唐成心里不是滋味。

"好了，先什么都不说了。"许唐成回过身，"先吃饭。"

一锅西红柿鸡蛋挂面，煮出来挺好看的。两个人冒着汗吃了一大碗，许唐成还给易辙卧了两个荷包蛋。

洗完澡，两个人把屋里的灯都关了，躲在留了一盏台灯的卧室。

"头发该剪了。"许唐成说。

和他的不同，易辙的头发偏黑偏硬，特别是脖子根剃短了的那里，像一排排小士兵，孤傲地仰着脖子立着。许唐成看了好一会儿，才说："明天一起去剪头发吧，元旦过去……也算新的一年了。"

上了床，时间也还早。易辙没关灯，而是静静地侧躺着，看着许唐成。许唐成被他看得想笑，问他："干吗？"

若是寻常时候，以许唐成对易辙的了解，他一定会说："不干吗，就是想看你。"可今天，易辙却在沉默后告诉他："突然发现，于桉说的也不完全是错的。"

许唐成微微拧起眉："突然提他做什么？"

易辙眨了眨眼，说："就是觉得，我很蠢。"

"他说你蠢？"许唐成的音量拔高了一些，"你不蠢，他才蠢。"

易辙没附和，没反驳。

"唐成哥。"易辙忽然叫了一声。

许唐成有些怔，这时回忆起来，其实易辙后来并不经常叫他"唐成哥"了。

眼前的光突然消失，一片黑暗。易辙不知什么时候关了灯。

"唐成。"

这称呼，要更加陌生，叫得许唐成连答应都忘了。

"我会改的。"

易辙说完这句便躺了回去，许唐成的一句"改什么"终是没能问出口。

第二十三章

多吃点

那天之后，世界像是忽然静了下来。以前还有许唐蹊时常偷偷与许唐成联系，现在，倒真的无人打扰了。

这样的平静有些瘆人，易辙心里不安，前前后后和许唐成说过几次，问他要不要回家看看。许唐成每次都是沉默，摇摇头，说："回不去。"

僵持一直持续到大伯打来电话，大伯并不知道许唐成家里发生的事，只是带着轻微的责备语气问许唐成，到底是有多忙，连家都不回了。许唐成无话可答，大伯又接着说："唐蹊病了这么大一场，我都没看见你个影，你妈说你忙，新工作是连一天的休息时间都没有吗？"

一句话，问得许唐成的心沉了几次。他在热闹的超市里停下脚步，易辙推着车，也停下来，回头看他。

"唐蹊……"许唐成喃喃地，没将这话再说下去。

"本来我没想给你打这个电话，你们都大了，忙，我知道。但是我看你爸妈熬得厉害，就想问问你。"大伯的语气加重了一些，"唐成，男人，再忙也不能不要家，唐蹊身子弱，你爸妈年纪也这么大了，你该多照顾着点，多想着点。"

许唐成在混乱中应了几句，挂了电话，转头就要给周慧打。但他从不会将家人的号码存进电话本里，从前都是打开通话记录，前面几条里总会有周慧，拨过去就是了。

可这次，他习惯性地点开通话记录，才发现前面两页都没有那个熟悉的号码。

怅然、失落，只是那一刹那最直接的体会，许唐成来不及有所感想，咬了咬下唇，在疼痛感的催促下，一下下摁着数字。

易辙已经走回他身边，轻声问他怎么了。许唐成抬头看了他一眼，说："唐蹊病了。"

电话接通，六声后，被挂断。

许唐成再拨，这次的挂断来得要更快一些。

超市里的暖风很强，但站在冷柜前，看着屏幕上不断切换的界面，易辙还是觉得有点冷。

第三通电话，在将手机从耳边拿下来后，许唐成没有立刻摁断，而是举在面前，静静地看着显示正在接通的界面。

"还是没通吗？"

"嗯。"易辙一出声，许唐成才像是回过神，他慢吞吞地摁下那个红色按钮，将手机收到了口袋里，"关机了。"

许唐成在那之后回了家，可是再回来北京，苦笑着同易辙说自己没有见到唐蹊，不过偷偷去问了医生，说已经在平稳恢复中，不会有什么大问题了。

易辙将许唐成的担心和无奈看在眼里，但除了说几句宽慰的话，又想不到自己还能做什么。有一天半夜起来，迷迷糊糊的，易辙发现许唐成不在，惊慌立刻将他冲得清醒，他掀起被子去找，连拖鞋都顾不上穿。

他们房子的客厅与阳台相连，易辙寻出去，看到许唐成正站在阳台上抽烟，睡衣外面裹了件半长的羽绒服。

206

　　阳台的推拉门不算新，拉开时阻力大，还有持续的刺耳声响。许唐成听见动静，很快回头。看到易辙，他笑了笑："你怎么醒了？"

　　客厅没有开灯，相比起来，阳台上反而因为外界灯光的影响，要亮一些。易辙背后漆黑，许唐成望过去时，一双黑得发亮的眼睛便刻在了他的视野里。那里面的情绪使得许唐成微微怔住，也没听清易辙到底有没有回答他的问题。

　　"你在干吗？"易辙眨眨眼睛，走了过来。

　　"睡不着，抽根烟。"

　　阳台有几个空花盆，可能是以前的住户留下的，许唐成和易辙都没有养花的念头，所以几个花盆始终就盛着那点古老的土，孤零零地在阳台摆着。

　　许唐成把烟按到一个花盆里，捻着转了一圈，插在正中央，又用手指拱了拱旁边的土，埋了烟蒂的根，让它直直立着。

　　手上蹭脏了，许唐成将两根指头捏在一起，来回搓了两下。视线下垂，瞥见刚刚种上的烟，许唐成忽然觉得自己有点无聊，轻笑了一声。

　　"好看吗？"他指着花盆，问易辙。

　　没听见预想中捧场的声音，许唐成奇怪地转头，却看见易辙正在直愣愣地盯着他看。

　　许唐成将手在易辙眼前晃了晃："看什么呢？"

　　在许唐成以为易辙不会回答他的时候，易辙却低着头，看着他的手说："看星星。"

　　许唐成愣了愣，咧着嘴笑了。他笑："骗谁呢，星星在天上。"

　　他说着抬起了头，偌大的城市上空，竟没有一颗明亮的星子。许唐成不甘心，仰脖将脑袋转了好几圈，却仍是只能看见一轮亮堂堂的月亮在和他相望。

他有些失落地叹了口气，收回视线，发现易辙低着头，在一下下擦着他的手。

大冬天的，许唐成却觉得愣是被夜风吹热了眼角。

易辙侧脸的轮廓很好看，特别是专注起来时，露出的半只眼睛像是嵌在画里的宝石，眼睫乌黑，像在小心地擦去宝石的光芒。许唐成用视线在他的脸上勾了个遍，才忽然轻声叫他："易辙。"

易辙抬头，看他。

"你在害怕吗？"许唐成问。

刚刚他站在门口，乌亮的眼睛里，都还有退不尽的惊慌。

许唐成问："你在怕什么？"

他问完，却没给易辙回答的机会。

许唐成一字一句地说："易辙，我不会离开你的。"

易辙本来完全没带力气，听到这话后，略微抬头，让视线能够较为平稳地落在许唐成的脸上。

"我不会离开你的，"许唐成说，"所以不用怕。"

临近期末，易辙仍因为科研任务一直在实验室泡着。这天他收拾好东西，正要离开实验室，突然被一个博士师兄叫住，让他去老师办公室。

易辙看了眼时间，轻轻皱了下眉。许唐成今晚不加班，他们说好要一起吃饭。

"山哥，"易辙叫住师兄，问，"你知道是什么事吗？"

山哥扬了扬手里的一份文件："我觉得是好事。"

的确是好事。

易辙从老师办公室出来还有点蒙，山哥正好拿了签好字的文件回来，看他坐着发呆，拿文件夹拍了拍他的脑袋："干吗呢？傻了啊？"

"嗯？"易辙回过神，抬头。

山哥微微侧着身，压低了声音问他："你去不去？"

"我还没想好。"易辙低了低头，将两只手抪到一起，攥了一下。

"没想好？"见他面上神色不大对，山哥迟疑了片刻，拍了拍他的肩，"我跟你说，你算幸运的，老师觉得你能力强，其实是等于提前一年给你安排上去了，去南极之前还得准备差不多一年的时间，你正好基础课也就都结了。这机会不是那么容易得到的，也就是老师跟美国那边的实验室有合作，不然你不去美国读两年博，谁让你跟着去啊。年纪轻轻别怕苦，搞咱们这个的，谁有数据谁就牛，你去不去倒是都能毕业，但是有没有这些数据，你这个博士的含金量绝对不一样。"

"嗯。"

易辙当然懂这些道理，只是……

"我其实不太想去。"

和地质、海洋专业的科考人员不一样，他们不是短期考察，不会在越冬前回来，他们去，至少也是一年。如今他糟糕的境况，让他没有心力去应付那些复杂的准备工作，他也放不下许唐成，没办法自己去那么远、那么特殊的地方。

山哥似乎没想到他会是这样的想法，一时间也没再说话。两个人各想各的，沉默了一会儿，山哥才说："好吧，那你好好想想。"

许唐成要去厦门出差一周，出发前一晚，易辙帮他收拾好行李，开始修改明天课上要用来做期末展示的PPT。许唐成到厨房洗了两个苹果，削了皮，切成小块装到盘里，给易辙端过去。

"自己在家记得吃水果。"

易辙其实一向身体很好，只是也不知是冬天太干燥，还是期末的压力大，易辙的嗓子肿了几天。

"嗯。"易辙用牙签戳了端正的一小块，放到嘴里。

做完最后一遍修正，易辙将PPT从第一页开始播放。题目展示出来时，许唐成刚好叼着一块苹果靠近，他将牙签咬在齿间，含混念了一遍题目。

"你还记得吗？"顿了顿，易辙问。

牙签向上撬动一下，许唐成往下翻了一页，也寻到了记忆。

"啊，记得。"许唐成说，"我也看过这篇。好多年前了吧……"

书桌前只有一把椅子，为了看屏幕，许唐成原本将两只手分别撑在椅背和桌上。想着不要再打扰易辙，许唐成说完话，便要转身。却没想到易辙突然拦住他。

许唐成失笑，偏过头问易辙："干吗？"

易辙没说话。

"我那时候看见你看这个，就想着要跟你考一样的大学，读一样的专业。"

台灯的光洒过来，照进易辙眼里。

静了片刻，易辙忽然笑了笑，说："我高三真的很努力。"

努力打过一次架，也努力学习了。

不明白他怎么突然提到这些，许唐成说："我知道。"

许唐成离开后的第三天，易辙回了C市。

他很久没回来，刚看到院子门口不知何时换了的升降杆装置，脚步都顿了顿。站在许唐成家门口，一只手抬起落下好几次，都没能将门敲响。易辙长长地呼出一口气，停了半晌，才复抬起手。

门突然被推开，门板撞上指节，易辙应激性地向后退了一小步。看见露出半个身子的人，原本悬在半空中的手立刻归至腿边，乖顺地垂好。

"阿姨好。"离门有些近，没有得到可以鞠躬的空间，但易辙还是尽力弯了弯上身，将头低了下去。

他的出现明显在周慧的预料之外，周慧身形一滞，有些愣地看着他。

在这么近的距离看周慧，易辙发现她整个人都有了更多苍老的痕迹，脸上的皱纹像是多了，白发也密了些，这些痕迹甚至还爬进了她的眼底，在那里盘踞下来，成了几分木讷。

"啊，易辙啊，你……"

几个字之后，周慧像是再不知道说什么，停了下来。

"我……"易辙将手里的袋子换了只手拎着，说，"对不起，阿姨，我是想来看看唐蹊。"

被周慧让进了门，易辙有些僵硬地坐在沙发上，才非常迟钝地想起来，刚刚周慧开门的时候穿戴整齐，肯定是要出去。他暗自懊恼，刚刚应该问一句"您是不是有事"才对。

"唐蹊在睡觉，你先坐一会儿吧。"周慧倒了一杯热水，放在易辙的面前。易辙连忙道谢。不知是不是还没从易辙的突然出现中缓过神，周慧对于这声谢应得有些急，还重复了两遍。

"唐成……"易辙仔细考虑，试探着说，"唐成哥出差了，所以我自己回来了。"

他提到许唐成，周慧的眉头便动了动。易辙跟着心里一紧，没敢再说话。

"嗯。"客厅里安静了好一会儿，周慧才发出了很小的一声，算作回应。她没有询问关于许唐成的事，而是对易辙说："你待会儿有事吗？没事的话就在这儿吃顿饭吧，阿姨有几句话想跟你说。"

易辙很快点点头，面上神色未变："好。"

许唐成那间卧室的门被推开，易辙略微奇怪地朝那个方向看去，发现竟然是许唐成的奶奶。他赶紧站起身问好，周慧却拦了拦他："听不见，耳朵现在聋得厉害。助听器坏了，新的还没买回来。"

奶奶走了两步，也看到了客厅里多出来的人。她愣了愣，而后突然笑了："易辙呀。"

易辙没想到奶奶还记得他、认识他，尽管知道她听不见，还是笑了笑，说："奶奶好。"

"听不见。"奶奶笑呵呵地指指耳朵，接下来说的却和周慧不一样，"助听器被我弄坏啦，拿去修了。"

周慧说不知道他要来，许岳良今天又正好不在，家里吃饭的人少，所以没多准备，只烧了几道简单的家常菜。易辙连连道"已经很好了"，但坐在椅子上，看着冒着热气的饭菜，他还是诚惶诚恐。他不明白周慧对他的态度怎么一点都不坏，她不让许唐成回家，为什么却能像以前一样留他吃饭。

"唐蹊不吃吗？"易辙想了想，问。

"她昨晚不舒服，睡得不好，你来的时候才刚刚睡着。让她先睡一会儿，等她醒了我再给她做。"

易辙有些担心，忙问："没事吧？"

"没事。"周慧摇摇头，"我问了医生，医生说可能还是因为受的那点凉，说让按时吃药，好好静养。"

"嗯，那还是多休息，注意保暖。"易辙说完，又觉得自己这话一点用都没有。他沉默了一会儿，才小心翼翼地开口："唐成哥很担心唐蹊，阿姨……"

"易辙。"

他没来得及说出请求，就已经被周慧以略高的音量打断。等他止住声音看过去，周慧抬起了原本微垂着的头，勉强抬了抬嘴角："先吃饭吧，边吃边说。"

周慧的厨艺很好，可易辙心里忐忑，夹了几口菜，都没吃出什么滋味来，有时候，还会不知道自己刚刚夹的是什么、正在吃的是什么。

"易辙，阿姨替他跟你道个歉。"

易辙只愣了那么不到一秒的时间，立刻反应过来，赶紧说："不是，阿姨，是我先……"

在周慧平静的目光中，易辙的后半句放小了声音。他看了看一旁毫无察觉、仍在小口小口吃着饭的奶奶，才说："是我不好。"

他说完，周慧半天都没有任何动作。她维持着一个姿势，看着同一个盘子边缘的碎花图案，很久之后，用不大的音量，说："这件事是他的错，我们也不会同意你们继续做朋友。"

无论是前后的哪一句，周慧都说得异常坚决。

易辙早就有足够的心理准备，听到这话，他当然没有丝毫的意外，但心里仍有了明显的难过情绪。

"易辙，唐成是我的孩子，所以你们两个人之间，我始终都是为他担心得多一点，希望你能理解。"

易辙点点头。这是自然的。

"别人的言论是一方面，可是我最怕的还不是这个。"周慧夹了一根油菜，放到碗里，"我和唐成也是这么说的，我说，因为你们都还年轻，你们想不到以后会遇见多少事，你们两个人关系好，会影响你们很多。"

大拇指来回磨蹭着碗的边沿，咽下嘴里的饭，易辙轻声说："不管发生什么，我会帮助他的。"

这是他很久之前就有的信念，所以尽管知道自己曾经没有做好，他还是这样说了。

周慧没有立刻接话，等到易辙想要更加明确地重述自己的承诺，周慧才突然问："你真的能吗？"

易辙不明白，抬起头，看着周慧。

"你现在能，我信。但过十年，二十年，你会一直这么认为吗？"

这个问题易辙从没想过。十年，二十年，这些时间的概念从没在他的脑袋里出现过，更确切地说，他从没考虑过自己会不会一直这样。

所以他此刻迎上周慧的视线，点了点头，直截了当地告诉她："我会。"

很多人都会有一个贴近真实的结论，大部分时候，持久的只是情，是属于一个人的、各式各样的情。有人说情感会变成习惯，变成亲情，或者对于一个人的爱转移到了别人的身上，这都是向着不同方向变异了的持久。说到底，世间情千千万，谈及永远，人都是自私的。

周慧亦是如此想法，她不信什么能将两个没有牵绊的人拴在一起，关系到许唐成的一生，她不敢相信他们两个真的会成为那个特例。可她看着易辙过于坚定的一双眼，忽然不想同他争论这个，因为她知道，她说了，易辙也听不进去，就像许唐成一样。

"那好，就算你会，过十年，二十年，你都会照顾他。可你有没有想过，过五十年、六十年，他七八十了，老了，怎么办呢？"

"我还会照顾他。"易辙固执地重复，是在说给周慧听，也是在说给那个不争气的自己听。但在话音还没落稳时，他突然明白了周慧这个问题的意思。

周慧眼眶染了薄薄的红，她的嘴唇动了动，告诉易辙："他老了，你也会老的。"

脑中一瞬空白，易辙事后回想，那一瞬间淹没他心头的恐惧，不再是产生于许唐成家人强烈的反对态度，而是他真的在想，等他们老了怎么办，许唐成会不会生病，他又会不会生病。

"我跟他爸，都活不到那一天的，我们也看不到那时候你们要怎么过。"周慧用手掩了掩面，用力睁了睁眼，回避泪水，"可是正因为我们活不到那一天，我们才害怕。我这辈子没什么雄心壮志，唯独希望，他和唐蹊都能平平安安地过一辈子。易辙……你们这样，我怕他……怕他以后过不好，到时候我连闭眼都不甘愿。"

来之前，易辙其实已经准备了满肚子的说辞，可他的那些保证里没有能够解决生老病死的条目，他努力地想要说些什么，可他又笨到连一句应变的话都讲不出来。

"我知道你是个好孩子，你们都是好孩子……易辙，能不能听阿姨一句，你们分开试试看。正好我们准备带唐蹊去南方一段时间，我跟唐成说，他不跟我们走。"那天许唐成的态度，其实一直是周慧心里的一根刺，她伤心，伤心许唐成对于他们的舍弃，可更多的，其实是害怕，即便知道许唐成对他们的感情很深很深，她仍然害怕，这样坚决的反对会让她真的失去他。谁也不能真的体会到她这些天的想念、恐惧，她胸无大志，囿于家庭，一双儿女就是她最疼、最爱的。

本来打定主意今天不能哭，可周慧没忍住，还是无声地流下了眼泪。她怕被奶奶发现，匆匆用手抹去，夹了一口菜放到嘴里，压住情绪。

易辙在刚才的话里回不过神——许唐成从没跟他说过家人要去南方的事。

这是易辙第一次见到周慧哭。方才第一眼见到周慧，易辙就在想，许唐成若是看到，该有多心疼自己的妈妈。

他的心里汇聚了太多的情感，搅成一团，天翻地覆地闹着，连他都快分辨不出那些都是什么。他麻木地伸出筷子，想要夹一口菜，视野里却忽然出现了一只手，端起了一个盘子。

"妈，"周慧像是忘了奶奶没有戴助听器，问，"干吗？"

奶奶自然没听见周慧的话，她又端起另外一盘菜，将两盘菜交换了位置，才看着易辙笑。

"换换，我看你爱吃茄子，离近点，你多吃点。"

从前上学时，易辙不会做阅读理解。他怎么都不明白一句话到底是哪儿来的那么多的含义，即便看到答案，他也还是不信服，觉得这些人纯粹是在胡编乱造。读了那么多年书，做过那么多题，许多不理解的句子他也都已经忘了，可看着那盘茄子，他忽然想起来一句——"善良是最强大的武器"。

这是一次期中考试的题目，他当时冷冷地看了这句话半天，把这道不知所云的题空着了。

第二十四章

特别好

　　家里的自行车已经很久没骑，易辙从许唐成家出来，在家坐了一会儿，找了块抹布下了楼。

　　自行车是为了载许唐成买的，但其实没再有那样的机会。

　　易辙骑着车在城里转了一圈，快过年，连一中的高三都已经放假。停在学校门口，易辙望着一旁的围墙，认真想着要不要翻墙进去溜达溜达。

　　捏捏车闸，又想还是别了，要稳重一点。

　　他一只脚踩在地上，支着车子，思考了一会儿如果自己跟门口的大爷说自己是忘了拿东西的学生，有多大的可能性能够进去。还没算出来，却看见门卫室出来了一个打着手电的人——不再是那个架着副眼镜的大爷，而是一个没见过的中年大叔。

　　易辙抿抿唇，盯着那个大叔的背影，脚下蹬了两步，将车骑走了。

　　他没地方去，又不想回家，就在街上胡乱拐着弯，骑到哪里算哪里。和桥洞、斜坡的相遇不是故意而为，车子开始自己加速，易辙才发现自己竟然又到了这里。

　　到了斜坡底下，兜里的手机开始持续振动。

　　许唐成的说话声被奇怪的声音包裹着，易辙仔细听了听，问他在哪儿。

"在海边。"那边，许唐成顿了顿，"给你听听海的声音。"

方才奇怪的声音渐渐放大，易辙很清晰地听到了海水的翻腾。

"晚上去看海吗？"易辙想了想，想不出晚上的大海会是什么样的。

"嗯。明天回去，今天下午工作结束以后同事说要出来转一圈，就跟着他们过来了。"许唐成笑了一声，"对了，我在一家手工铺子给唐蹊买了钥匙链，还有红色的小布包，也给你买了一个。"

易辙呆了呆，略有迟疑："给我买了小红布包吗？"

"不是，"许唐成被他逗笑，这才发现自己方才的表达不够严谨，"是给你买了一个钥匙链。"

在他们刚搬出来的一段时间里，易辙其实接受过一段"特训"。他丢三落四的毛病给他惹了太多的麻烦，许唐成似是下定决心要给他纠正，所以那段时间，许唐成进了家门以后就会偷偷盯着易辙，每次易辙把钥匙随便甩在哪儿，许唐成就会立刻假咳一声，提醒他，并且让他把钥匙固定放到鞋柜上。后来易辙渐渐就养成了习惯，没再因为找钥匙着急。

他回忆起这些，笑着低下了头："我都不丢钥匙了，你还给我买钥匙链干吗？"

"嗯……"许唐成想了想，最后实话实说，"钥匙链挺可爱的，一起来的一个小伙子说给女朋友买，问我要不要买，我就说，'行吧，也给我女朋友买一个。'"

易辙的笑就没停下，他轻轻侧头，对着电话道："占我便宜。"

"嗯，是的。"许唐成应得理直气壮。

占就占吧，易辙心想。

闲聊的时候暂时抛开了心里憋着的事，等到许唐成快要结束通话，易辙才叫住他。

"其实我现在在家里。"

许唐成很快就明白了易辙说的"家里"不是指他们的出租屋。易辙突然这样说，他觉出些不对劲儿，但还是顺着易辙的话，问："然后呢？"

"我想去看看唐蹊，也想见见叔叔阿姨。虽然你们都已经谈过了，但我觉得叔叔阿姨还没有和我见过面，或许我来，他们会和我说几句话的，所以我就来了。"易辙停了停，继续说，"唐蹊在休息，我没见到她，阿姨说她昨晚不太舒服，没有睡好，不过已经问过医生了，说不要紧，按时吃药，好好静养就好了。叔叔也不在家，不过奶奶在。"

那端，许唐成没有说话，易辙等了一会儿，说："阿姨留我吃了饭，还说，奶奶好久没见你，一直在问，这几天住在你家，让你有空回来看看她。"

"嗯。"

接下来的话，对易辙来说有点难以启齿，他将周慧的话换了尽量温和一些的表达方式："阿姨说，奶奶不知道……让你不要和她说。"

"嗯，我知道。"

许唐成没想到自己会得到这样的消息，但他似乎应该感谢，自己的妈妈是善良的，她没有像对待自己一样去激烈地对待易辙。可这样的态度却又在清清楚楚地告诉他，她不接受易辙，因为是"别人"，所以她才不管，才客客气气地对待。

许唐成到达北京时已经是晚上，第二天是周五，他到公司汇报了工作，请了半天假，回了C市。看到易辙骑了自行车来接他，他有些惊讶，转而笑了，坐上了车。

易辙骑得不快，两个人一路上有一搭没一搭地说着一些无关紧要的事情，快到家的时候，许唐成从兜里掏出一个钥匙链，举给易辙看："好看吗？"

是个布艺的小鹿，蓝色的底，有白色和粉色的碎花点缀。

"好看，"易辙看了一眼，说，"就是像女生用的。"

许唐成朝后伸出一只手："钥匙给我。"

易辙从兜里摸出钥匙，乖乖递到许唐成的手上。许唐成很快给他挂上去，拎着钥匙环甩了甩："多好看啊，别人问你就说女朋友送的。"

还差最后一个转弯，听了这熟悉的话，易辙忽然一捏闸，停了下来。

许唐成奇怪地回身："怎么了？"

曾经的无意变成了现在的有意，于易辙而言，是圆满。

"想带你去一个地方，"他低了低头，看着许唐成的眼睛，"等一会儿再回家行吗？"

满足他的这个要求，许唐成当然不会有什么迟疑。但易辙的眼神很奇怪，虽然还是他熟悉的，可里面像是藏着另一个人，这感觉又好又不好，所以他犹豫了两秒，才点了头。

这次，易辙将车骑得飞快。他载着许唐成到了那个桥洞，在离斜坡还有一点距离的地方停了下来。

"来这儿干什么？"许唐成奇怪。

"以前我没事干，没地方去，就会骑着自行车乱逛。"易辙微微眯着眼睛，看着这个印下了他无数身影和心事的地方，"我喜欢来这里，把车骑得特别快，然后松开车把，冲下去。"

松开车把……

许唐成明白了他想做什么，心里一惊，回头看他。

接收到他带着震惊与胆怯的目光，易辙朝他笑了笑："你相信我吗？"

他问得再温柔不过，但后来许唐成回想，那语气、音量分明是故意蛊惑，使得他几乎没有思考，就已经点了头。

"那待会儿你闭上眼睛，这样更刺激。"

易辙没有给许唐成后悔的机会。在说完这句话后，他就重新骑起车，快速加速。自行车离斜坡越来越近，坡的斜率也被许唐成估计得越来越准确，攥着车把的手越来越紧，心跳得越来越快。

在许唐成不由自主地咬紧了牙关时，他听到头顶传来易辙的声音："闭眼。"

到斜坡了。

许唐成来不及再想，他猛地闭上眼睛，与此同时，一只手臂紧紧揽住了他。许唐成的脑袋抵着易辙的胸膛，所以他能感觉到他剧烈的呼吸，甚至是在强力跳动着的心脏。那只手臂越收越紧。

紧接着，身子向前倾，因为速度和恐惧，许唐成的手和腿都像失重般软了一下，他下意识地寻到那只横在他胸前的胳膊，死死攥住。他喘不过气，微微张开了嘴巴大口呼吸。擦着耳郭飞驰而过的风像是在朝他嘶吼着激昂的进行曲，激得他手心迅速布满了汗，潮湿到混乱。

从小安分到大的人轻易挡不住这种混乱的攻击，许唐成不知怎么就睁开了眼，而入眼的画面让他一愣，然后清醒过来，又迅速将眼睛闭上。

车子停下时也是迅猛的，一个急刹，带着四十五度的甩尾。因为惯性，许唐成朝前倾了身子，他趴在车把上，有两秒的时间大脑都是空白的。

在恢复意识后，他听到易辙以稍哑的声音在问："好玩吗？"

冬天的太阳不是黄色的，是白色的。快到中午，太阳疯得厉害。许唐成撑着手臂，转头去看易辙，他的脸在太阳光的背景下，像比太阳还灼人。

或许每个人体内都隐匿着疯狂的因子，平日不会露头，甚至可能一生都不会有所表现。只有遇到了正中靶心的那份刺激，它们才会像是找到了出口般，在血液里疯狂涌动。这刺激是什么，要因人而异，有人是极限运动，有人是用尖锐的话语刺伤别人，有人是要去征服，还有人是关于性的昼夜狂欢，许唐成没摸清楚能刺激到自己的到底是什么，但他确定，这一刻，这张脸就是。

狠狠吞咽，带动喉结，许唐成这才下了车。

他站在那里回望了斜坡，再重新看向易辙，再次确定自己刚刚看见这张脸时产生的冲动并不是错觉，刺激到他的并不是方才的俯冲，而是这个过程中的易辙。这种认识让许唐成觉得荒谬又奇妙。

一辆大货车驶过，噪声成了这幕疯狂的背景音，噪声也是旖旎热烈的。

易辙还坐在车上，这样的高度，刚好能够让许唐成将头抵在他的肩上，平复着呼吸。有一只手在自己的后背轻轻拍着，许唐成的一句回答迟了太久，但还是来了。

"好玩。"他轻声在易辙的耳边说。

他们维持这个姿势待了很久，谁也不动，谁也不提要走。

最后，是易辙先有了声音。

"唐成。"

他说完停了片刻。

"你和……"

"易辙。"许唐成发声打断他，才发觉自己的声音竟然是颤的，可是他又分明已经从刚才的刺激中重新平静了下来，不该再有这样的声音才对。他提着气，轻声祈求："不要这样。"

他猜到了易辙要说什么，他想制止，想阻拦，易辙却一如往常那样，不肯回心转意。他太了解易辙了，易辙这个人，不会试探，不会周旋，决定了，就是决定了。

无论是决定停在他身边，还是决定……放他离开。

易辙没有用太大的力气："你和家里人一起去南方吧。"

冬天的衣服厚，所以易辙没感觉到肩上的变化，直到许唐成克制不住地发出了泣声，易辙才知道他哭了。

按理说，许唐成哭了，他该急得团团转才是，可易辙只是垂着头，将手臂收紧了些，然后一下一下拍着许唐成的后背。

他知道许唐成是舍不得家人这样痛苦的，这么长时间，许唐成不过是为了他在挺着，强行让自己硬着心肠，伤害着自己的父母。

易辙想起那天晚上，许唐成在阳台上认真地对他说："我不会离开你。"他相信许唐成的话，相信再怎么难，许唐成都会留在他的身边，可他怎么舍得这样拉扯许唐成。

这道选择题有两个选项，但许唐成不能被劈成两半。现在许唐成还能偷偷回家看家里人，等他们去了海南，许唐成要怎么办呢？易辙没有亲情，所以他不懂这种牵扯，但他知道，许唐成是愧疚的。

连他对着奶奶递过来的茄子都会愧疚，许唐成又承受了多少。

"我和他们一起走……"许唐成问，"那你呢？"

"我是男人。"易辙本来也以为自己在这一刻会哭出来，可他没有，甚至，他还笑了一声，才接着说，"扛得住。"

其实说分开是个可难可易的事情。两个人各自厌倦了，一句分开，皆大欢喜，各奔天涯；一个人想离开，一个还眷恋着，那一句分开，就是一人解脱，一人痛苦；可若两个都不想分开，那先说出那句分开的人，大抵会更痛一些。

更何况，是一句分开，推开一整个世界。

许唐成止不住眼泪，他甚至在后悔，如果他们注定要走这样的一条路，他怎么会让易辙成了那个先离开的人。

许唐成回到家，已经过了午饭时间。奶奶知道他回来，从屋里迎出来，笑得开心极了。

"吃饭了没有啊？"

"吃了。"许唐成打起精神，和她说了几句话。发现奶奶耳朵上挂了一个新的助听器，许唐成笑了笑，问："换助听器了啊？"

"啊。"奶奶突然哼了一声，撅了撅嘴，说，"原来那个坏了，我说让他们给我找地方修修去，结果他们倒好，瞒着我给我买了个新的。"

"挺好的，"许唐成赶紧说，"新的听得更清楚，这东西也跟手机似的，老得更新换代。"

"换什么啊，挺贵的。"奶奶又不太高兴地嘟囔了几句，许唐成又是哄又是劝，总算把这页翻过去了。

奶奶在，周慧也没和他说什么别的。许唐成陪奶奶说了会儿话，又去许唐蹊屋里待了会儿，接下来的时间便一直在客厅坐着。坐得难受，快到晚饭时，他说头疼，要睡一会儿。

周慧淡淡地移开目光，没说什么，但奶奶不太赞同地说，最好还是吃了饭再睡。

许唐成实在是累了，便摆摆手，告诉奶奶自己待会儿起来再吃，让大家不要等他。

这一觉睡到了九点钟。周慧叫醒了他，说奶奶该睡觉了，让他起来。许唐成缓了缓神，从床上坐起来，然后将床单被子整理好。

他吃了饭，洗了脸准备到客厅睡觉，路过自己房间，发现房间里的灯还亮着。许唐成走进去，看见奶奶坐在床边，在缝一件衣服。

"这是缝什么呢？"

他说了话，奶奶却没有反应。

等他走过去，蹲到奶奶面前，她才抬起头，隔着老花镜看见他。奶奶笑了一声，从抽屉里翻出助听器戴上，问他："怎么啦？"

"没事，看你没睡，进来看看。在缝什么？"

奶奶展开手里的东西给他看了看："马甲，刚刚脱的时候看见开线了，我缝两针。"

"多费眼啊，"许唐成轻轻蹙眉，说，"别缝了，都九点半了，睡觉吧，明天让我妈给你缝。"

"嘿，不用，"奶奶立刻说，"又不是什么大活儿，几针的事，我还缝得了。"

许唐成又想起那些虎头鞋，他低了低头，想，那些他就留一辈子好了，这样等到老了，也还能记起奶奶拿着针线的样子。

"奶奶。"静静地看了一会儿翻飞的针线，许唐成仰着头，唤了一声。

"嗯？"

"你……"许唐成看着她的眼睛，问，"知道易辙是谁吧？"

奶奶缝上最后一针，针带着线转了个圈，然后钻进去，成了结。

"当然知道啦。"奶奶拉紧手里的线，让结落在底端，"对门的那个孩子啊，前两天还来家里吃了饭的。"

"嗯。"应声后，许唐成歪着头，弯着唇，"那你……觉得他怎么样？"

"是个好孩子。"奶奶回想了一下，将一只手伸到高处，比画了一下，"大高个儿，长得也俊，特别像电视里那个……那个什么台的主持人。我看那天吃饭的时候可乖了，总夹自己面前那道菜。"

许唐成听着，也跟着笑了。

嗯，大高个儿，长得俊，可乖了。

"他爱吃茄子。"本来都已经停了一会儿，奶奶又想起什么似的，突然说。

许唐成一愣。

对，易辙是爱吃茄子。

"那天吃饭，别的远的菜他都没夹，就夹了两小块茄子，我就给他把茄子换过去了。"说到这儿，奶奶有些惋惜地叹了一声，"不是说他爸妈离婚了吗？他妈也不是善茬吧，我看见过她跟人打架，也是个可怜的孩子。我给他换过茄子去，他看了我好半天，我看他都快哭了。"

像是忽然不会思考了，许唐成的大脑钝钝地停在易辙的一个影子上，再也动不了。

"嗯，"过了好一会儿，他才低下头，咬着牙点了点头，"他是个好孩子，是个……特别好的人。"

开了口，情绪也突然抑制不住。他将两只手并到一起，捂住脸，还是哭了。

这一哭吓到了奶奶，她伸手拽住许唐成的手，有点着急地想要看看他："怎么哭了啊？"

许唐成摇摇头，用两只手裹住奶奶苍老的手，放到她的膝上，然后将头埋下去，额头抵住两人交握的手，没再起来。

"别哭了，"奶奶扔了针线，用另一只手去擦许唐成露出的眼角，"为什么哭啊？"

"奶奶……"许唐成知道自己让奶奶担心了，他想忍住，却根本忍不住。

易辙是个什么样的人呢？他没得到过多少爱，却会用最纯粹的心对待他。

在今天和他分别后，许唐成就一直在想，易辙到底是怎么说出的那句让他走。这问题想得他头疼，心里也疼，心肝脾肺、天地万物都像是错了位。

"在呢，在呢。"奶奶喃喃着，哄着他。

"奶奶……"克制的哭声成了呜咽，许唐成多少年没这么哭过了。他紧紧攥着奶奶的手，有些委屈，用已经完全变了调的声音说："你能不能记住……他是个特别好的人。"

"我知道，我知道。"

他是个特别好的人，我特别在乎他。

许唐成想，我不能带他到你面前，但我多希望，多希望你能记住，他是易辙，是个特别好的人。

第二十五章

回家路

回到北京，已是夜幕低坠。许唐成跟在易辙的身后出站，始终低着头，不发一言。易辙回头看了他几次，没机会和他对上视线，最终等了一步，到他身边。易辙伸出手，拽住了许唐成。

本要去坐地铁，但看到进站处乌泱泱排着队的人，许唐成摇了摇头："人太多了，打车吧。"

赶上司机是个能说的，从他们上车开始，司机就一个劲儿热情地同他们说话，没一会儿，家在哪儿，离北京多近，在哪儿读书，全都被问出来了。本该许唐成去应付的事情，今天却换了人，许唐成靠着易辙，半眯着眼睛听他和师傅说话。

过了一个周末，许唐成依然无法适应即将到来的离别。这种无法适应最明显的表现就是对什么都提不起兴趣，不想说话，不想动，他就想安安静静地和易辙待着，谁也不理。

他一直在用一根手指挠着易辙的袖口，那里有一根掉出来的线头，不知道被他拽着转了多少个弯。

"也不是一直在学校，有时候要去调研、交流什么的，还需要去测数据，"易辙和司机说着，顿了顿，"比如我之后就要去南极。"

本来在匀速转圈的线猛然打住。许唐成倚着易辙的肩膀抬头，发现他也同样在看着自己。

"你要去南极？"

"嗯。"

许唐成有些愣，静了一会儿。

"怎么……没告诉我？"

易辙瞥了一眼司机。

"才决定的，还没来得及跟你说，也还没有告诉老师。老师之前跟我说了这事，那会儿我犹豫要不要去，后来想一想，我做的东西是很需要这些数据的，所以决定去了。"

这消息实在非同一般，许唐成好半天没缓过神来。他撑了下身子，想要先离开易辙，可脸离开肩头的一瞬，他忽然感受到巨大的悲伤与不舍。

南极……

实在是个太陌生、太遥远的地方了。

怎么突然要去南极了？

软弱得做不到，许唐成索性放弃了端正坐姿的想法，靠回了易辙。

"别担心。"

"不会有危险的，"易辙也还没有具体了解情况，此刻只能尽量宽慰他，"平时应该都在站里，不乱跑，就不会有什么危险。"

"要去多久？"许唐成沉默了一会儿，问。

"一年吧，去之前还要准备将近一年。"

出租车拐了个弯，视野变换。许唐成忽然想起来，好像很久以前，他给易辙过生日，答应过他要陪他去看雪。

"师傅，"许唐成看着熟悉的楼房，忽然叫了一声，"麻烦你，我们改去工体西路。"

易辙不解地看着许唐成，许唐成也没解释，只是勉强笑了笑。

易辙觉得，那晚的许唐成就是从这一刻开始变得放肆的。

许唐成拉着易辙去了 Des，上次他们来，还是为找买醉的成絮。他们将外套都存在了柜子里，进到里面时，都只穿了一件卫衣。易辙不知道许唐成为什么突然带自己来这里，只知道从刚才开始，许唐成就变得有些不对劲儿了。易辙怕他喝醉，怕他心情不好，所以从进门开始就紧张着，却没想到，许唐成没要酒，径直拉着他进了最乱、最热闹的舞池。

往里走的时候撞到了人，被撞的人回身，接着便饶有趣味地打量着易辙。易辙点点头，说了句抱歉，那个人却忽然伸出手，拽住了他的胳膊。

身旁的人挥手将那只手拂下，没什么表情地挡在易辙身前。

"哟。"那人看着许唐成，眼睛一转，笑了。

许唐成难得凶一次，挺爽的。他拉着易辙走开，到了舞池的中央。

"上一次，我觉得这儿很乱，不是我们的世界。"许唐成用胳膊圈着易辙的脖子，然后仰着头，也迫使他弯腰，将耳朵凑近自己，"我觉得我们两个和这里的人是不一样的。"

因为周围环境太吵，许唐成这话几乎是喊的。易辙不知道他用了多大的力气，但他的声音听起来声嘶力竭，引得易辙蹙起眉，看他。

这一看不要紧，往后多少年，梦里都没少见这双清亮的眼睛。

许唐成也不是总想哭的，可是心里密密麻麻地疼，他怎么避都避不开。他以前竟然还觉得，这里的人太疯狂了，也太绝望了，爱情不是这样寻欢作乐，不是这样任凭欲望向每一个经过自己的人袒露，所以他觉得窒息、喘不过气，因为这里的震撼与陌生。

他认为这不是他和易辙的世界，他和易辙在一起的时候，不是这种黑暗中的放肆，他们的快乐多于拌嘴，柴米油盐，关怀照料，一样都不少。他不习惯这种环境，所以那次他一秒都不想多待，想要带着易辙、成絮赶紧离开。可如今，却是他像个逃兵一样，带着易辙回到了这里。

他这才懂了这里的夜晚。

这个舞池里塞着多少人，他们用各式各样并不完全优美的舞姿扭动着，各色的光影打在了每个人的脸上，但谁也留不住。在这里，有人在短暂逃避，有人干脆放弃自己，沉沦到底，可归根结底，不过是在现实里难以自处。

大自然尚且不会因为好坏而毁灭一个物种，有的人却能以此判定一类人不该存在。

说起来，许唐成当初对易辙的第一次坦诚，还是借了酒精的力量。而他今天没要酒，也没有醉，他看着面前这个最为珍贵的人，看着易辙的每一次眨眼，每一次因呼吸而造就的轻微起伏，无比清醒。

"易辙。"许唐成笑了，却有泪水在迫不及待地加入这场光怪陆离的释然。

许唐成问了和那晚一样的问题，在易辙看来，也和那晚一样，像是七彩的台风过境，劫掠了他的呼吸、心跳，却给了他一个梦。

可今天也有不同，许唐成没有等着易辙回答，易辙也被突然袭来的温暖弄酸了眼睛。感受到许唐成的额头在颤动，短暂的停顿后，易辙握着许唐成的肩膀将他拉起来，蹭干了他两颊的泪痕。

周围的人依然喧闹，但不知有意还是无意，大家为他们隔出一个缝隙，像是在逼仄的环境中，最大限度地给他们提供一个呼吸的空间。

"我想……"许唐成说，"我想今晚带你走，想到没人认识我们的地方去，什么都不管了……"

许唐成从来都不曾回避或惧怕身上的责任，他规规矩矩地当了二十多年的好孩子，没反叛过，没让父母失望过，现在，竟然有了一个再荒唐不过的念头，想不顾一切，带着他的易辙远走高飞。

许唐成还想接着说，可不切实际、不负责任的美梦淹没了他的话语。他哭着附在易辙的耳边，没能说出最重要的一句——想一辈子都在你身边。

易辙早已红了眼睛。他在震耳的音乐声中近乎绝望，过去很多年的回忆突然一齐翻滚到他的眼前。

易辙怕什么呢？

易辙什么也不怕。

只要许唐成好好的，易辙就什么都不会怕。

整晚都是许唐成在喊，在宣泄，此刻，易辙终于说了唯一的一句话。

他抖着声音在许唐成的耳边说——

"你不能忘了我。"

许唐成离开的那天，两个人都是一夜没睡。一晚上，够把好好吃饭、注意安全的叮嘱说上八百遍。

飞机的起飞时间将近十点，天蒙蒙亮，许唐成轻声问同样睁着眼睛、看着天花板的易辙："起吗？"

易辙静了片刻。

像往常一样，他们到小区旁的早点店吃早餐。易辙要付钱，摸摸兜，却又停下来，看着许唐成。见状，许唐成轻轻笑了笑，掏出皮夹，付了钱。

见易辙拎着个箱子，老板一边找钱一边问："这是要出门啊？"

许唐成和易辙都没说话，老板得不到回答，有些奇怪地看过来，易辙才点点头，说："嗯。"

"出去多久啊，我这儿过两天就上新鲜样的包子了，我闺女还给起了个倍儿棒的名字，叫素三丝儿，你们记得过来尝尝啊。"

许唐成垂头，挪了挪脚。一旁的易辙说："我们出远门。"

"哟，"老板没想到，讶异地看了易辙手里的小箱子一眼，"你们这可不像出远门的。"

许唐成带的东西很少，衣服都没有收拾几件，就带了点私人用品，加上电脑，都没有装满一个 20 寸的旅行箱。他收拾的时候易辙过来帮忙，给他拿了几件他平时喜欢穿的衣服，都被许唐成又挂回了衣柜里。

"放着吧，不带了。"

哪怕现实已成定局，他还是迷信着那点痕迹。

若是拿走太多东西，就不叫一起生活了。

易辙没说什么，一切都由了他，但等许唐成拿了电脑走过来，却发现箱子里多了一个小黑包。他愣了愣，将那个黑包拿起来，问易辙："你不留着吗？"

易辙摇摇头，蹲到他身旁，将那个黑包又放回箱子里。

"你……"他起先是看着箱子里，说完这一个字，将视线投到了许唐成的脸上，"偶尔可以看一看。"

许唐成一下就明白了他的意思——"你不能忘了我。"

看来，自己那晚在酒吧的回应没有被完全信任。

他笑了笑，低头把相机拿出来，将箱子的拉链拉好。

"我保证，我不需要影像的提醒。这儿，"许唐成指了指脑袋，又点了点心口，"还有这儿，都会记得清清楚楚。相机还是你留着，你……"

许唐成倒不怕易辙会忘了他。他没能给易辙足够的安全感，易辙却给了他太多太多。

相机留给易辙，是怕他太想自己，一个人太难挨。

况且……

许唐成眨了眨眼睛，又不放心地抬头叮嘱："你没事的时候，记得看。"

关于去机场的方式，他们两个前一晚谈起来，默契得很。他们没有打车，而是早早出发，到五道口乘了地铁。许唐成也并没有以这种方式去过机场，他提前查了线路，在人工售票窗口买了两张到三元桥的票。

易辙站在一旁，看到许唐成的手指避开了钱包里的一张十元，拿了五十元的纸币。

找回零钱，许唐成没像以前那样顺手放进钱包，而是连同刻意留下的十元钱一起，攥在手里。

"待会儿……"走出队伍后，他抬头，问，"待会儿你怎么回去？"

即便许唐成在问出口时有短暂的停顿，易辙还是觉得这问题过于突然。他使劲儿抿了抿唇，说："地铁。"

许唐成听了，点了点头，然后垂首去整理手里的零钱。易辙在一旁等着他，却没想到，许唐成忽然朝他伸出手，似要将手里的东西塞到他的口袋里。

这个动作一下子将回程的问题正式带入了现实，易辙一刹那心里发疼，下意识地伸手握住了许唐成的手腕，阻止他。

许唐成同样沉默地回视他的眼睛，僵了几秒钟，才在人来人往中解释："回去的时候用，你没带钱包。"

地铁站人太多了，易辙只觉得眼前不断有人晃过，可是他睁着眼，却连一个人的相貌都看不清。

他还是没放开手，许唐成上前一步，和他站在一起。

"我怕我待会儿忘了给你。"

将钱帮易辙放好，又在他的兜里摸了摸，确定他带了家里的钥匙，许唐成才带着他继续往前走。

时间临近早高峰，车厢里虽还没挤到站不住脚的程度，却也是没有一个空位。好在他们只需在13号线上坐几站，许唐成拉着易辙往里走了走，到车厢连接处站定。

13号线有些老旧，却是北京一条少有的地上地铁。易辙脑中空空，看着外面闪过的街景发呆，许唐成用一只手扯着他羽绒服的拉链，一上一下地玩着。

"哎，"见易辙扭着个脖子，不知在看哪里，许唐成忍不住想跟他说说话，"你都不看看我吗？"

易辙怔了怔，眼睫扫了两下，转过了头。

"怕看多了，待会儿就不放你走了。"

一句话，弄得许唐成没了动作。

有人下车，空出了座位，易辙轻轻拽了拽许唐成："有座，你去坐。"

"不用，不坐了。"许唐成很快反手拉住他，让他回到自己身边，"站这儿挺好的。"

许唐成没想到知春路的换乘这么远，他们顺着通道一直走，又七拐八拐，上下了或长或短的五六层楼梯，每次许唐成以为快要到了，楼梯下都还是长长的路。更可怕的是，整个过程都没有电梯，某一层很高的楼梯下，许唐成看见一对小情侣，女生扶了四个大箱子在楼梯上等着，男生正一趟趟搬着。转头看看他们，易辙拎着他的小箱子，连能拉着走的地方都没放下来。

等终于到了最后一层楼梯，下到一半多，看到地铁的影子，许唐成才转头同易辙说了句："这换乘跟西直门换13号线有一拼了。"

易辙略微牵动了唇角，转头看他："挺好的。"

挺好什么呢？

许唐成愣了愣，明白了。

换乘的路长，他们能走好久，确实挺好的。

可他又想，那一会儿怎么办？回来的时候换了方向，应该……不需要再走这么长的换乘路了吧？

下了楼梯，这一班地铁刚好在"嘀嘀"的声响中关上门，一个穿了红色上衣、背着双肩包的男生正在不住地对着地铁里面挥手。他们站过来，红衣服的男生转身离开，许唐成和他擦肩而过，回头，看了看他的背影。

他们两个站的位置靠近车头，许是因为昨晚没睡好，地铁以很大的加速度行驶起来时，疾速的运动使得许唐成精神恍惚，有点像那天易辙带着他冲下斜坡时的样子。

列车飞驰而去，甩出亮着红灯的车尾，许唐成的晕眩感突然更加厉害。他抬手拽住易辙的胳膊，出神地看着那个黑洞洞的地方，像是那两盏红色的尾灯还没有走，光还在照着他们。

"怎么了？"

易辙微低着头看他，像以往一样。而在他身后，穿红色上衣的男生从衣服里掏出了耳机，戴上，转身离开。

站台上来了更多的人，谈论着，等候着。

专注的目光中，许唐成忽然想到一句歌，从前只觉得写得好，如今真的体会到那般场景，才明白其中确有的惊心动魄。

"说着付出生命的誓言，回头看看繁华的世界，爱你的每个瞬间，像飞驰而过的地铁。"

他想，没有在离别面前临阵脱逃的人可真是伟大，都抵得住重要的人站在身旁时的滔滔洪流。

他们换了机场线，在T2航站楼站下车，又走了不短的距离才到达T1。这是许唐成在买机票时刻意为之，T1最小，也最清净。

许唐成的行李小，连托运都不需要，所以他们取了登机牌，四处环顾，突然不知道该去哪儿。来的路上不急不忙，两个人都恨不得走得慢一些，再慢一些。现在安检口就在眼前，登机的时间逐渐临近，他们再没别的路可以走，再没时间可以拖了。

许唐成看了看时间，九点钟。

"那……"他吸了口气，"差不多了，我进去吧。"

易辙没说话，点了点头，拉着箱子跟着他往前走。

等待安检的人不多，许唐成扫了一眼，基本上都不需要排队。

入口处立着一个"送行人员止步"的牌子，易辙看到，止住脚步，默默地看着。

相比起来，中文其实已经很柔和了，对易辙来说，牌子上的英文更具划分的意味，像是在以很官方的方式提醒他，他和许唐成，短期内已经不再能用"我们"来称呼了——"Passengers Only"（旅客通行）。

这样一次次的认知让他几乎麻木，都不知道要从哪里开始难过。

许唐成也注意到了那块牌子，他扯了扯易辙的胳膊，转移易辙的注意力。

"还是想再说一遍，一定要注意安全，平平安安地回来。"许唐成说。

"好。"易辙乖乖地应道。

"穿暖和点。"

"好。"

"不要乱跑。"

"好。"

"好好吃饭。"

"好。"

许唐成想到什么说什么，琐碎到婆婆妈妈的，但无论什么，易辙都应了下来。

T1 的客流量小，看上去大部分都是出差、游玩的人，所以整个大厅里，只有他们抱在一起，在很认真地进行离别。

离别的时候，都该说些什么？

许唐成想着。

"易辙。"

唠叨到没有话可唠叨，许唐成静了一会儿，咬住唇，很轻地叫了易辙一声。

"嗯？"易辙应得很快，像是没经大脑。

想到易辙刚才看到提示牌时茫然无措的神情，许唐成的嗓子一下就哑了。

要好好说，这是最后的话了。

他呼吸了几次，又平静下来，才问："记得怎么回家吗？"

易辙先是没说话，后来又是闷闷的一声，听不懂他在问什么似的。

"嗯？"

"待会儿……从前面左边出去，就是我们来的路……一直顺着走，走到 T2，然后在右边下电梯，下两层，去坐地铁。先买到三元桥的机场线，25 块钱一张票，钱刚刚放你口袋里了。然后到了三元桥，换乘 10 号线，坐到知春路，再换 13 号线，到五道口。出去以后可以打车，也可以坐公交，不嫌远也可以走着回去。"他强忍着，让自己以尽量冷静的语调说完这些话，然后轻声问，"记住了吗？"

没有"等着我"，没有"我会回来的"，没有其他任何煽情的话语，许唐成最后留给他的，只是一条回家的路。

易辙不明白许唐成为什么要说这个，回去的路而已，他记得啊。

许唐成绕过层层的隔断，过了安检，其间不住地回头，跟易辙挥手。易辙就站在原地看着，也不停地朝他挥手。直到左右挪了挪，再怎么伸长脖子都看不到人影了，易辙才转了身。

而转身的一刹那，易辙明白了许唐成的用意。

像是突然卸下了全部的力气和思想，易辙站在空荡荡的大厅里，除了眼睛里有不断增多的酸胀感，什么都感知不到。

他往前走了两步，茫然四顾，却发现怎么周围是白茫茫的一片，和刚才完全不一样了。

原来……

他真的不知道应该去哪儿、怎么回家。

许唐成的话回到了他的脑袋里，他木呆呆地看着地上，愣了好半天。

哦，左边……T2……

第二十六章

旅程远

　　易辙只在许唐成离开的那天又回了一趟他们的出租屋，之后便再没回去过。房间里有太多的痕迹，易辙的视线随便扫到哪里，都能想到一些片段，出神很久。

　　回去的那一趟，他拿了钱包、摄像机，然后从冰箱上的盒子里翻出了房东的电话。

　　"要续租？"房东是个年纪不小的阿姨，听到他的要求，在那端笑出了声音，"你们这是要续一辈子啊，怕我涨房租还是怎么的？"

　　易辙举着电话，不明白她在说什么。

　　"跟你一起租房的那个小伙子前几天才来找我续过啊，你们小年轻也是逗，我租房都是一年一年地租，他跟我磨了半天，续了三年。怎么，他没告诉你吗？"

　　房东说完，迟迟听不到回应，便又调侃："那你这是要续几年？"

　　易辙停了半晌，低头轻笑。

　　也是，他想到的事情，许唐成怎么可能想不到。

　　三年。

　　"那他三年以后就会回来吗？"不自觉地，对着寂静的空气，易辙竟然问了这么一句。

　　"什么？"莫名其妙的问题，房东没听清。

"没事。"易辙很诚恳地说，"谢谢您。"

去南极要准备的事情很多，其中最重要的一项，就是大量的心理测试。易辙他们要和美国的团队一起去，所以所有的测试都要做他们那边的。易辙和山哥一起飞了几趟美国，所幸，出发时的航站楼不是 T1。

那段时间过得并不像易辙想象的那样缓慢，很多次，他昏天黑地地忙完一通，时间就已经跳到了周六，像是前面的五天都没过一样。用山哥的话说，易辙是废寝忘食、醉心科研，到了入魔的程度，可只有易辙自己知道，他是没事可干，没地方可去。

"不是，我说你能不能把这胡子刮刮。"山哥坐在他旁边，转了几次头，实在看不下去了，"好歹咱长得也不赖，稍微注意点形象行不行。"

易辙从一堆英文文档里抬起头，面无表情地看着他。

"啧，"山哥摆摆手，"别看我了，没眼看，以后哪个学妹再跟我说你长得帅我就觉得她是瞎了。"

对面低着头的学妹不小心笑出声，引得两个人同时看过去。

山哥反应快，立马问："你说是不是，他这样，你还觉得他帅吗？"

"其实……还是……帅的，颓废美。"学妹惹不起面前这个瞪起眼的大师兄，干咳两声，拎了一串钥匙起身，"不过易辙，你还是稍微整理一下，别老跟山哥学。"

"嘿！骂谁呢？啊，他不注意形象就颓废美，我不注意形象就是不修边幅的工科男，我看你是基本态度有问题。"

易辙目送着学妹离开，摸了摸下巴。

好像是邋遢了点。

"行了别摸了，把你银行卡号告诉我，我给你一起办报销。"

山哥说归说，对他还是极好的。易辙忙应了一声，从钱包里翻出银行卡。

但是看到卡面，易辙却怔住了。山哥见他不动也不说话，奇怪地探过头去："怎么了？"

易辙抬头看他，慢慢地把银行卡递了过去。

"你够少女的啊，卡上还贴个小兔子。"山哥一面登记，一面问，"女朋友贴的吧？"

许唐成贴的。

可让易辙出神的不是这个。

他记不清银行卡的卡号，但知道，当初他的卡上贴的兔子是红色裙子的黑兔子，而许唐成的卡上，是黄色裙子的白兔子。

而现在——

易辙望向那张卡。一只白兔子。

许唐成在临走前跟他换了卡。

他不知道这张卡上有多少钱，但他知道一定会比他的多。

易辙又想到什么，突然笑了。山哥正把卡递还给他，看见他一个人对着电脑傻笑，纳闷道："你看个论文这么高兴啊？"

易辙没说话，接过卡，把卡塞好，才忽然抬头问山哥："这个报销，多久能打钱？"

"最多一个月吧，干吗？你急用？"

一个月……

易辙想，太久了。

他猛地站起身，攥着银行卡跑到了附近的超市，挑来挑去，买了一包饼干。

他拎着饼干往回走，心里头很艰难地涌出一点热乎气。他想，许唐成现在是不是收到了银行的报账短信，他这样，也不算是违背了不联系的承诺吧。

快到学校大门口，人渐渐多了起来，绕过两层铁栅栏时，手机振动了一下。易辙脚步顿了顿，又意识到挡了后面的人，加紧走两步，站到了路旁。

他掏出手机，查看短信，饼干在逐渐加大的力道中失去了原本的形状，成了细细的碎末。

"您尾号××××的储蓄卡账户于2013年8月10日21时18分消费支出人民币125.00元，活期余额×××××。"

准备工作接近尾声，出发前一个月，易辙回了趟C市。其实他也没什么东西可拿，但就是突然想回去看看，正好赵未凡和尤放说要给他饯行，也算是有了回家的正当理由。

没想到，他爬上楼梯，竟在家门口碰上了许久不见的段喜桥。

段喜桥的打扮比从前还要惊人几分，只不过整个人充满了学妹所说的"颓废感"，引得易辙当下就驻了足。站在楼梯上，易辙皱眉看着他那五彩的脏辫，深感向西黄的审美大概已经到了海纳百川的程度。

"易辙！"原本垂头坐在地上的人突然站起来，吓了易辙一跳。

段喜桥既然在，那么向西黄一定也在。易辙果断放弃了回家的念头，转身要往楼下走，不过转身时多看了一眼对面的铁门，多滞的一刻就已经被段喜桥一把抱住胳膊，弄得他挪不动步。

"你干吗？"易辙回头，不大高兴地看着段喜桥。

"你不进去吗？"

"不进，放开。"

段喜桥要是懂得看眼色，就不可能追着向西黄到现在了。他完全没在意易辙满脸的不悦，不仅没放手，还上前一步，格外深情地注视着易辙。

易辙惊讶地发现他眼里竟然有泪，瞬间，头皮麻了。

"你哭什么……"在他的世界里，许唐成以外的男人都是没资格哭的，"有事说事，你放开我。"

"你……"望了一眼身旁的大门，段喜桥这才松开手，站好了，"你能不能劝劝 Isla。"

段喜桥突然敛去了嬉皮笑脸的浮夸样子，不演话剧了，易辙还怪不适应的。他将段喜桥上下打量了一番，诚恳地问："Isla 是谁？"

"你妈妈。"

易辙还真是第一次知道向西蒆有这么个名字。

"哦，她怎么了？"

他一句话问完，面前这个男人的嘴角忽然撇下去，紧接着，肩膀抖了两下，易辙的眼前忽然不见了人。

"你哭什么啊……"易辙往后退了一级，无奈地看着在台阶上费劲儿缩成一团、捂着满脸泪的人，"说啊，她怎么了？"

易辙进了家门，听见卫生间里有声音。他在鞋柜旁磨蹭了一会儿，又蹲在茶几旁，慢吞吞地找水杯。

几个水杯被他翻来覆去挪了几遍地方，卫生间的门才终于打开。向西蒆今天敷了张粉色的面膜，见到易辙的第一个动作，就是用两根手指摁了摁眼角："哎哟，吓死我了，你个小崽子进门都没声啊。"

易辙拿了个杯子站起来，没顶嘴。

他走到饮水机旁接水，但桶里已经空了，哪儿还有半滴。向西蒆摁开了电视，将音量调大，再也没有要理易辙的意思。

"我过些天要出门，"易辙将空空的水杯放到饮水机上，想了想，还是转身说，"大概去一年。"

"巧了，"怕影响敷面膜的效果，向西蒆的嘴巴只张开了一条缝，"我也要出门。你上哪儿去？"

易辙知道向西荑也就是心情好，随口这么问了一句，不过他还是认真地回答："南极。"

"呦嗬，"因为这个特殊的目的地，向西荑终于舍得把目光从电视上移开，落到他身上，"这么牛 × 。"

这"称赞"易辙实在不知道应该怎么回，就说："嗯。"

向西荑愣是被他给逗笑了，面膜挤出好几个褶，竟然也没骂人。

"那你给我带只企鹅回来看看呗，"她一边抚平面膜一边说，"带不回来活的带死的也行，我还没见过呢。"

易辙原本的计划是先说点什么，再将话题很自然地引到治病上，可是他非常有自知之明地判断出自己没这个本事，特别是面对向西荑的时候，所以干脆放弃了兜圈子，直接问向西荑："为什么不治病？"

向西荑顿了一下，反应很快："段喜桥这个王八羔子。"

她又开始换台选节目，易辙见她没有要回答自己的意思，继续问："又不是没有希望，为什么不治？"

"希望？"向西荑终于选好了一个充满了傻笑的综艺节目，向后一靠，枕到沙发上，"要维持透析，花钱去排肾，到死的时候能不能排上、做手术能不能成功是一说，还得听医生的好好养身体，不能感冒、不能再生病，因为免疫力低，最好天天在家待着，严重点，连口水都不能喝，你觉得这是有希望？"

"但是起码还能维持很长的时间。"

"维持？"向西荑嗤笑一声，"我倒觉得，和这么维持比，死了才叫有希望。"

易辙从来都只知道人要珍惜生命，不知道还有这样的活法。他不能理解向西荑以这样随便的态度说着生死，说着生命，于是拧了眉，说："你这样很不负责任。"

"责任？"

向西荑没有立刻反驳他，像是觉得他这话非常可笑，连叹带笑地消化了好一阵。易辙固执地站在那里等着她笑完，于是她摘了面膜，抽了一张纸将脸擦干净，才慢悠悠地说："你是说我对自己不负责任？我有什么不负责任的，我吃得好睡得好，一天都没委屈过自己，不过是少活几年，我就不负责任了？易辙，不是谁都想长命百岁，别用你们那套来要求我。"

听着她把放弃生命说得这么理直气壮，易辙有些无话可说："那照你这么说，那些自杀的都合理？"

"当然不是了，"向西荑莫名其妙地看了他一眼，"那些人是苦，不管怎么个苦法吧，反正是苦得活不下去了。我跟他们不一样啊，我是活得很好，所以死了也不觉得这辈子可惜，那我为什么不能在不自由地活着和死之间选择死？"

歪理。

"嗯，"歪不歪理，易辙也说不过她，他姑且不再和她理论活不活的问题，转而问，"那你有没有想过段喜桥。"

向西荑用指尖一下下按摩着眼角，奇怪道："跟他有什么关系？"

这句反问，加上向西荑满是不解的眼神，让易辙彻底放弃了劝说。想起外面那个哭得形象全无的男人，他突然有点替段喜桥不值。

他心里彻底冷了，转身要进屋，向西荑却叫住他，在他身后问："对了，许唐成呢？你们俩不是形影不离的吗？闹掰了？"

都不需要看她的脸，易辙也能想象到她看好戏的表情。

"没有。"

"还没有呢，我回来几次，对门都没个响动，这是搬走了啊？"向西荑叹了一声，"所以说，一开始干吗要瞎凑，他们家是什么人啊，你也不用脑子想想。"

听她这么说，易辙猛地转身，拉下脸问："他们家是什么人？"

"你别给我摆这个臭脸，我这是好心在教你。"也许是因为生病，向西冀今天确实已经平和了许多，要搁平时，易辙这么跟她说话她早就带着脏字招呼上了。她朝易辙翻了个白眼，解释："他妈那个人，撞上我化浓妆都是那种眼神，你还指望她接受你跟她儿子关系近？我看你真的是脑子里有屎。你也别瞪我，我也没说你他妈怎么不好，只不过想让你想想，你现在觉得我不治疗是什么狗屁不负责任，跟他妈觉得你俩脑子有病，有什么区别？都是狭隘，都是觉得自己才是对的，谁也别说谁。"

易辙没说话，他盯着向西冀看了半天，甩门进了屋。

卧室的柜子里有这些年向西冀给他的钱，一摞一摞的现金，暴发户似的。易辙找了个旅行袋，将钱全都装进去，拎了出去。

向西冀看见他甩在茶几上的袋子，颇有些不可思议。她抬起头，瞪着眼睛问易辙："你这么多年是吃老鼠屎长大的吗？"

"我吃什么长大的，都跟你没关系。"易辙平静地回答，"这些钱还给你，不管你觉得你多有道理，我希望你能去治病。"

他相信段喜桥是真的爱向西冀，不管向西冀多无情，那个有点缺心眼的男人都是铁了心在爱她。

他说了该说的，做了该做的，剩下的，他也管不了了。他和向西冀没什么感情，他知道自己有几斤几两，向西冀不会因为他的所作所为改变自己的决定。

"我不。"向西冀的脸上还是那副散漫的表情，她看着易辙，告诉他，"明天开始我会出去玩，不会再回来。就算段喜桥再找你，我的事你也不用再管。我虽然生了你，但是没管过你，这一点我清楚得很，所以我即便死了，也不需要你给我收尸。"

向西冀尖锐、恶毒，易辙不喜欢她，这都是事实。可她突然提到"死"，易辙还是感到了巨大的震动。

死?

那么厉害,一点亏都不吃的人会要这么早离开吗?

他和向西荑很少有能和平共处的时候,但这次易辙转回身,两个人竟谁也没说话,平静地对视了一会儿。

"我知道,你和易远志、易旬不一样。"

印象里,这是向西荑在与易远志离婚后,第一次提到这两个名字。

"当然,你跟我也不一样。"向西荑歪了歪头,有些无奈地笑,"可是你太不切实际了,'亲情'这东西不适合我,更不适合易远志,父慈子孝那种,哎哟,放易远志身上我要笑掉大牙的,知道吗?"

向西荑说完这些,就又重新投入电视机里的欢笑中,没了面膜,她的笑声更加没了阻隔,好像得病的那个不是她,快要死的也不是她。

"当初你们离婚,为什么都要我?"易辙突然问。

这是在他心里压了很久的一个问题,从易远志的形象在他心里颠覆开始,他就想不明白,既然谁都不在乎,又为什么在当时给他错觉?

向西荑愣了愣,眼珠子一转,脸上忽然显出兴趣盎然的样子:"你这么问,不会以为,他是爱你吧?"

眉头很轻微地颤了一下,易辙静静立着,没说话。

他能看出来向西荑是真的尽量憋笑了,但最后还是没憋住,笑得不加掩饰。

"因为当时我们谁都不肯要两个孩子,而你已经大了,比较好养。"

向西荑看到易辙麻木的表情,心里有了谱,她停了一下,说:"你早点问我啊,谁知道你会这么以为,在他面前出丑了吧?不过我要你,除了觉得你好养,真的还有一个原因。就像我刚才说的那样,从你们小的时候我就发现,易旬太像易远志了,想要什么的时候,装乖卖巧,什么都做得出来。他们这样的人,看上去谦谦君子,其实狠极了,他们谁都不在乎。你不一样。我太恶心易远志了，反正也要自己留一个孩子，不如把你留下，免得你也被那个人渣同化。"

向西荑最后的话，易辙想了大半宿，后来迷迷糊糊地得出一个结论，识人不清、看不懂人心这个毛病，是从小养到大的。

易辙睡得太晚，以至于第二天早上被门外的声音吵醒后，眯着眼睛缓了半天，才猛地坐起身。他匆匆开门出去，发现向西荑已经化好了妆，正拖着一个行李箱要走。

"哟，醒了啊。那也算是见最后一面了。"

"嗯。"易辙撸了把头发，掩住方才的匆忙。

向西荑到门口换了金色的细高跟鞋，取了一条围巾，然后将一串钥匙扔在了鞋柜上。易辙往前走了两步，看着那串钥匙愣了愣。

向西荑将一副墨镜架上鼻梁，遮住了半张脸，然后朝易辙挥挥手："走了，拜拜。"

"如果你……"

她转身的一刹，易辙忽然开口。看着她回过头，易辙的目光在她的脸上停了片刻，才说："如果你死了，让我知道。"

向西荑愣了一下，而后笑得很无所谓："没必要吧。"

"有必要。"易辙坚持，"让我知道。"

他们的最后一面，以向西荑前所未有的妥协屈服告终。

"好，"短暂的沉默后，向西荑叹口气，点了点头，"我会告诉你。"

大门在一声巨响中合上。

易辙又望了那扇门一会儿，才一小步一小步地转身，在原地转了个圈，望了望这个自己生活了很多年，如今只剩一人的家。

向西荑房间的门还开着，易辙往那个方向走了几步，在门口停了下来。

屋里很乱，比他从前的房间还要乱。

在这个家里，曾经最常发生的场景就是向西荑顶着一头乱糟糟的头发拽开门，然后冲他发泄满腔的怒火。

屋子里太静，静到易辙忽然有些怀念曾经那么不愿意听的声音。

将房间内细细看了一遍，易辙伸手，拉上了门。他到卫生间去洗漱，收拾完出来，才发现茶几上的那兜钱还好端端地在那儿，并且上面又多放了几页纸。易辙拿起来看了看，有些惊讶，向西荑竟然会给他留遗产这种东西。

晚上，易辙去和赵未凡、尤放他们吃饭，席间尤放依然惯常贫嘴，赵未凡依然惯常让他闭嘴，和以前补习功课时一个样子。易辙闷头喝了不少酒，赵未凡拦了两次，他都撇开她的手，说："最后一次了，之后就不喝了。"

到底男人还是了解男人，尤放拉了拉赵未凡，朝她使了个眼色，示意她别再管了。

"对了，那天我看见那个于桉了。"

易辙一愣，抬起已经满是醉意的目光。

"哼，"赵未凡一拍桌子，颇为不平，"他代表他们公司去我们学校做交流，多大脸啊他这是。真是苍天没眼，我看见他站台上还一个劲儿虚伪地笑我就生气。"

"嗯。"相比赵未凡的愤怒，易辙完全没有什么特别的反应，他只低低地应了一声，又灌了杯酒，然后转着酒杯发呆。

回去时易辙已经醉得不省人事，尤放把他从酒桌上弄起来，又背着他下了楼，然后憋红了脸一铆劲儿，扔进了出租车。赵未凡要陪易辙坐后座，被尤放黑着脸拉走，摁着脑袋塞到了前座。

一路上，尤放一直以为易辙睡着了，没少跟赵未凡叨叨什么这么大个人死沉死沉的。赵未凡被他念得不耐烦，猛地回过头来瞪他，却看见易辙靠在椅背上，正睁着眼睛看着窗外。

赵未凡和易辙同窗了这么多年，从没见过他这样子，好像整个人连呼吸都没了，把这个世界撇得干干净净，没有任何瓜葛。

"易辙。"

她心里难受，叫了他一声，被叫的人却没有任何反应。

到了小区，易辙没让尤放背，尤放于是架着他，三个人东倒西歪地上了楼。可到了门口，尤放和赵未凡正手忙脚乱地在易辙身上找钥匙，忽然被一个力道使劲儿推开。赵未凡惊慌地喊了一声，易辙已经跌跌撞撞地朝对面的门扑过去。

"我靠，"尤放听见他撞门的那巨大的一声响，急了，"大半夜的你上人家家里干吗去？"

易辙动了动，额头抵在铁门上，然后一动不动地立着。

尤放不知道易辙跑人家门口去干吗，赵未凡却是知道的。她看着易辙的背影，眼睛一下子就红了。

"他……"尤放想跟赵未凡说话，可看见她不大对劲儿的表情，怔住了，"你怎么了？"

易辙这样倚着门站了一会儿，身子忽然开始往下滑，赵未凡忙跑过去拉他，却没拦住。

"别在地上坐着，凉。"赵未凡蹲到他面前，放轻了声音，想哄着他站起来。

易辙靠着门板，眼睛还像刚才那样睁着，可赵未凡和他面对着面，却没在里面看见自己的影子。

也不知是醒了还是醉着，易辙低了头，安安静静地坐着。

"起来吧，易辙，回家睡觉去。"

赵未凡这样说了几遍，开始时易辙没反应，到了最后才终于哑着嗓子说："坐一会儿。"

赵未凡使劲儿咬了咬嘴唇。

像是觉得赵未凡没听见，易辙攥住她拽着他袖子的手，又一次小声说："我就在这儿坐一会儿，不敲门。"

三个人都没再说话，没过多久，楼道的灯灭了。

也不知道在这样的黑暗里过了多久，尤放觉得自己的腿都麻了，正悄悄换重心，忽然听见赵未凡叫了他一声，声音很小，连灯都没震亮。

"嗯？"

"我不想支持他们了。"

"啊？"这话把尤放惊得够呛，四周倏地亮起来，尤放也看见了赵未凡挂着泪的脸。

"怎么了这是？"他赶紧蹲下来，要给她擦眼泪，她却偏头躲开了。

"到底怎么了啊？"

"我不想支持他们了。"赵未凡抬起一只手，分别在两侧的脸上各抹了一把眼泪，"太苦了。"

一个月后，易辙离开北京。

他和山哥都住在博士楼，凌晨的时候打了辆车，往机场去。

山哥上车后没多久就仰着脖子睡了过去，本就是安静的时间，司机也没什么话，只有车内的广播在以不大的音量陪易辙看着这个有太多记忆的城市。

开始，中断，都是在这里发生。

"接下来的这首歌，送给无数在途中的旅人，希望大家在旅途中拥有一份平静、满是希望的好心情，旅途归来，得偿所愿。来自 Corrinne May（符美芸）的'Journey'（《旅程》）。"

女主持甜美的声音落下，音乐响起。起初，易辙只是觉得听着熟悉，等到第一段唱完，易辙恍然将目光转向前方，望着那正在扬着歌声的音响。

It's a long long journey（这是段艰辛漫长的旅程）

Till I know where I'm supposed to be（直到我寻回自己的归宿）

It's a long long journey（这是段艰辛漫长的旅程）

I don't know if I can believe（我不知道信念能否支撑）

When shadows fall and block my eyes（当阴影遮蔽了我的双眼）

I am lost and know that I must hide（我迷失后只能逃避躲藏）

It's a long long journey（这是段艰辛漫长的旅程）

Till I find my way home to you（直到我找到归向你的路）

Many days I've spent（我耗费了许多日子）

Drifting on through empty shores（徘徊在空荡的彼岸）

Wondering what's my purpose（想弄清我目的为何）

Wondering how to make me strong（思索着如何变得坚强）

I know I will falter（我也许会步履蹒跚）

I know I will cry（我也许会无助哭泣）

I know you'll be standing by my side

（但我也知道你会陪在我身旁）

It's a long long journey（这是段艰辛漫长的旅程）

And I need to be close to you（我需要靠近你一些）

Sometimes it feels no one understands（有时觉得没人能理解我）

I don't even know why I do the things I do

（甚至不知我是为何在坚持）

When pride builds me up till I can't see my soul

（当骄傲像高墙般阻挡，使我无法认清自己）

Will you break down these walls and pull me through

（你是否会打破这些墙，引我渡过难关）

……

"是我挺喜欢的一位女歌手，这是她的第一张专辑，讲的是一个个旅人的故事。"

"突然想起来，这张专辑里我最喜欢的一首歌，歌名倒很适合现在。"

"什么？"

"Journey。"

Journey。

旅程。

那时他是怎么理解的呢？

易辙记不清了，但他确定他没有什么深刻的理解，因为他记得，他在歌曲的后半段便睡了过去。

流淌的英文他已经都能听懂，那时候昏昏欲睡，现在却是再清醒不过。

在这个马上要万里迢迢奔赴远方的凌晨，易辙忽然明白，原来时间是无法逆转的，也是无法以常速追击的，它背着人成就了一切的因果，人们认为自己幼稚、无知、莽撞，却仍对时间的手笔毫无察觉。

许唐成五年半之前就已经听懂了的歌，他到现在才懂，这便是他们之间，相隔的那六年。

这才是他的旅程。

　　易辙看着窗外，可是泪水却躲不过歌词的追击。他突然有点恨这种巧合，就像有个人站在云端，居高临下，在告诉他，看，这就是从开始注定的结局，我那么多年前就给过你提示，可是你没有半点警醒。

　　六年，易辙想，不就是六年吗？他追，他来走完。

　　歌曲落下最后两句，易辙一偏头，看着玻璃里的自己笑了。

Cause it's a long long journey（因为这是段艰辛漫长的旅程）

Till I find my way home to you...to you

（直到我寻回归向你的路……回到你身边）

　　正常的速度他追不上许唐成，他就用两倍、三倍的速度去追。他可是在那个光影下的大台阶前对许唐成说过，他跑得很快，无论许唐成到了哪里，他都能找到他。

　　摄像机里记着呢。

第二十七章

生日歌

无故失踪那一次之后，山哥有好几天都没给易辙好脸色。不过易辙被这么对待惯了，除了小心着不再惹山哥生气，安安分分，照常该测数据测数据，该验证验证，一点也没受这位大师兄黑脸的影响。倒是可怜了徐壬，夹在两个人之间当传话筒不算，还要逗了这个逗那个，累得够呛。

"这是什么？"易辙拿起被徐壬放到桌上的信封和信纸，问。

"一封家书。"徐壬说，"山哥让拿过来的，咱们一人写一封，能从这儿寄出去。"

家书？

易辙觉得稀奇，他还从没写过这东西。

"快写啊，山哥说这两天写好了给他。"

易辙将那个信封翻过来又覆过去，问徐壬："为什么要写这东西？"

"啊？"

这问题，徐壬没答出来，写家书还有什么为什么。

易辙于是把信封随手扔到了一边。

不同于他的无动于衷，徐壬兴奋到在拿起笔前特意去洗了个手，说是要用更加虔诚的姿态去写人生第一封情书。但是肚子里的墨就那么点，哪怕兑上水也撑不起一封洋洋洒洒的情书，徐壬手都握酸了，也只是写了个"致"，再无后续。

"哎，易辙，"他伸长胳膊，敲了敲桌子，叫坐在旁边的人，"我想给我女神写情书，怎么写啊？"

易辙正在修一个坏了的钟表，脑子扎进细小的零件中，早就忘了什么一封家书的事。他将目光转向徐壬，静了片刻，问："你要写情书？"

"对啊。"

情书也算家书。发现了这个问题，易辙就觉得这个活动还是很有意义的。

"你也写呗！"徐壬忽然说，"你不是说，跟你女朋友'不算分开'吗，你给她写封从南极寄过去的情书，多浪漫啊，你们没准儿就又和好如初了。"

易辙没有纠正徐壬"女朋友"的叫法，倒是在认真考虑写情书的事情。

"可是怎么办，"徐壬发愁，"写不出来啊。"

见他又在薅头发，易辙怪不忍心的："别薅了，你想什么就写什么呗。"

"我想的太简单了，我就是想见她，特别喜欢她。"

"那你就这么写呗。"

"这么写？"徐壬缩着脖子皱了眉，"这也太直白了吧，才几个字啊，而且显得我多没文化，我女神那么爱读书，一定会看穿我连一本名著都没看完过。"

"你又不是写书……"易辙觉得他这个想法很奇怪，可看徐壬是真的打算把这情书写出个花来，也就尊重他的想法，没再往下说。

他把钟表修好，又调好了时间，重新摆到两个人的桌子中央。秒针一下下走，引得徐壬看着那个表发呆。

"哎……就不应该摆个这种时钟表，"徐壬说，"过得我都不知道现在是上午九点还是晚上九点。"

四个月的不见朝阳，零下八十摄氏度的寒冷。

"晚上了。"

易辙铺平了纸，但只写了几个字就停了笔。

就像徐壬说的，让他给许唐成写信，内容会非常简单。他什么都不想写，不想描述这里的生活怎样、景色怎样，不想说他经历了多久的不适应期，不想说极昼极夜让他的睡眠也开始变得不好，他只想写一句，我想你。

不用加形容词，不用说别的，因为许唐成都会懂的。

徐壬半天挤出几句，犹犹豫豫地拿给易辙看。

"你觉得怎么样？"

易辙看了一眼，在内心做了一番衡量考虑，还是如实说出了感受："无福消受。"

"啊……"徐壬脑袋往下一垂，脑门磕在了桌上，"太难了。"

徐壬实在写不出，带着满腹的懊恼上了床，易辙则对着空荡的信纸呆了半晌，然后将写了几个字的第一页揭掉。再提笔时，换了个称呼。

极夜终于在人们的日渐焦躁中过去，裸奔活动也如期举行。那是易辙见过的最特别的日出，考察站的所有人都从房子里出来，尖叫着奔跑，或是遥望着欢呼，这一刻是真的没了国家的界限，每一个人都不过是一个渴望了太久光明的个体。

山哥站在易辙的旁边，本来想调侃一句一个非常能说的美国人的身材，可转过身来，却看见易辙的目光越过撒着欢的人，与前方稀薄的日光交会。

"不去跑一跑？"山哥用胳膊肘撞了易辙一下。

易辙很快收回目光，扯高嘴角，又迅速落下："算了吧。"

裸跑什么的，他还是不大习惯。

他的这份安静和周遭的区别太过明显，山哥心中有了猜测，便将手绕到他肩膀上，使劲儿勒了勒："想家了？"

口袋里还放着那张银行卡，像护身符一样。

易辙轻轻握了握，点了头。

想家。

"那就加加油，后面顺利的话，我们很快就能回去。"望着太阳，山哥也遥叹一声，再次重复，"太阳都出来了，快了。"

这话易辙是认同的，太阳出来了，那么距离他们离开，也就还有三个月。

"你要是太想家里人，就打个电话回去，看你成天在屋里闷着，我都怕你哪天闷坏了，拿枪把这帮人'突突'了。"

易辙被逗笑了："我有这么阴沉？"

"那是你自己没感觉，你去问问徐壬，跟我念叨过多少次觉得你不开心了。人家不开心还会伪装伪装，你不开心全写脸上，把他吓得天天问我要不要搞个什么娱乐活动，活跃活跃气氛。"

易辙看了看不远处正在蹦高给别人加油的徐壬，有点惊奇。再一想，终于明白了徐壬为什么每天睡觉前都坚持要给他讲笑话。

其实易辙觉得自己并没有山哥说的那么不开心，想念成了习惯，就已经不像最初离别时那样痛苦无措。那时是浪头一般铺天盖地卷过来的，如今，却是像檐上滴下的水，静悄悄的，但滴在心头，也足够润湿那里了。

要说突然间特别想特别想的时候也不是没有，比如有一次易辙从信号站回来，碰上了一只摇摇晃晃的企鹅，他停住脚步等了一会儿，那只企鹅也不走，偶尔动动脑袋看着他。易辙往前走，那只企鹅也跟着，易辙停，它也停。那时候易辙就忽然非常想念许唐成。

着了魔一样，易辙跟那只企鹅说了好多话，什么许唐成带他去吃面条，许唐成送他衣服、手表，他惹了麻烦许唐成给他擦屁股，甚至还有许唐成睡觉的时候喜欢右侧卧……最后，他跟企鹅说："不知道他现在睡不睡得好觉。"

"我觉得他们这个科考队的窗帘不错，比我之前买的还遮光，你觉得，我跟他们买一套行不行？但是这儿的窗户都很小，我是不是应该多买几套，然后拼起来？"

企鹅看着他不说话，易辙又问："你说他们卖不卖？"

"他……不可能忘了我吧。"

过了一会儿，企鹅约是终于嫌他烦了，或者是觉得已经听完了这个男人的故事，在易辙又低着头重复最后一句话时悄悄走掉了。

面前空空的，易辙站起身来，转了个圈，也还是没寻到那位听众的身影。易辙第一次这么具体地感觉到孤独，四周全是冰川，衬得他太渺小。

向着天空长舒了一口气，他这才扛着大箱子缓步往回走。

至于电话，其实这里是可以打卫星电话的，易辙也在赵未凡的强烈要求下打过一次，满足了赵未凡的好奇心。不仅是好奇心，还有显摆心——她的室友、隔壁宿舍的女生听闻她在和南极的人通话，纷纷过来参观，偏偏赵未凡突然被人叫走，易辙硬是和几个不认识的女生聊了十五分钟。从那之后，易辙便剥夺了赵未凡的通话权利，将两个人的来往严格限制在邮件上。

易辙很想给许唐成打一个，哪怕是纯粹让他感受一下这么远距离的卫星电话，或者也让他能跟别人显摆一下。可是来到南极之后，连刷银行卡都成了不可能的事，两个人已经像是彻底断了来往，只能靠着一颗心，想着，念着。

不过这样也好，他这么久不刷卡，许唐成就该知道他在南极了。

徐壬过来的时间不凑巧，刚来没一个月就开始体验极夜，所以好不容易熬过了漫长的黑夜之后，他立马嚷嚷着要出去拍照，要去极点拍照。山哥被他念叨了半个小时就烦了，指着某个方向说："极点不就在那边嘛，那儿有个牌，去吧，你们俩去拍吧。"

"不行……"徐壬说，"咱们三个一起啊，不是团队吗？"

山哥心想怎么平时管你的时候没听你把团队挂嘴边。

饶是如此，徐壬还是一手拉了一个，把两个人硬拽去了极点。

这还不算，走到那儿以后，徐壬看了看牌子两边插着的美国、英国国旗，从包里掏了三面手摇小国旗，给他们一人递了一面。

山哥一看，乐了："准备得还挺齐全。"

"我不拍，"易辙说，"我给你俩拍吧。"

"别啊。"尽管山哥也是个不爱照相的主儿，但在经过一番思想斗争后，还是和徐壬站在了一面，"极点呢，你在这儿拍个照片，以后给你媳妇给你老婆也能讲讲你的光辉历史，老牛 × 了，快快快。"

"媳妇和老婆不是一个人吗？"徐壬笑得特别大声，"山哥你是冻傻了吧！"

"给你媳妇给你孩子！"山哥一把把易辙拽过来，冲着正在摆相机的徐壬吼，"就你话多！"

照片定格时，易辙正被山哥和徐壬的斗嘴逗笑，所以后来许唐成从别人的手机里看到这张照片，看到的是一个离开了他很久的、浅浅笑着的易辙。

回去的那天，山哥和徐壬都是归心似箭，唯独易辙是在紧张。山哥以为他是在南极待了太久，所以再一坐飞机身体不舒服，赶紧问要不要找医生看看。

易辙摇摇头，鼻尖上不知怎的冒了汗。

飞机起飞，拉高，告别了这片他生活了一年的极寒土地。

他们依旧是先跟着到了美国，稍做休息，再转机到北京。从飞机上下来，走在长长的通道里，易辙有种恍若隔世的感觉。并不讨喜的空气，并不讨喜的人群密度，却让易辙觉得这才是回到了真实的世界，结束了先前的与世隔绝。

山哥回头问要不要捎他回去，易辙礼貌地拒绝掉，说自己还要去买点东西。山哥是有未婚妻的人，眼看都到了出口，视线已经是满场乱飞在找那个要跟他纠缠一辈子的女人，所以他也没勉强，跟易辙说回去好好休息，明天出来聚一聚，加上实验室的几个同学，他请客。

易辙在机场随便找了家店买了点吃的，刷了卡，算作汇报行程，然后依旧乘地铁回家。

机场线的票价还是二十五块钱，13 号线还是很挤，脑子里……也还是许唐成曾在他耳边说过的回家路。

出租屋许久没人住，屋子里的味道并不太好，往常过个年回来，许唐成都会在进门后一边换鞋一边嘟囔："赶紧通风赶紧通风。"所以易辙也像许唐成一样，把能开的窗户都打开，顾不上休息，又找了块抹布去擦已经堆积明显的灰尘。

奔波这么久是真的很累，易辙干完活儿，本来只是想躺在沙发上歇一会儿，结果没意识地就睡了过去。

可能是家里的暖气积了气，屋子里有些冷，易辙是在半夜被冻醒的。脸颊上不太寻常的触感让他反应了一会儿，才想起这是在北京，他已经回来了。

他醒过神，慢吞吞地起身，在空荡荡的屋子里转了一圈，还是到了卧室的门前。

站了约有一刻钟，手放上门把两次，易辙仍然没有打开那扇门。

第二天晚上，易辙按照时间去了山哥订好的餐馆。来的都是熟人，目的很纯粹，为他们三个庆功，接风洗尘。

聚餐、KTV，以"友谊地久天长"为主旨的一条龙依旧未变。易辙吃饭时喝了不少，到了KTV，便昏昏沉沉地坐在沙发上，听着一群人鬼哭狼嚎。别人还好，就是共同在南极战斗过的山哥和徐壬坚持不放过他，没完没了地要求他唱歌，易辙说不会，山哥便反问："你看这儿有谁会？"

终究不想在这个场合扫了大家的兴，易辙站起身，到点歌台点了一首《晴天》。前奏响起来，字幕出来，已经有一个周杰伦的铁杆粉在拍着手尖叫。

"我最喜欢的歌！我要合唱我要合唱！"

徐壬一把将这个男的摁下："合什么合，你一会儿单点！"

易辙真的不会唱歌。就这么一首歌，他曾经足足练了三个月。

是因为想着有一天要唱给许唐成听。

一首歌唱完，易辙还没来得及追怀感伤，大家已经在夸他深藏不露。徐壬起哄得最为厉害，非要让他再来一首，易辙笑着求饶，忙把话筒塞给他，让他来唱。

易辙揉着脑袋躲到角落里坐下，看着前面渐渐开始不清晰的光影，忽然有种大梦一场的感觉。

大梦一场，仍在梦里。

他好像又看见了许唐成靠在他的肩头跟唱着这首歌，一根食指绕在了自己的小指上，一下下拨动着。那时他是什么样的感受呢？心跳加速，忐忑，却极度留恋着这种不真实。

易辙对着五彩的光笑了笑，那晚是他们的开始，许唐成的一个决定，使得这些梦都变成了顺理成章，他的生命里有了一个最值得炫耀的人。

徐壬算是麦霸了，唱得也不错，不算是折磨大家的耳朵。今晚的歌易辙大部分都没听过，即便有耳熟的，他也不知道到底是什么歌。徐壬点了一首演唱会版本的歌，易辙看到歌手的名字，记得这是徐壬最喜欢的一位歌手。这时有人在下面喊了一句："厉害啊徐壬，粤语歌。"

大家跟着笑、跟着夸，易辙也弯着嘴角看着他们。

徐壬站在包间的中央，歌的第一句是闭着眼、双手捧着话筒唱的，深情得很。有人知道徐壬已经成功追到了爱慕的女生，便举着手机蹲到徐壬的斜前方，要帮他把这么深情的演唱拍下来。徐壬跳不出他爱耍宝的性格，对着镜头比画着各种抒情动作。

开始时，易辙是真的在看热闹，他只是听着这歌有点耳熟，但是记不清是在哪里听过。直到徐壬模仿屏幕里的男人说了一句粤语，音乐稍强了一些，易辙才突然碰触到记忆里的一个点。

他回过神，歌曲刚好到了高潮的部分，徐壬转过身，对着后面坐着的一排人喊："多谢！"

有人配合地起身同他握手，可徐壬走到易辙身边，易辙却睁大了眼睛，愣怔地看着屏幕。

生日歌……

易辙突然起身，他撞到了身前的徐壬，歌曲的演唱也被打断。

"这是什么歌？"

是什么歌，他刚刚只看了歌手名，没注意看。

徐壬被他抓着肩膀，愣了。

易辙于是又问："是什么歌？"

讷讷地，徐壬说了几个字，放在他肩上的手也忽然滑了下去。

"抱歉，我突然……有点事。"

说完，易辙拎起了衣服，冲出了门。

怎么他说什么你信什么？

生日歌？

摄像机虽然留了下来，但易辙没有听许唐成的话，他从没有打开过。想他的时候根本不敢打开看，因为觉得看见那些画面，自己也只会更难受。

易辙打车回了出租屋，路上用手机搜索了那首歌，看完歌词的一瞬，易辙觉得自己两年的修行都废掉了。

他下了出租车一路跑上楼，然后从柜子里翻出那个摄像机，装上电池。

他迫不及待地想要验证自己模糊的记忆，但摁下回放按钮，跳出来的却并不是他所熟悉的任何一帧画面，而是许唐成的半张脸。

手指顿了顿，易辙忽然意识到什么，不敢相信地摁动了播放按钮。

屏幕里的画面摇摆了两下，许唐成似乎是调整了镜头的方向，然后坐到了身后的椅子上。

不知是不是因为刚才跑得太快，紧张的精神松懈下来，易辙一下子脱了力。他一屁股坐在冰凉的地板上，看着小小的屏幕里，那个两年前的许唐成。

"易辙。"

许唐成展开了手里的一张纸，叫了他一声。

停顿的间隙，易辙轻声应道："嗯。"

许唐成笑了笑，说："本来离开前，有很多话想跟你说的，但我现在太难过了，对着你说，怕是又要哭，而且我呢，多少受了家庭的影响吧，或者是跟性格有关系，我不擅长去直接表达情感。可有很多想和你说的话，我又不想只留一封信给你，所以决定录一个视频。接下来的话或许会有一些……肉麻，你要喜欢。"

说完这些前情和预告，许唐成才像是进入了正题。易辙伸直了两条腿，找了个最舒服的姿势，开始听许唐成的留言。

"易辙，这封信，有两个主题，第一个主题，是对不起。

"这么久以来，其实我一直都想跟你说声抱歉，确切地说，是很多声。说起来，明明我的年龄比较大，可是一开始却是你在靠近我，而我不知道怎么回应你，所以犹豫、躲避。"许唐成说到这里，对着镜头笑了，"对了，那次聚餐，没有坐你旁边的座位，我真的很后悔。

"还要说对不起的地方，当然是我们暂时的分别。很久之前我就知道我的家庭会成为一个巨大的阻力，可是对不起，易辙，这么久，我都没有想到好的解决办法。因为我一直想不到办法，所以一直拖着，拖到被发现，于是受到了激烈的反对。可是易辙，整件事情，让我最痛苦的并不是家里人激烈的反对态度，而是我的没有立场。我知道我爸妈传统，但让我不知如何是好的是，我发现我一直在接受着这些传统的思想。前面的二十多年，我理所当然地享受着他们传统的爱，我没有在我妈给我洗衣服、送饭、交钱，甚至在我读大学之后帮我买车的时候说过你们的爱太传统了，我要独立，要过我自己的人生，你们不要管我，那么我也不可以在我发现了这种传统的爱束缚的一面时，就告诉他们你们这种爱是错的，我是独立的、自由的，你们不该用你们的爱来管束我。永远只拿出对自己有利的一套理论，这不叫独立自由，这是自私。所以我想跟你道歉，是我做得不够好，才让我们经历了这么多。和你说这些，也是想要告诉你，我同意离开，不是因为我更在乎家人，甚至，你是那个我想藏起来的、更为特别的人。

"这就进入了第二个主题。其实这么久,我总觉得我对你不够好,总觉得我还可以对你再好一点,甚至有很多时候,我会觉得我不值得你对我这样好。我会这么想,是因为你真的太好了。"许唐成说完,朝着镜头笑了笑,"是真的太好了。你比我勇敢、比我坚定,我的性格里还是有懦弱、胆怯存在的,可你没有,你的表达方式都是直接的。可我没有做到,我瞻前顾后,处理不好太多事情,每当这种时候,我都会觉得自己不值得。甚至,我还需要顾及家人,连这样我都会觉得我给你的爱太少了。这一点,我以后会更加努力,你可以把这个视频以及摄像机包里的信留作证据,日后考核我。

"我知道你很害怕分离,我也是。我录这个视频,就是怕你害怕。你在酒吧跟我说,让我不要忘了你。这里我就要批评你了,我让你这么没有安全感吗?我怎么可能忘了你。但是这里也还要表扬你,因为这个问题我从来没想过,我从来没想过,你会忘了我。看,你多伟大。所以,这里又是我做得不好,以后会好好纠正你这个想法。

"还想要说一件事。前几天你带我去的那个斜坡,那里我也要道歉。因为刚刚往下冲的时候我太害怕,所以我没听你的话,不小心睁了一下眼睛。然后……我看到你并没有真的全松开车把,你是也在害怕吗?害怕摔到我?那我们这次做一个约定好不好,等我回来,你再带我去一次那个斜坡,到时候我不睁开眼睛,你也真的把车把全松开。我们谁也不要怕。

"最后一句,易辙,不管你信不信,遇见你是我最大的幸运,从前是,以后也是。"

许唐成是多内敛的人啊,易辙从前没听他这样直白地表述过自己的情感,可也仅仅是没听他说过而已。要不是这只是一个视频,易辙简直想反驳太多了。

什么不值得？

什么做得不好？

再没有比你更好的人了。

但即便许唐成在面前，易辙大概也说不出了。他握着摄像机哭了，很狼狈地用袖子擦着脸上的泪水，然后继续按动按钮，找到了那个在蓝色港湾的视频。

他让许唐成给他唱生日歌，许唐成哼了一个调子，还说，这是厄瓜多尔的生日歌。

他竟然信了。

这个骗子。

许唐成明明在那么久之前就考虑好了，他清楚地知道会面临怎样的两难局面，但他还是接受了，让自己站在他的身侧，并且对于困难只字未提，给了自己最美好的几年。

也明明在那么久之前，他就已经告诉自己一切。

许唐成唱给易辙的生日歌，是《一生中最爱》。

谭咏麟，1991 年。

第二十八章

不骗你

　　处在旺季的旅游城市，堵车的时间和人们的热情成正比。为了应对，许唐成买了辆小电驴来满足日常的代步需求。

　　这里的路和北京不同，多坡，多起伏，骑起小电驴来有种风驰电掣的感觉。慢慢地，许唐成多了一个爱好。有时是清晨，上班前，有时是落日时分，有时是被大太阳炙烤的正午，也有时是仍保有热度的夜晚，他会穿着大裤衩，骑着车，穿梭于一条条宽阔或狭窄的道路。那些时候他其实什么都没想，只偶然觉得自己在做着和某个人相似的事情，身影也在和那个人重合。

　　唯一特别的事情，是在一个夏天，再次见到了成絮。

　　成絮回北京忙毕业的事情，得知许唐成来了海南，特意飞过来看他。成絮将头发剃短了很多，站在机场里冲许唐成招手的样子，和许唐成记忆里那个软软的男生有了不小的差别。

　　但等许唐成走近，成絮微微低垂了视线，腼腆一笑，许唐成又觉得他没有什么变化。

　　他带成絮去吃了一家清补凉，坐在冷风充足的店里，成絮问他："你和易辙，出什么事了吗？"

　　已经太久没有人在许唐成的面前提到这个名字，也已经太久没有人同自己谈论他。

许唐成用手里的小勺子一下下捞着蜜豆，轻轻笑着摇头："没有，只是家里的态度比较激烈。"

"那怎么办？"

"我慢慢劝呗。"

其中坎坷，许唐成用三言两语道过，成絮没有追着问，但人的变化是坦诚的，他能明显感觉到，面前的这个许唐成，有了更多的心事、更多的沉默。

旁边座位的两个女生起身离开，许唐成看着对面垂着头的人，终于问："你呢？有喜欢的人了吗？"

迟疑了那么两秒钟，成絮才抬起头。这迟疑便已经告诉了许唐成答案。

"先吃吧，"见他张了张嘴，却没说出话，许唐成便说，"这儿人多，等会儿聊。"

走出店门，成絮说想去海边溜达溜达，许唐成立即笑了，问他，在海边那么久，还没看够吗？

成絮推了推眼镜，在热风中跨上许唐成的小电驴："不一样的感觉。"

亚龙湾就在不远处，这个时间沙滩上也没什么人，他们两个找了个阴凉处坐下，望着海面安静了好一会儿。

"其实当初我离开时，向你隐瞒了一部分原因。"成絮转过头来，坦坦荡荡地迎视着许唐成的目光。

不知怎的，一幅画面跳到许唐成的眼前——是成絮崩溃的那一晚，交叠在酒吧一角的身影。他心中有轻微的震动，而成絮已经低下了头，用一根手指划着脚边的沙子。

沙土翻出，露出一个名字。

许唐成看到了那个逐渐在沙中浮现的人名。

确认他看到了，成絮只略微停了一会儿，就又用手掌将那个名字轻轻抹去。

"去酒吧的那个晚上，我忽然发现，我一点都不了解我自己。我不明白，我明明那么在乎一个人，怎么还会对另一个人有依赖感，我是……"成絮的眼睛里有疑惑，也有犹豫，"渣男吗？"

"胡说什么。"许唐成搋了他脑袋一把，说，"感情的事情，可能有时候就是会自己也不清楚。没准儿你的情感，并不像你以为的那样。"

"那是什么意思？"成絮问。

"可能……只是因为他大你几岁，你又从小就对他有些崇拜和依赖的情感在，所以才会觉得对他的情感很特殊吧。我也说不清，"许唐成自嘲一笑，"就是……很复杂吧。"

谁也说不清，两个人便又共同沉默。

"其实如果你愿意的话，可以看看有没有合适的机会，和他说一下……"

"我说过的。"

他话没说完，就被成絮打断。

"说过？"

"嗯，"成絮点点头，轻轻抿了抿唇，"我走的那天，郑以坤不是也来送我了吗。他跟我说了几句话，大意是让我以后不要谁都相信，不要对谁都一片真心，还说，让我不要再联系傅岱青了，他没有我想象中那么好，不值得，说我以后会遇见一个真的好人。然后我就问他，你是好人吗？"

成絮说到这儿，许唐成已经能猜出郑以坤的回答。

"他说，他不是。"

成絮在三亚住了三天，许唐成没让他在酒店住，直接给领回了家。周慧还记得他，好吃好喝地招待着，没有半点怠慢。

成絮离开那天，许唐成带他去了一家他平日常去的早餐店，店名许唐成很喜欢，叫"大树下"。

想让成絮将这里的花样都尝尝，许唐成便要了一份海南粉、一份海南面。等待上餐的工夫，许唐成问成絮决定了在哪儿工作没有。成絮没有什么犹豫，说："我家那边吧。"

"不留在北京吗？"

"不了吧，虽然北京也有比较合适的工作，可是当初去那里就是为了傅岱青，北京离我家那么远，我自己留在那儿也没什么意思。"

吃了饭，许唐成将成絮送去机场。在成絮和他挥手告别，已经转了身、朝前走时，许唐成又叫住了他。

成絮回头，许唐成上前几步，倾身抱住了他。

和几年前一样，许唐成同样是看着成絮走进安检的队伍，但这次没有那么担心了。

回去的路上，太阳比来时更烈。许唐成眯着眼睛，停下来等红灯。许唐成忽然想，他那里，还是冰天雪地啊。

许唐成想起自己曾答应陪他去看雪，但到头来，却是他一个人，住在了大雪的尽头。

信号灯不知变了多久，后面有人在鸣笛催促，许唐成回过神来，发现自己忘了离开。

从到了这座城市之后，许唐成一直很忙，公司里只要有一个加班的，就会是他，超市里保质期三天的鲜奶，他永远都会忘记买。

他天天骑着个小电驴乱窜，连个防晒霜都不涂，自然躲不过被晒黑。许唐成不怎么照镜子，日积月累的变化，身边的人也多不会有所察觉，直到这天脖子上一直痒，许唐成脱了上衣，对着镜子想看看是怎么回事，才发现自己的手臂和脖颈处都有着很明显的黑白分界线。

许唐蹊正好过来给他送水果,看见他裸着的上身,也立马发现了。

"哇,哥,这都冬天了你怎么还没白回来?"

许唐成明明是不易晒黑的体质,即便夏天黑了点,也能很快恢复过来。

冬天了。

许唐成的感知有些虚幻,他怎么觉得,前几天自己还穿着短袖呢?

"哥。"

他低头,看着自己的手臂愣神,一旁站着的许唐蹊忽然问:"你是不是想易辙哥哥了?"

迟了一小会儿,许唐成才回过神来。他没有回答许唐蹊的问题,而是套上了一件长袖,撸起半截袖子,将胳膊伸到许唐蹊的眼皮底下。

"我在想,我是不是比他还黑了。"

许唐蹊立马"咯咯"地笑,笑完了,弯着眼睛道:"我觉得,虽然你晒黑了,但还是比易辙哥哥白很多的。"

兄妹两人对易辙肤色的名声"图谋不轨",许唐蹊把脸往一个抱枕后一藏,露出一双眼睛,问许唐成:"易辙哥哥知道我这么说他的话,会不会伤心?"

"不会。他会说……"迅速否定完,许唐成模仿着易辙认真的语气,说,"'嗯,我觉得也是。'"

见着这模仿,许唐蹊更是笑个不停,直呼太像了。

两个人说笑了一会儿,许唐蹊才举起手机,问许唐成:"哥,你看了这个没有?"

是他们学校公众号发的一篇文章,标题是《他们的南极一年》。

看见这标题的第一眼,许唐成就知道里面一定有易辙。

他拿过许唐蹊的手机,缓缓下拉页面。

"易辙哥哥原来去了南极呀？他是学的什么专业啊，为什么能去南极？"

"临近空间遥感，"许唐成说，"具体的我也不是特别懂，这篇文章里不是写了一些吗？"

许唐蹊吐吐舌头："我只看了提到易辙哥哥的部分，别的看不懂，也没细看。不过我看见最后一段说，他们这次收集的数据，让他们这个团队在这个领域至少领先六年，好厉害啊！"

许唐蹊看了个大概，许唐成却是在一字一字认真地读着这篇文章。

"嗯，"许唐成无声地勾起嘴角，说，"他一直很厉害。"

"对了哥，我拿给你主要是想给你看，里面有易辙哥哥的照片！在最后！"许唐蹊等不及，伸出一根手指在屏幕上滑了两下，直接滑到了最后的配图区。

配图有几张，有冰川，有极光，还有一张似乎是他们住的地方——五六栋不高的房子，背靠着只露出了半截的冰山，照片上的天色是半暗的，天空的颜色比道奇蓝稍深。房子上无一例外地挂着雪，三角房檐的顶角都亮着一盏灯，照亮檐下房门。

是他住的地方吗？

"你要看最后一张，最后一张才是他们的合影。"

界面又被朝上拽了拽，于是时隔两年，许唐成再一次看到了易辙。他和另外两个男人并肩站在一块白底蓝字的牌子前，牌子上加粗的字写着："Geographic South Pole"（南极点）。

牌子被他们挡住了半块，中间露出一块简易地图，右边还有几行字。

他包得太严，许唐成将将能看见眼睛、鼻子和半张嘴巴。可以看出他在笑，这让许唐成的心一下子柔软起来。

许唐成将图片放大，可放大后的人是模糊的，让许唐成的心里顿时生满了遗憾。

"唉，这个看不清啊，"许唐蹊同样懊恼，又好奇地问，"这是在南极点吗？哥，看看牌子右边的字是什么？"

许唐成的手指向左动了动，两颗脑袋凑在屏幕前，研究着那块作为背景的牌子。

"Robert F. Scott, January 17, 1912. The Pole. Yes, but under very different circumstances from those expected."

（"罗伯特·F. 斯科特，1912 年 1 月 17 日。极点。是的，但是与预期的环境大相径庭。"）

"这是什么啊？这个人是谁？"许唐蹊问。

"应该是那个英国探险家，第二个到达南极点的人。"许唐成想了想，"挡住的那一半应该是第一个人写的话吧。"

许唐成凭着自己的知识答了这么一句，但其实有些心不在焉，他又挪了挪手指，想再看看那张不太清楚的脸，却忽然被许唐蹊拽了拽胳膊。

"妈。"

听见许唐蹊唤的这一声，许唐成从屏幕上收回视线，朝门口看去。

周慧笑了笑，走进来，手里不知道拿着什么。

"唐蹊，我跟你哥说几句话，你去帮你爸看看那手机怎么弄。"

许唐蹊看了许唐成一眼，点点头，接过手机，出去了。

周慧坐到了床边，许唐成弯腰将自己刚换下来的衣服整理好，放在了靠近门口的凳子上。周慧盯着那摞脏衣服看了一会儿，轻声问："唐成，这两年，你怪我吗？"

"不怪。"许唐成还在想着刚才看见的文章和照片，但也没耽误回答，看到周慧有些迟疑的眼神，又补充，"我没什么立场怪你们，决定是我做的，路是我走的，要说怪，也是怪我自己没走好。"

"你现在，还是放不下吗？"周慧问了这个问题，却似乎并不想听到答案。她苦笑着说："你说不怪，可我知道你多少都还是因为我们不高兴的。"

"没有。"

"你有没有的，我能不知道吗？"

这次，许唐成沉默了。

其实周慧说得没错，即便他懂得所有的道理，明白自己没有资格，可偶尔，想念和心疼的情绪还是会打败理智，占据上风。

"我真的没有怪你们，我理解你们的不理解，只是有时候，我也会觉得不公平。我知道你们是担心我的未来，但是总不能因为担心老了以后的生活，就放弃前面几十年的人生吧？"许唐成看着地面摇摇头，语气是平淡的，"在我看来，不该这样。"

"嗯。"周慧勉强笑了笑，说，"或许你说的，也是有道理的吧，只不过我和你爸，这么多年，就是这种思想了。我们总想你们都能安安稳稳地过一辈子，不求名不求利，平平安安的就好，我们……没那么开放的思想，希望你别怪我们。"

这话里的意思耐人寻味，是道歉，却似乎也是在表示着周慧的动摇。

许唐成有些愣怔，方有这种猜测，他就已经突然紧张起来、期待起来。

他直勾勾地看着周慧，果然，周慧在与他的对视中点了点头，说："你去找他吧。"

艰难困苦的修行期满，被宣布得到自由的一瞬，喜悦和畅快其实并不会那么及时地到来。积累的情感太多、太厚重，情感的转换反而是沉重、庄严的，就像漫天大雪中，艰难易辙的车轮。

"但是奶奶那儿，不要说了，上次体检她身体不好，就还是先瞒着她吧，至于家里其他人，我帮你去说，你也不用担心。"

"妈……"

胸口堵得发烫，许唐成说不出话来。

"说实话，我到现在也还是担心的。但是……我之前说让你们别联系，可两年了，你每天是怎么过的，我都看在眼里。我不敢再这么耗着你们了。"周慧的妥协多少混着无奈，她实在是怕，怕这样耗下去，先撑不住的会是许唐成，"既然你们坚持，那你们的路你们就自己去走吧，我们不管了。"

你们坚持？

像是知道了许唐成的疑惑，周慧擦了擦眼泪，将手里一直拿着的信封递给他。

"是那孩子写给我的，从南极寄过来，寄到了咱们 C 市的家。信寄过来有一阵了，楼下的王阿姨看见，告诉了我，我让她又给邮到这儿来。"周慧抹了把脸，红着眼睛笑，"还是头一回，收到这么远的信。"

看着信封上一个个陌生的邮戳，许唐成都没得立刻打开。

"他跟我说了挺多的，但是最主要的，是让我不要担心，说……一定会好好照顾你……"

许唐成抬眼，发现周慧的目光一直盯着自己手里的信。

想起来信最后的那几句话，周慧那种五味杂陈的感觉又回来了，无奈，好笑，熨帖……心情复杂，但她清晰地知道了，自己拗不过许唐成，也拗不过给她写下这封信的那个人。

"他说，他比你小六岁，现在也一直在坚持锻炼身体，即便你老了，他也一定能健健康康地照顾你。以后，他给你养老，给你送终。"

两滴泪落了下来，周慧还坚持在笑："这孩子，把我最后的不放心也保证进去了，我再没什么话说了……看得出来，他是真的把你看得很重要。"

给他养老送终？

怎么有人能说这种话？

短暂的震撼后，许唐成不知该哭该笑，他惦念着，感动着，心里一塌糊涂，没来得及有明确的判断和感想，眼眶已经先不争气地热了。

易辙为了许唐成，什么都说得出来。

他对许唐成一向说话算话，所以，也什么都做得出来。

"妈。"

周慧说完了想说的，起身要走，许唐成却开口叫住了她。

"妈，虽然你们同意了，可我还有几句话想说。"

望见他的表情，周慧随即往回走了两步，重新坐了下来。

"你说得对，在他心里，我一定是最重要的那个。甚至可以说，是唯一重要的。"许唐成用手背蹭了蹭眼睛，将信封翻了个个儿，妥帖地收在手里，"其实当初，是他让我跟你们过来的。我知道他有多不想让我走，可是他舍不得让我难做，也舍不得让你们那么难过，所以他跟我说，让我走，他自己能扛着。你说怕我们老了以后没人管，他就说他管我……他就是这样一个人，没有旁的，满心想的，不过就是我。"

周慧低着头沉默了一会儿，点点头，也算是终于认同。

"我以前睡不好，他就到处去给我买遮光性好的窗帘，我手凉，他就想着给我焐，别人故意惹了他，他明明没有错，却可以为了我去道歉……他的好是我怎么说都说不完的，以后你们也会知道他有多好。"许唐成顿了顿，终于在周慧等待的目光里，进入了正题，"妈，我很感谢你们的认同。现在我跟你说这些，不是想炫耀，也不是提前帮他说好话，是因为还有件事，我必须让你们知道。"

周慧的接受是彻底的，也是真诚的。她点点头，对许唐成说："你说。"

"这件事是，我和他一起，从来都不是我做了多大的牺牲、多大的让步。"许唐成摩挲着手里的信封，低头，笑得很浅，"能和他在一起，始终都是我的幸运，我从来没委屈过。"

他不知道他到底做了什么，才成为易辙世界里的那个与众不同的存在，但他始终感谢那时的自己。

周慧走了，许唐成还捏着那封信，没敢看。

他早就收到了自己银行卡的消费短信，他知道，易辙现在就在北京。脑子里有无数个混乱的念头，最清晰的一个，是他应该立刻订一张回北京的机票。

手机在充电，许唐成扑到桌上，刚拿起手机，却先有电话打了进来。

哪怕两年不联系，这个号码他也不会忘。他迅速接通，将手机举到耳边时，都忘了充电线还拉扯着，手臂被牵得一颤，他慌忙用另一只手拽掉了线。

"喂？"

用干涩的嗓子说了这样一个字，对面的人却迟迟没有答复。

怎么不说话？

喝多了，所以才打的电话吗？

"易辙，我……"

他撇掉脑中的一堆猜测，迫不及待地想要告诉电话那端的人好消息，却被一声不大客气的呼唤止住。

"许唐成。"

听见这一声，许唐成愣了愣。

没打错电话。

没喝多，清醒的。

没打错电话也没喝多的人在清醒地直呼他大名。

"两年不见，长了不少出息啊？"放松下来，许唐成也不再像刚刚那样着急。他的质问带着鼻音："没大没小的，叫谁呢？"

他在开玩笑，那端的人却并不配合。易辙又一次连名带姓叫了他一声，不待许唐成应，又用同样硬邦邦的语气说："你骗我。"

这控诉，让许唐成摸不着头脑。

"你给我唱的，根本就不是什么厄尔瓜多的生日歌。"

终于明白了他这是为了哪般，许唐成只觉得心里头无限陷落了一角，偷偷藏了一个冬天的夜晚。那个夜晚，有一个始终对着自己的镜头，一句句讨要生日礼物的话语，还有跨过金色台阶，向他奔来的人。

"不是厄尔瓜多，"许唐成逗他，说，"是厄瓜多尔。"

"什么瓜都不是。"易辙突然哽了嗓子，声音很低，"你骗我……"

他突然的转变，让许唐成意识到他并不对劲儿的情绪，有些慌神。

"我的错，我的错，我是骗你了。"怕他哭，许唐成赶紧乖乖认错，"易辙，你在哪儿，在家吗？那你在家等我，我去找你行不行？"

他决定不再跟他隔着电话聊了，他现在就想见他。

"不行。"易辙却说。

"嗯？"许唐成愣了，他站直了身体，将目光无目的地投向窗外摇摆的树叶，"为什么啊？"

树枝上落了一只鸟，仰着头，收了翅膀。

"从凤凰机场到你那里，要怎么坐地铁？"

"嗯？"许唐成下意识地说，"三亚没有地铁……"

话没说完，他立刻反应过来这话里的信息。

但不待他追问，易辙已经先一步开口。

"有，"易辙说，"机场线，三元桥换乘 10 号线，知春路换乘 13 号线。"

许唐成怔在桌旁，耳朵焐热了听筒。

"我来接你回家了，如果叔叔阿姨不同意，我就不走了，就一直求他们，求到他们同意为止。"易辙停了一下，像是在憋狠，"反正，我说什么都要接你回家。"

"易辙……"许唐成叫着他的名字，又没了音。

窗外又来了一只鸟，树枝一颤，身影成了双。

易辙，易辙，易辙，明明有着这样的名字，这个人却固执地，从不遵从。

"好。"许唐成说。

第二十九章

归有日

许唐成终于实现了用小电驴载着易辙兜风的愿望。

虽然两个大男人坐在一起有点挤，但许唐成觉得这小电驴的大小刚刚好。

易辙在三亚待了几天，用许唐蹊的话说，他们两个就像连体婴儿，恨不得上厕所都一起去。

时间不早了，明天还要上班，要在往常许唐成早就睡了。不过今天，他说："我们说说话吧。"

"好，"易辙躺平了，问，"想说什么？"

"你给我讲讲你在南极的事？"

"也没有什么太特别的，就是很冷。"易辙认真想了想，接着说，"我们是跟着美国人一起去的，不是在中国的科考站。去之前做了很多心理测试，因为那里是允许持枪的，长期在那种地方生活，容易导致精神不稳定，怕有人万一心理一个不正常，拿枪乱'突突'。其实做心理测试的时候，我特别怕我通不过，因为那段时间，我心情特别不好，好在最后都合格了。"

许唐成认真听着。

辛苦你了。

"在那边，基本都是吃肉，每周只有一天能吃蔬菜，蔬菜是从新西兰空运过去的。我在那儿待了一年，我那个位置又很靠近极点，算起来，感觉这一年要么极昼要么极夜，没几天正常的。极夜的时候看见了极光，很漂亮，我有拍，等回去给你看。但极夜除了有极光，就没有什么别的好的地方了，成天都见不着太阳，生物钟混乱，不知道现在到底是什么时候，真的很难挨。我跟我室友有一阵都脱发了，特别是他，很严重。本来我以为极昼会好一点，但其实也很难受，那会儿我基本上能体会到你那种想睡又睡不着的感觉。不过我们那个窗帘不错，遮光性很好，"说到这儿，易辙有点不高兴地抱怨，"但是我走的时候想跟他们买点窗帘，他们竟然不卖给我。"

许唐成笑："你买人家窗帘干吗？"

"给家装上啊，那个比我买的还好。"

许唐成听了，弯起腿，左摇右摆地笑个不停。

"我想想有什么好玩的事没有……哦，对了，极夜结束之后，他们裸跑比赛来着。"

"裸跑？在南极？"

"对啊，我发现他们是真的不怕冷啊。不过有一个美国人当时跑出去三分钟都没回来，搜救队就赶紧去搜救了。那个地方，冻个十分钟也就透心凉了……"

"找着了吗？"

"找着了。哦对了，在南极，特别容易迷路，因为周围都是白茫茫一片，没什么差别，也没有方向，稍微走远点就容易找不着回来的路。"

许唐成在黑暗里点点头，不放心地问："那你没有乱跑过吧？"

"我？"易辙刚想否认，想到什么，声音又心虚地低了下去，"有一次……"

"嗯？"

"但那是有原因的。我妈……"易辙静了一瞬，说，"去世了。"

向西蓂？

许唐成惊讶地转过头，他看不清易辙的脸，但大致能看到他正仰着脸，望着天花板。

"怎么会？"

"生病了却不治，去年去世了。当时我还是有点接受不了的，所以心情不好，没打招呼出去过一次。不过我又自己走回去了。"

他说完，好一会儿，两个人都没再说话。

"你知道吗？我忽然……有点喜欢她了。可是太晚了。"

许唐成无言地侧过身，拍了拍易辙。

"这两年，我想明白了一件事。以前我觉得她尖酸、刻薄，谁也不爱，可后来我忽然想，她其实不是从一开始就那样的。"易辙顿了顿，"如果她从一开始就是一个只为自己活着的人，就不会结婚，不会有我和易旬。所以我想，她以前，应该是个和后来完全不同的人。"

或许单纯，或许情深。

"嗯。"

细究起来，谁的过去都不是白白挥霍的，只不过如果这个人没成为你在乎的，你便永远不会去体味他的苦衷罢了。

"所以我想，如果她一开始遇见的就是段喜桥，是不是会更好。"

这一刻，许唐成听到这些话，才更加明显地体会到易辙的变化——他依然是那个单纯又勇敢的少年，但他在接纳着这个世界，接纳这个世界的好或不好、完满或遗憾。

寂静的夜晚没能掩住易辙的感怀，也没能掩住许唐成的。

"唐成。"

聊了许多，准备入睡的时候，易辙忽然叫了他一声。

"嗯？"

"这两年，你有没有想过我？"

许唐成本来眯着眼睛，正迎接睡意，听到这话，他便又陡然清醒了过来。

一句话将他带回了忙忙碌碌的这两年，他睁开眼睛，歪着脑袋凑近易辙的肩膀，认真地思考这个问题的答案。

"我也明白了一件事。"

"什么事？"

许唐成呆呆地望了天花一会儿，说："不一定是幸福美满的结局，才会让人充满期待。"

易辙尽力理解了，可还是觉得，许唐成这是在为难他。他在黑暗里看着许唐成的眼睛，说："听不懂。"

"听不懂啊？"许唐成用脖子撑起脑袋，笑，"傻乎乎的。"

易辙不介意他说自己傻，但立刻威胁："快说，什么意思？"

"意思是……"许唐成笑过了，解释，"让人充满期待的，是人。"

易辙于是又安安静静地理解，他把这些字一个个拆开来，又拼上。

"还是不太懂。但是，就当我没文化吧，我不懂这些深奥的，我就要幸福美满的结局。"

许唐成愣了一下，随即笑了。

嗯。

不知这算不算被打了个岔，易辙躺回去，又待了一会儿，才想起来："不对，你还没回答我。"

许唐成迷迷糊糊，说："刚刚不是回答了吗？"

"没有啊。"

"说啦。"

"没说。"

"说啦。"

易辙想起那听不懂的一句话，有点郁闷："那哪儿算啊……"

"算……"

易辙惦记了一个晚上的问题，到底也没得到他想要的答案。许唐成先睡了过去，易辙小声说："反正我每天都有。"

白天吃了太多水果，又喝了好几杯许唐蹊煮的花果茶，半夜，易辙不出意外地被憋醒，非常想上厕所。可他们本来就睡得晚，许唐成早上还要上班，易辙怕吵醒了许唐成，他睡不好，就一直僵着不敢动，试图让自己再睡过去。

但是这事不是说憋就能憋住的，易辙绝望地在床上躺了一刻钟，还是绷着身子，蹑手蹑脚地爬了起来，弓着腰身、微张着手臂下床的样子，活像一只到厨房偷吃的猫。

他没穿拖鞋，踮着脚去了屋内的厕所，但解决完出来，却发现床上的许唐成在翻身。

他心里一惊，飞速又同样小心地爬上床。见许唐成已经睁开眼，他小声说："吵醒你了？我上了个厕所。还早，接着睡吧。"

许唐成没说话，易辙见他闭上了眼睛，也跟着合上了眼。

迷迷糊糊快要睡着的时候，易辙却忽然听见一个声音，说："刚才醒过来，发现旁边是空的。"

易辙立刻睁开眼，这才发现许唐成不知什么时候已经彻底醒了，用一只手挑开窗帘，看着窗外的月亮。

有月光跑进来，停在他的脸上。这么安静的一幕，易辙忽然觉得像是看到了这两年里，孤身一人的许唐成。

"其实，也是想的。"

在易辙渐渐收紧手臂的过程中，许唐成说了这么一句。

看似没头没尾的一句话，易辙却很快明白，他是在回答那个睡前自己一直在追究的问题。

"就算故意把自己的时间排满，故意让自己忙得没时间，有些时候却还是来不及安排，也管不了自己的。"

自从他们再见面，许唐成就是温暖的、笑着的。他没提过这两年他是怎么过的，也没说过自己有多煎熬，就连刚刚易辙追问，他也没说一句。

但此刻，他的声音沉静，忽然没了平日的力量，透出了那种无力反抗的软弱。

"什么时候？"易辙心疼，轻声问。

许唐成放下了窗帘，屋子里回归漆黑，如同一个个相似的午夜，困着不小心梦醒的人。

"就是像现在这样，有时候晚上睡着睡着，忽然醒了。第一秒，第二秒，都还是不清醒的，什么都不知道的，但到了第三秒，眼睛还没完全睁开，就会想到同样的……一件事。就连刚才醒过来，我都还是在那么想。"

预感到或许终于要听到想要的答案，可易辙忽然又有点不想听，因为说着这话的许唐成太落寞，像是幼儿园里忽然找不到游戏伙伴的小朋友。

易辙不禁低头，问："想什么？"

"想……"

许唐成怔看着面前的漆黑，好一会儿，才缓缓说："想……易辙在好远的地方啊。"

带着花

易辙赖在海南不走，半个月后，才被导师以要做报告为由，硬催回了北京。他本以为只是给和这个课题有关的几位老师做报告，却没想到，老师告诉他，这次是要举办一个科普性质的讲座，面向高等院校与航天系统。易辙第一反应是想要拒绝，但想了想，又很快点了头。

晚上把这事和许唐成说了，许唐成在电话那端有些惊讶："你应该不喜欢做这种事吧？"

易辙站在几百人的面前侃侃而谈，这是许唐成无论如何也想象不到的画面。

"嗯……"略微沉吟，易辙说，"不是坏事，不喜欢也可以试试。"

许唐成忽然体会到了那种看着孩子长大的复杂心情。他其实从没期盼过易辙要变得成熟、稳重，他总觉得这个人曾经和现在的样子都是刚刚好，不善言辞也好，不喜人群也好，都没必要为了适应什么去刻意改变。毕竟，没有人能活得像个超人，而他在乎这个人，便觉得缺憾也是可爱。

许唐成需要留在海南把现在的工作做完，但在得知了讲座是在周一后，他便立即订了前一个周末的机票回京。

也算是个惊喜，他没有告诉易辙，下了飞机之后，自己偷偷去了学校，到了易辙的实验室门口。

易辙的座位是他自己选的，在靠窗的角落。站在门口，用目光寻到他，许唐成才忽然发现，明明从前他们在一起了那么久，自己竟然对易辙在实验室的样子没有什么印象——因为往常每次离开，都是易辙到他的实验室门口去等。

这样想着，许唐成便停着没动，想细细地多看一会儿。

易辙有同他一样的习惯，两耳挂着耳机，不知耳机里放的还是不是曾经那些"比较躁"的音乐。

屋外的人胡思乱想，屋里的人不知怎的，忽然一个抬头。许唐成赶紧收回身子退到墙后，过了那么一分钟，才又探出脑袋，看了一眼。

怎样的出场方式才能达到给人惊喜的效果，许唐成心里没什么主意。易辙面对门口坐着，悄悄溜到他背后的方案不现实，这又是有着很多人的实验室，他也不可能弄出什么大动静，所以等偷偷看够了，许唐成摸出了手机。

"易辙。"

消息发出后几秒，易辙就已经回了过来。

"嗯？"

许唐成露了半个身子，看着正低头握着手机的人。

"你抬头。"

如果说世间哪一幕最让许唐成觉得值得，那应该就是在一瞬间，易辙脸上的表情由平静无波转为雀跃。他的眼睛会一下子亮起来，嘴巴并不会立即笑开，而是无序地翕动两下，再朝两边蔓延出此时的样子。

易辙朝他大步走来，被扯下的耳机都还纠成一团，胡乱地被攥在手里。

"你怎么回来了？怎么不告诉我？"

楼道里有人经过，易辙说话时逐渐压低了声音，却压不住欣喜带出的急促。

"回来听易博士的讲座啊，"许唐成把他手里的耳机接过来，把线理顺，再一圈圈地，慢慢在手指间缠好，"事情多吗？我想今天晚上或者明天，带你去挑身正装。"

"正装？"

"嗯，"许唐成笑了笑，将缠成一圈的耳机线递给他，"不是要做讲座吗？"

虽然从没见过易辙穿西装的样子，但光是想想，许唐成就已经足够期待了。易辙的骨架比他的要大，许唐成想，就像那块手表一样，易辙穿起西装来，应该也是要比自己多几分英气的。

事实证明，许唐成的猜想并没有错。易辙换好衣服从试衣间出来，许唐成原本还在扒拉着衣服的手立马停在了那里。

"怎么？"头一次披上这种正经衣服，易辙浑身都不自在，他见许唐成愣了一样地站在那儿，忙问，"不好看？"

"不是。是……"许唐成迅速摇头，接下来的夸赞却因为没寻到太合适的词而迟了两秒，"有点太好看了。"

"有点太好看"的结果就是许唐成非常不理智地以超出预算两倍的价格，给易辙买了一身更为精致的行头。付款的时候，易辙还拧着眉毛，小声嘟囔说太贵了。

"以后要经常穿的啊，你很快就要找工作了吧，面试要穿，你同学已经有很多结婚的了吧，以后再参加婚礼也可以穿。"说到这儿，许唐成猛地打住，暗忖若是抢了新郎风头的话，好像不太好。

他这样想着，笑了出来。

"笑什么？"

"就是想……"

或许是因为某个关键词的牵扯，迎上易辙的目光，许唐成的脑海中忽然蹦出一个想法。

"麻烦在这里签字。"一个温柔的女声打断了许唐成的迟疑，他应了一句，低头签字时，还对刚刚那个想法念念不忘。

许唐成已经两年没再回他们的出租屋。两年前，他在离开前找到房东，说要续租三年时，那个阿姨有些好笑地回他："我又不会不让你们住了，这么着急干什么？"

怎么能不急？

时隔这么久，许唐成都还记得自己离开前那种惶惶不安的心情，他实在不知道要做些什么才能让易辙的这两年过得平顺一些，留下一段视频信、续几年的房租、和他交换银行卡，想到的这一件件事，在他看来也不过是杯水车薪。

好在……

房门打开，里面的一切都未变。

易辙把许唐成的拖鞋从鞋柜里取出来，放到地上。许唐成踩了踩拖鞋，又低头看了一眼："拖鞋有点旧了，改天去买新的。"

"好。"

坐飞机折腾了半天，又马不停蹄地去逛街、吃饭，一直有事情干的时候没觉得怎样，等洗完澡，泄下劲儿来，许唐成才觉得浑身酸疼，彻底没了力气。他用毛巾随便擦了几下头发，就将头半悬空地枕在床沿，躺了下来。迷迷糊糊间，已经握着湿漉漉的毛巾闭上了眼睛。

不知过了多久，感觉到有干燥柔软的东西覆在头上，许唐成睁开眼，看见了坐在身边的易辙。

"怎么这样就睡了？"易辙把许唐成手里的毛巾接过来，果然，见他新换上的睡衣已经浸湿了一大片。

"又困又累。"

易辙闻言起身，在床头插上吹风机："那也得吹头发，我帮你吹。"

许唐成半合着眼，一声笑，然后朝着床头滚了两圈，盘腿坐了起来。

枕头旁有个硬东西，许唐成碰到，摸起来一看，发现是他们的摄像机。

"摄像机怎么扔这儿了？"

"有时候睡觉前想看。"易辙握着吹风机站在一旁，轻声说。

许唐成打开机器，将画面调到了自己的那封视频信上。

"你看这个了吧？"

原本，很多话都该当面说才更有诚意的，可那时许唐成的心里并不比易辙镇定多少，他不觉得自己若是面对易辙，能够克制住情绪，将想说的都表达清楚，所以才提前写了稿子，又录了视频。

"看了。但是我看到得太晚了。从南极回来，我们聚会，我听到别人唱《一生中最爱》之后来翻摄像机，才看见你留给我的视频。"易辙顿了顿，"如果我早一点看到，会一天不耽搁地飞过去找你。"

说完，他推动了吹风机的开关，热烈的噪声中，易辙却又想，若是自己从南极回来以后就飞到海南去，是不是到现在都还不知道许唐成给他哼的并不是什么厄瓜多尔的生日歌。

"唐成哥……"慢慢地将许唐成的头发吹干之后，易辙忽然无比乖巧地叫了这么一声。许唐成还在因为刚刚易辙的话恍惚，听到这一声唤，有些迟钝地抬头看他。

一双灼灼的眼睛盯着他，眼睛的主人微微提着嘴角，问："你还骗过我没有？"

许唐成一愣，立马否定："没有。"

易辙没继续说话，而是把吹风机放下，从许唐成的手里拿过了摄像机。摁了几下，他将摄像机递回许唐成的眼前，说："你骗过。"

许唐成在满脑袋的疑惑中看向摄像机显示的画面，发现是那次在易辙家给他过生日，自己正在做饭的片段。

"想起来了吗？"

想起来什么？

许唐成眨眨眼，摇头。

易辙仔细想了想，关了摄像机："那算了。"

许唐成不知道易辙什么时候学会吊人胃口这招儿了，直到易辙收拾利落了，走去关灯，许唐成都还坐在床上一个劲儿催他快点告诉自己。易辙抿着的唇都快压不住笑了，关灯之后说："快睡觉。"

"我发现两年不见你还真长大了，啊？"许唐成歪了歪头，用一只手捏住他的脸威胁道，"快说。"

易辙低低地笑了两声，投降道："面条啊，想起来了没？"

C市家里的冰箱，从前对于易辙的意义就是速冻水饺的存储地。但去南极之前，他在那里面发现了一袋冻了不知多久的面条。

曾经年纪轻轻，不知道两个人吃的话到底应该买多少面条，不知道那一袋面条若是全部煮出来会多得可怕，也是因为年轻，所以说起豪言壮语来毫不含糊。

他曾经对着镜头发誓，说会把许唐成煮的面条都吃光，而许唐成那时在对着镜头笑，没有反驳他，没有质疑他，只偷偷藏起来半袋，纵容着他幼稚的誓言。

许唐成就是这样，做什么都是默默的，连对他也是。若不是机缘巧合，太多东西都会永远隐匿在他们平凡无奇的过往中。即便到现在，易辙也知道从前一定还有他不知道的太多太多细节。

郑以坤曾经问过易辙，为什么是许唐成。易辙没想过这个问题，也根本不想回答，当时他捧着那半袋面条蹲在冰箱前，接受着冷气的侵袭，就只想——幸好是他住在了许唐成的对门，幸好是他。

他遇上了许唐成，别人却只能与许唐成有个一面之缘，光是这样想，易辙都觉得自己命太好。

两个人都躺在床上，思绪都在兜着圈地转，但许唐成想的和易辙不一样，面条的事在他这儿不特别，另外的一件事，他却忍不住深究。

"易辙。"

"嗯？"

许唐成侧过身躺着："你是从南极回来之后，才看到的那个视频吗？就是我留给你的那个。"

"嗯。"

羽绒被轻飘飘的没重量，躺在底下，暖和的感觉也像是没有盖棉被那样实在。许唐成忍不住往另一边凑了凑。

"冷？"

许唐成摇摇头。

"没有。就是在想，你是回来之后才看到那段视频的话……"黑暗中，许唐成看不清易辙的眼睛，便抬起手，摸了摸。

"那这两年，是怎么过的呢？"

没听见他说的"等我回来"，是怎么过的呢？

许唐成还以为自己真的留给了易辙安全感，却原来，他还是自己撑过的两年。

这个晚上有种交错的和谐，如同许唐成不在意那半袋面条，易辙也并不在意这个问题。

"想着能再见过的啊。"他说，"而且，不管怎么过，不都已经过来了吗？"

快要抵挡不住睡意的时候，有一只手轻轻拍了拍自己，许唐成听到一个声音，就在他的耳边。

"睡吧。"

"易辙。"非常固执，许唐成又一次撑开了眼皮，"以前你生日的时候，我答应你陪你去看雪。可我想，你在南极已经看得够多了，应该不想再看了。

"那我们换一个地方好不好？"许唐成小声说，"我想带你去一个地方。"

"去哪里？"易辙问。

"要保密。"

许唐成卖关子，易辙则根本按捺不住自己的好奇心。他不住追问，最后许唐成实在困，枕着手臂，说了三个字。

"海边，花。"

去海边，带着花。

冰激凌

易辙努力压抑着自己剧烈的喘息，但看到病床上躺着的许唐成，胸口的起伏怎么也平息不了。楼道有些吵，他抬起手，想将身后的病房门关上，手指触到门把，易辙才发现自己的手一直是抖着的。

病床上的人像是感知到了什么，在门关上的一瞬间，昏沉地睡了一夜的人竟然睁开了眼睛。许唐成有些费力地转动着头，目光触及易辙因为奔跑和寒冷而有些泛红的脸，心里总算安定了下来。

病房内还有许唐成的几个同事，他们见着易辙，都起身同他打招呼。因为方才的运动和一直积累的紧张情绪，易辙此刻说不出话，也不想开口，便只朝他们深深点了个头，坐到了许唐成床头的凳子上。

"连夜赶回来的？"

易辙一直不出声，长久的对视后，还是许唐成先开了口。

"嗯。"易辙勉强从嗓子里挤出干巴巴的一声，仍旧沉默着。他的眼睛一直盯着许唐成看，许唐成注意到他微微红着的眼眶，不知是一夜没睡累的，还是因为掺杂了什么别的情绪。

许唐成想碰碰易辙，但手上挂着针，身体也实在没有力气。

同事们瞧出了易辙的低气压，连忙说了几句"已经没有大碍""领导说让唐成好好养着"之类的话，又默契地说公司还有事，打算撤走。

"谭哥……"易辙起身，叫住了他最熟悉的一个人，"我想去弄点热水，很快，能不能麻烦你们再帮我看他几分钟。"

谭哥和其他同事连声答应，还嘱咐他不用着急。

等易辙打回来热水，病房里便恢复了安静。易辙弄了一个暖水袋，帮许唐成敷在胳膊上，又用棉签蘸了水，一下一下帮许唐成蹭着嘴唇。

许唐成自知这事是自己不对，所以看到易辙紧紧抿着唇，脸上也是严肃的神情，愣是没敢出声，任由他照顾着自己。直到视线下移，留意到易辙被冻得有些破皮的手，才忍不住叫了他。

"易辙。"

易辙抬头，对上他的目光。

"我怎么感觉，你生气了？"

许唐成问得小心，这话一出，易辙手上的动作也顿了顿。易辙没有回答，而是帮许唐成把嘴唇擦好，手边的东西也都收拾好，才坐回到椅子上，如同泄了力气一般，重重叹了口气。

"怎么会把自己喝成这样呢？"易辙说话的声音很低，他压抑着自己的情绪，不想在这个时候数落许唐成，可没压住的皱起的眉头已经泄露了他的担心和着急。

"这有多危险，多伤身体。"

酒精中毒。天知道昨晚易辙从许唐成同事的口中听到这句话时，心脏都像抽搐了一样，又紧张又心疼。他昨晚一直联系不到许唐成，隐隐觉得肯定出事了——许唐成从来不会无缘无故和他断了联系，他们就算再忙，回到家或是睡觉前也一定是会给对方报个平安的。易辙立刻跟一起出差的人打了招呼，说需要提前两天回去。他想要买回程的车票，奈何出差的地方偏远，没有机场，也没有直达的火车。易辙打了车，想要到邻市去赶时刻最近的一班列车。就在出租车上，易辙接到了许唐成同事的电话。

夜色中，易辙只觉得那时两个人之间的距离太远了，而为什么偏偏又是他不在的时候，许唐成就出了事。易辙焦躁不安，一个劲儿催促司机开快点，直到司机被他催得没办法，说再快就超速了，不安全，易辙才用双手抵着额头，安静了下来。

虽然一路上都有许唐成的同事在向他报告许唐成的情况，但是没到病房，没亲眼看到许唐成，易辙这一颗心总是放不下来。

"对不起。"许唐成轻声说。他没有什么好辩解的，这事是他自己失了分寸。昨晚他们公司只有他和另一个女同事，他不得不喝，他以为自己能掌控住局面，没想到最后却失控了。

瞧着许唐成没有一丝血色的脸，易辙越看心里越酸。

"这什么破工作，等你好了就去辞职，不干了。"易辙帮许唐成把被子拉了拉，收敛着自己的情绪，忍了半天，还是没忍住，骂道，"让一个技术总监去应酬，这公司是要倒闭了吗？"

许唐成被他这赌气的话弄得想笑，但看到那为了克制情绪而硬被压下去的嘴角，他又实在笑不出来。因为许唐成知道，易辙比他还害怕进医院。哪次他生病，易辙好像瘦得比他还要多。

"好，辞职，不干了。"许唐成应道，哄着易辙。

易辙一夜没睡，许唐成想让他回家休息，易辙却是怎么都不肯。别说回家了，就是在病房，只要许唐成还在打点滴，易辙的眼皮就一下都不敢耷拉下来。就连赶过来帮忙照顾的许唐蹊都被易辙以没经验为理由，拒绝了她独自看守许唐成。

"虽然没经验，但是我会用心的，你就放心吧，易辙哥哥。"

易辙摇摇头。

回想起他第一次带许唐成进医院，那时候他有多少事不知道，有多手忙脚乱，他可不想让许唐成再适应一次别人的手忙脚乱。更何况，他知道，许唐成是个不愿意麻烦别人的人，若是真的留了旁人在这儿照顾，许唐成一定是什么事都能忍则忍，上厕所这种不方便的事就不说了，甚至连喝水、吃水果这些小事，一定也会被许唐成省掉一大部分。

唯独他易辙在的时候，许唐成才会不怕麻烦，才会不委屈自己。

所以易辙不会走。

许唐成心里明白易辙是怎么想的，便没坚持，还帮着易辙把许唐蹊劝了回去。等到护士给拔了针，他赶紧让易辙把边上的小床放开，躺下休息。

隔壁床是一位妇女，她瞧见易辙这寸步不离的样子，笑着说："你朋友这是真尽心尽力啊，再看看我家这位，说是来给我陪床，自己睡得比谁都香。"

她说着，用手拍了下伏在自己身边的人，那位丈夫一下子惊醒："怎么了？怎么了？不舒服？"

"没有，"妇女说，"喊你起来，把床放下，躺着睡吧。"

"哎哟，我怎么睡着了。"丈夫狠狠拍了拍自己的脸，那声音大到许唐成和易辙不由得对视了一眼，"我不用躺，你这还有半瓶呢，你睡，我站起来溜达溜达就不困了。"

看着男人起身，围着病床一个劲儿转悠，再看看身边还坐在小床上回着工作信息的人，许唐成便觉得胃一下子没那么难受了。

这怎么也算工伤，公司觉得这事对不住许唐成，又十分害怕真的失去这位人才，一个劲儿打电话让许唐成出院以后一定要在家休养几天，不要着急来上班，实在有什么要紧的事，也可以在家里办公。

易辙听到这最后一句话的时候，冷哼了一声，警告坐在副驾上的人——三天之内都不许碰电脑。

许唐成举起双手，表示自己完全承认此次的错误，什么都听易辙的。于是，许唐成乖乖待在家养身体，每天晚上还都能喝上一碗易辙亲手煲的汤。

易辙工作忙，经常是回来和许唐成一起吃个晚饭，就又要回去加班，等再回来，便是深夜了。这天许唐成送他出门，看着他疲惫的样子，忍不住说："别我刚好，你又病倒了。"

易辙看了他一眼："我可不会喝酒把自己喝到住院。"

许唐成被噎得无言，最后赶着在易辙跨出门之前轻轻打了他后背一下。易辙一边哼哼一边笑，笑里却藏满了警告："再有下次你就真的得辞职了。"

许唐成歪了歪头，觉得这势头可不大对。怎么最近感觉他在易辙面前的威严直线下降，易辙不仅会在两人逛超市时把许唐成丢进购物车的生冷食品全都放回货架，还敢在许唐成一本正经跟他胡扯自己可以吃冰激凌的时候，义正词严地用医生的话和许唐成以往的"光辉事迹"给他怼回去，怼得许唐成半点脾气都没有。

许唐成不禁有些怀念那个大半夜骑单车给他买甜筒的少年。

想当初，可是不管他说什么，易辙都义无反顾。

越想越不对，许是这几天在家憋久了，又吃得十分养生，许唐成一个人窝在沙发上，竟一直琢磨着好多年前那两个麦当劳甜筒的味道。

最后他忍不住，给易辙发了一条微信。

"想吃麦当劳甜筒。"

很快，易辙就回过来一个问号。

紧接着，跟了一句："想都不要想。"

许唐成把手机一甩，在沙发上躺平，感叹真是时过境迁，今非昔比。

饶是易辙这么说，在确认了许唐成完全好了之后的某一天，易辙还是跑到麦当劳，买了两个甜筒。拿着甜筒进了门，易辙眼睁睁看到许唐成的眼睛都亮了一圈。他忍不住笑起来，却也不忘叮嘱，让许唐成不要吃得太快。

易辙记得很清楚，就是在这个晚上，他和许唐成一起吃完了甜筒，他拿着两张薄薄的纸皮想去丢到垃圾桶时，放在茶几上的手机响起了短信提示音。

这么多年，易辙的手机号从没换过，当初为了和许唐成联系去买了手机，如今便想着要从一而终，将这个手机号一直用下去。

短信有署名，但看到第一句话，易辙就已经知道是谁了。

"易辙，不知道是否可以邀请你来听我的首场个人演唱会。"

薄薄的纸皮被易辙捏得直响，易辙有些恍惚，发现"段喜桥"这个名字对他来说好像已经很陌生了。而被段喜桥提到的"首场个人演唱会"，似乎也已经是很久很久以前的事情了。

到现在，还没有开成吗？

"怎么了？"许唐成见易辙在客厅中央站着不动，放下手中的书，出声询问。

易辙将手机递给许唐成看，许唐成读完，抬头问他："要去吗？"

"我想想吧。"易辙转身，丢了纸皮，又将垃圾袋提起来，朝门外走去，"我去把垃圾丢了。"

"好，"许唐成朝着他的背影喊，"穿外套。"

易辙那天在楼下抽了两根烟才回屋。许唐成窝在沙发上继续读着刚才读到一半的书，感受到易辙身上带着的冷气后，问他："想好了？"

易辙看着他，点了点头。

段喜桥的个人演唱会是在一个酒吧举办的，说是演唱会，但易辙和许唐成去了才发现，其实这里的人没有几个是为了段喜桥来的，大部分人不过是冲着免费的进场名额和酒水。只有许唐成和易辙，他们各自要了一杯酒，坐在吧台，静静听着段喜桥唱的每一首歌。

段喜桥变了许多，没有了怪异的打扮，没有了硬邦邦的脏辫，没有了丰富夸张的表情，在说着歌曲间的串词时，他也不再操着那股子戏剧腔调，往常所有让他看上去显得特别的痕迹好像都已经消失不见，取而代之的，是无数苍老的印记。这些印记刻在他的脸上、声音里，使得他的深情话语多了几分正经，像是回忆。

舞厅光影流窜，照得段喜桥脸上晶亮一片。易辙不忍心再看。

巨大的音乐声震得心头都飘飘荡荡，易辙端起酒杯，喝了一大口酒，看着近在咫尺的许唐成，失常的心跳速度才慢慢降了下来。

演出结束，许唐成和易辙没有去找段喜桥，他们两个沉默地在吧台碰了杯，喝了一杯酒，走出了酒吧。

冷风吹得易辙清醒了不少，汽车在鸣笛，小贩在叫卖，他的眼睛，却仿佛又看到了刚才的场景——舞台下的人在嬉笑打闹，舞台上的段喜桥在撕心裂肺地唱着："我是真的爱你。"

"易辙。"

易辙朝前走着，忽被唤了一声。他转身，看向停在他身后的许唐成。许唐成指指身后。

顺着他的指尖，易辙看到了追出来的段喜桥。

"易辙，"虽然笑得有些难看，但段喜桥还是笑着的，"谢谢你能来。"

"嗯，唱得不错。"易辙不知道为什么自己心里会这么不舒服，也不知道应该说什么，他说着善意的谎言，希望能让眼前的人不那么难过。

段喜桥愣了愣，笑了两声："她以前也说我'唱得不错'，可惜……"

段喜桥没说下去。

易辙偏了偏头，错开了目光。沉默了几秒钟，易辙从兜里摸出一串钥匙。那串钥匙上挂着一个飞天小女警的钥匙链，是许唐成非常熟悉的物件。

易辙卸下其中一把，递给段喜桥。

"这个是我们以前房子的钥匙，那房子，我现在用不到了，"触到段喜桥明显有些震惊的眼神，易辙顿了顿，才接着说，"她的东西我都没搬走，你如果想过去，就去住吧，如果不想……就算了。"

段喜桥该是没想到易辙会对他这么好，他不敢相信地看看钥匙，又看看易辙，如此反复几次，才伸出双手，颤颤巍巍地接过了那把钥匙。

明明只是一把很轻的钥匙，却坠得这个男人弯下了腰。段喜桥蹲在地上，先是无声地落泪，又因为痛苦张开了嘴巴，直到最后，演变成了抑制不住的崩溃大哭。

无数行人注目，但也没有谁驻足。

许唐成和易辙都没动，他们静静地陪段喜桥发泄完，把他送回酒吧，才并肩往回走。

一路上，易辙都低头看着地面，许唐成转头看了好几次，他都没有察觉到。

"易辙，"许唐成不忍心看他情绪这么低落，便叫了他一声，"你在想什么？"

易辙踢走了一个石子，石子朝前，歪斜着滚了一段距离，偏航到了许唐成的前方。

"我在想，向西荑会不会后悔，哪怕只有那么一点。"

段喜桥这么多年都没开成个人演唱会是有原因的，他的歌声并不好听，就连易辙都能听出来，他唱得烂极了。易辙不知道从不屑说假话的向西荑为什么会像他一样，说出"唱得不错"这种鬼话，而说出这话的时候，她又会是什么心情。

"你呢？"易辙转头，问，"我看你刚才听得特别入神，你又在想什么？"

刚才那样刺耳的歌声里，许唐成却一直特别专注地注视着舞台，好像正在读着段喜桥诉说的故事。

"我吗？"许唐成把易辙一直踢着的那个石子接过来，继续往前踢，"我在想，向姨会更喜欢从前那个段喜桥，还是会更喜欢现在这个在别人眼中正常的段喜桥。"

别人眼中正常的段喜桥。

易辙忽然愣在原地。

这样的用词使得他一下子明白了刚才在面对追出来的段喜桥时，自己为什么会那么不舒服——脱离了那个光怪陆离的舞厅，在普普通通的街道上，易辙将他如今的样子看得更清。他看着段喜桥身上那件异常普通的格子衬衫，面上有些苦涩的笑容，很难将眼前的人同以前那个拿着车厘子敲自己房门的怪人联系起来。

没了爱情，他好像终于变成了人们眼中的那种正常人。

"怎么了？"许唐成在前方喊他。

想明白了，易辙看着不远处的许唐成，忽然笑了一下。

算了，他想，他不知道向西荑会不会后悔，而且现实已经这样了，他也管不了别人。

反正，这段人生，他不会让自己后悔。

图书在版编目（CIP）数据

白日事故：完结篇 / 高台树色著 . –– 长沙：湖南
文艺出版社，2021.8
ISBN 978-7-5726-0319-8

Ⅰ. ①白⋯ Ⅱ. ①高⋯ Ⅲ. ①长篇小说－中国－当代
Ⅳ. ① I247.5

中国版本图书馆 CIP 数据核字（2021）第 151733 号

上架建议：畅销·青春文学

BAIRI SHIGU: WANJIE PIAN
白日事故：完结篇

作　　者：高台树色
出 版 人：曾赛丰
责任编辑：吕苗莉
监　　制：邢越超
策划编辑：柚小皮
特约编辑：尹　晶
营销支持：文刀刀　周　茜
版式设计：李　洁
封面设计：小　武
封面插图：Vivid 雨希
内文插图：踏月锦
内文排版：百朗文化
出　　版：湖南文艺出版社
　　　　　（长沙市雨花区东二环一段 508 号　邮编：410014）
网　　址：www.hnwy.net
印　　刷：三河市中晟雅豪印务有限公司
经　　销：新华书店
开　　本：640mm×915mm　1/16
字　　数：254 千字
印　　张：19.5
版　　次：2021 年 8 月第 1 版
印　　次：2021 年 8 月第 1 次印刷
书　　号：ISBN 978-7-5726-0319-8
定　　价：49.80 元

若有质量问题，请致电质量监督电话：010-59096394
团购电话：010-59320018